Por favor, ignore Vera Dietz

Por favor, ignore Vera Dietz

A.S. KING

TRADUÇÃO
Ivar Panazzolo Junior

SÃO PAULO, 2015

Por favor, ignore Vera Dietz *(Please ignore Vera Dietz)*
Copyright © 2010 by A.S. King
This translation published by arrangement with Random House Children's Book, a division of Random House LLC.
Copyright © 2015 by Novo Século Editora Ltda.

GERENTE EDITORIAL
Lindsay Gois

EDITORIAL
João Paulo Putini
Nair Ferraz
Rebeca Lacerda
Vitor Donofrio

TRADUÇÃO
Ivar Panazzolo Junior

PREPARAÇÃO
Samuel Vidilli

DIAGRAMAÇÃO
Vitor Donofrio

GERENTE DE AQUISIÇÕES
Renata de Mello do Vale

ASSISTENTE DE AQUISIÇÕES
Acácio Alves

AUXILIAR DE PRODUÇÃO
Emilly Reis

REVISÃO
Gabriel Patez Silva

CAPA
Vitor Donofrio

Texto de acordo com as normas do Novo Acordo Ortográfico da Língua Portuguesa (1990), em vigor desde 1º de janeiro

Dados Internacionais de Catalogação na Publicação (CIP)
(Câmara Brasileira do Livro, SP, Brasil)

King, A.S.
  Por favor, ignore Vera Dietz
  A.S. King; [tradução Ivar Panazzolo Junior]
  Barueri, SP: Novo Século Editora, 2015.

  Título original: Please ignore Vera Dietz

  1. Ficção juvenil 2. Morte I. Título.

15-08140   CDD-028.5

Índice para catálogo sistemático:
1. Ficção: Literatura juvenil 028.5

NOVO SÉCULO EDITORA LTDA.
Alameda Araguaia, 2190 – Bloco A – 11º andar – Conjunto 1111
CEP 06455-000 – Alphaville Industrial, Barueri – SP – Brasil
Tel.: (11) 3699-7107 | Fax: (11) 3699-7323
www.novoseculo.com.br | atendimento@novoseculo.com.br

A meus pais, que me ensinaram sobre fluxogramas… e sobre todo o resto.

Qual era o seu rosto original antes
que o seu pai e sua mãe tivessem nascido?
Koan Zen

PRÓLOGO

Antes de morrer, eu escondi os meus segredos no Carvalho Mestre. Este livro é sobre a minha melhor amiga, Vera Dietz, que, após algum tempo, acabou encontrando todos eles.
Charlie Kahn
(os picles do Big Mac de Vera)

Dizer que o meu amigo morreu é uma coisa. Dizer que o meu amigo ferrou com a minha vida e morreu cinco meses depois é algo completamente diferente.
Vera Dietz
(estudante do Ensino Médio e técnica de entrega de pizzas)

PARTE UM

01 | O FUNERAL

O pastor diz alguma coisa sobre como Charlie era uma pessoa de espírito livre. É... Ele era... mas ao mesmo tempo não era. Isso porque ele sentia-se preso por dentro, e isso o deixava livre, mas ao mesmo tempo não. Vivia intensamente porque estava morrendo por dentro. Charlie fazia conflitos internos parecerem deliciosos. O pastor agora diz algo sobre a personalidade intensa e exuberante de Charlie. Eu o imagino dentro do caixão branco, com um guardanapo do McDonald's em uma das mãos e uma caneta de ponta porosa na outra, escrevendo: "mande esse cara beijar a minha bunda branca e exuberante. Ele nunca conversou comigo". Imagino Charlie amassando o bilhete e engolindo-o. Imagino-o pegando o seu isqueiro Zippo e acendendo-o, ali mesmo, dentro do caixão. Vejo a congregação, com os olhos cheios de lágrimas, subitamente distraída pela fumaça que sai pelas frestas. Existe algum problema em odiar um garoto morto? Mesmo se eu já o amei antes?

Mesmo que ele tenha sido o meu melhor amigo? É certo odiá-lo por estar morto?

Meu pai não quer que eu veja essa parte do enterro, mas eu o faço caminhar até o cemitério comigo e ele segura na minha mão pela primeira vez desde que eu tinha 12 anos. O pastor diz alguma coisa sobre como nós retornamos à terra do mesmo jeito que viemos dela, e eu sinto a grama sob os meus pés agarrar meus tornozelos e me puxar para baixo. Imagino Charlie dentro do caixão, fazendo que sim com a cabeça, com a certeza de que o Grande Caçador fez com que tudo acontecesse exatamente do jeito que ele queria. Imagino-o rindo lá dentro enquanto as cordas fazem o caixão descer até o fundo da cova. Eu o ouço dizer: "Ei, Veer. Não é todo dia que o seu caixão é colocado no buraco por um cara com uma verruga no nariz, hein?" Eu olho para o homem que controla o mecanismo que faz o caixão descer. Olho para a grama que segura os meus pés. Ouço um punhado de terra bater no caixão, com um som oco, e enfio o rosto no peito do meu pai, chorando baixinho.

Ainda não consigo acreditar que Charlie Kahn morreu de verdade.

O velório está dividido em quatro facções. Em primeiro lugar, temos a família de Charlie, o Sr. e a Sra. Kahn, seus pais, além de seus avós, suas tias e tios e seus sete primos. Velhos amigos da família e os vizinhos mais próximos estão incluídos aqui também; portanto, é nesse grupo que eu e meu pai ficamos. Meu pai, que ainda se sente desajeitado em eventos sociais sem a presença da minha mãe, pergunta 47 vezes entre a igreja e o banquete se eu estou bem.

Mas, na verdade, ele está pior do que eu. Especialmente quando conversa com os Kahns. Eles sabem que nós sabemos dos seus segredos, pois moramos na casa ao lado. E eles sabem que nós sabemos que eles sabem.

– Meus pêsames – diz o meu pai.

– Obrigada, Ken – responde a Sra. Kahn. Está quente do lado de fora; é o primeiro dia de setembro. E a Sra. Kahn está de mangas longas.

Os dois olham para mim e eu abro a boca para falar alguma coisa, mas não consigo dizer nada. Estou tão confusa sobre o que devia estar sentindo, que me jogo nos braços da Sra. Kahn e fico soluçando por alguns segundos. Em seguida, me recomponho e enxugo as bochechas úmidas com as costas da mão. Meu pai me dá um lenço que estava no bolso do seu blazer.

– Desculpe – eu digo.

– Está tudo bem, Vera. Você era a melhor amiga dele. Deve estar sendo muito difícil pra você – diz a Sra. Kahn.

Ela não faz ideia do quanto está sendo difícil. Não sou mais a melhor amiga de Charlie desde abril, quando ele me sacaneou epicamente e começou a andar o tempo inteiro com Jenny Flick e os panacas que ficavam retidos na escola depois que as aulas acabavam. Vou dizer uma coisa: se você acha que o fato do seu melhor amigo morrer é uma desgraça, pense em como seria a morte do seu melhor amigo depois que ele te sacaneasse. É uma desgraça como nenhuma outra.

À direita do canto reservado para a família fica o canto da comunidade. Uma mistura de vizinhos, professores e outros garotos que dividiram uma ou outra aula com ele. Alguns garotos que jogaram no time de beisebol amador quando ele estava no quinto ano. A babá da nossa infância, por quem Charlie sempre se sentiu atraído, está aqui com o seu novo marido.

Mais adiante, depois do canto da comunidade, está a área ocupada pelas pessoas importantes. Todo mundo ali está vestindo um terno preto ou algo parecido. O pastor está conversando com o diretor da escola, com o médico da família de Charlie e com dois outros caras que nunca vi antes. Depois que a primeira parte da recepção termina, um dos assistentes do pastor pergunta à Sra. Kahn se ela precisa de alguma coisa. O Sr. Kahn se aproxima e responde por ela com uma postura bastante severa; em seguida, o assistente informa que o bufê está servido. É um processo vagaroso, mas, após algum tempo, as pessoas acabam encontrando o caminho que as leva até a comida.

– Quer alguma coisa? – pergunta o meu pai.

Nego com um movimento de cabeça.

– Tem certeza?

Faço que sim. Ele pega um prato e se serve de salada e queijo cottage.

Do outro lado da sala está a Turma da Retenção – os novos melhores amigos de Charlie. Eles ficam perto da porta e saem em pequenos grupos para fumar. A varanda está cheia de pontas de cigarro, mesmo havendo um daqueles cinzeiros em forma de ampulheta que impede que a fumaça se propague. Durante algum tempo eles ficam por ali bloqueando a porta, até que o gerente do salão de banquete os manda sair da frente. Eles obedecem, e agora estão ao redor de Jenny Flick como se ela fosse a viúva desconsolada de Charlie, em vez de ser a razão pela qual ele está morto.

Uma hora depois, meu pai e eu estamos voltando para casa e ele pergunta:

– Você sabe de alguma coisa sobre o que aconteceu na noite de domingo?

– Não. – É mentira. Eu sei, sim.

– Porque, se souber, você precisa dizer algo a respeito.

– Certo. Eu diria se soubesse, mas não sei. – É mentira. Eu sei, sim. Não diria nada, se pudesse. Não disse. Não vou dizer. Ainda não posso.

Tomo um banho quando chego em casa, porque não consigo pensar em nenhuma outra coisa para fazer. Visto meu pijama, mesmo que ainda sejam apenas sete e meia da noite, e me sento na sala de TV com meu pai, que está lendo o jornal. Mas não consigo parar quieta, então vou até a cozinha, abro a porta de correr e fecho-a por trás de mim ao chegar na varanda dos fundos. Há um bando de andorinhas no quintal, gritando como geralmente fazem quando a noite chega. Olho para a floresta, na direção da casa de Charlie, e volto para dentro outra vez.

– Vai ficar bem na escola amanhã? – pergunta o meu pai.

– Não – eu digo. – Mas acho que é a melhor coisa a fazer, entende?

– Acho que é verdade – diz ele.

Mas ele não estava lá na segunda-feira passada, no estacionamento, quando Jenny e a Turma da Retenção, todos vestidos de preto, se reuniram ao redor do carro dela, fumando. Ele não estava lá quando ela chorou, aos gritos. Ela gritou tão alto que eu a odiei mais do que já a odiava. Nem a própria mãe de Charlie berrava daquele jeito.

– Sim. É a primeira semana. Vão fazer só revisão, de qualquer maneira.

– Sabe, você pode tentar passar mais tempo no trabalho. Isso provavelmente vai ajudar a manter a sua cabeça longe dos acontecimentos.

Acho que a principal coisa em relação ao meu pai é que, não importa qual seja o problema, ele vai sugerir o trabalho como uma das possíveis curas.

02 | TRÊS MESES E MEIO DEPOIS | UMA QUINTA-FEIRA EM DEZEMBRO

Fiz 18 anos em outubro e troquei de cargo: deixei de fazer pizzas e passei a entregá-las. E também passei a trabalhar quarenta horas por semana em vez de vinte, junto com as minhas obrigações escolares. Embora as únicas aulas que valessem a pena assistir fossem Pensamento Social Moderno e Vocabulário. A lição de casa de PSM é fácil – todos os dias nós discutimos um artigo de jornal diferente. No caso das aulas de Vocabulário, são dez palavras novas por semana (com uma pontuação bônus para palavras adicionais que os alunos encontrem em sua leitura diária), e cada uma deve ser usada em uma frase.

E aqui estou eu, usando *parcimonioso* em uma frase.

Meu parcimonioso pai não entende que uma aluna no último ano do Ensino Médio não deveria ter um emprego em período integral. Ele não presta atenção quando eu digo que trabalhar como entregadora de pizzas das quatro até a meia-noite não é bom para as minhas notas. Em vez disso, meu parcimonioso pai começa um sermão de dez minutos sobre como ganhar a vida com o próprio trabalho é difícil, e sobre como os jovens de hoje não entendem isso porque recebem mesadas que não fazem por merecer.

Supostamente, isso ajuda a construir o caráter.

Aparentemente, a maioria dos jovens ficaria grata por uma oportunidade como essa.

Possivelmente, sou a única garota na minha escola que não foi "afetada pela nossa cultura de achar que todos têm direito a todos os benefícios mesmo que não façam por merecê-los".

Isso era o que devia afastar minha cabeça da morte de Charlie. Mas até agora não funcionou. Só serviu para piorar as coisas. Quanto mais eu trabalho, mais ele me persegue. Quanto mais ele me persegue, mais ele insiste para que eu limpe o seu nome. Quanto mais ele insiste, mais eu o odeio por me abandonar no meio de toda essa confusão. Ou por me abandonar, e ponto final.

Estou diante do semáforo, em frente à escola, e enfio a camisa vermelha do Templo da Pizza na cabeça. Não me importo se isso bagunça meu cabelo, porque preciso que a minha aparência seja uma mistura de louca, apática e largada para manter o equilíbrio entre receber boas gorjetas e não ser assaltada. Coloco a mão embaixo do assento e tateio em busca do vidro frio, e quando o encontro, faço-o deslizar por entre as minhas pernas e giro a tampa de metal. Dois goles de vodca depois, meus olhos estão se enchendo de água e a minha garganta automaticamente resmunga um "Ahhhhh" para se livrar da sensação de ardência. Não me julgue. Não estou me embebedando. Só lidando com meus problemas.

Coloco três chicletes Winterfresh na boca, enfio a garrafa embaixo do assento outra vez e viro à esquerda, entrando no estacionamento do Templo da Pizza.

Minha chefe no Templo é uma motoqueira muito legal, mais velha, com dentes amarelados e tortos, chamada Marie. Temos dois outros gerentes. Nathan (Nate) é um cara negro de 1,90m com óculos de armação quadrada típicos dos anos 1980; Steve já tem seus quarenta e poucos anos, dirige um Porsche e mora com a mãe. Um dos outros entregadores me disse que ele é rico e que só trabalha aqui por hobby, mas eu não acredito no que os outros entregadores dizem. Na maior parte do tempo estão chapados. Eles me dizem, quando estamos lavando o chão ou os pratos depois que a pizzaria fecha que, quando estão chapadões, não conseguem olhar para Marie porque os dentes dela os assustam.

É Marie quem está cuidando da pizzaria esta noite, e quando eu chego, ela sorri para mim como um saco de teclas de piano quebradas e envelhecidas pela luz do sol, entrega-me o envelope com os trocados e o celular do Templo para aquela noite. Nate está contabilizando seus recibos do turno do dia no computador que fica atrás do balcão de inox em que as pizzas são montadas.

– E aí, Vera? O que é que tá pegando?

– Oi, Nate.

– Alguém já te disse que você fica uma graça nesse uniforme? – pergunta ele. Ele pergunta isso pelo menos duas vezes por semana. É seu jeito preferido de começar uma conversa.

– Só você – eu digo.

– É como se você estivesse predestinada a ser uma técnica em entrega de pizzas – emenda ele, batendo a gaveta da caixa registradora e indo até a sala dos fundos comigo, onde coloca um saco para depósitos na velha escrivaninha do escritório e tira a jaqueta de couro fajuto estilo MC Hammer do gancho que fica atrás da porta.

– O destino é uma merda – eu respondo. Eu já devia saber. Passei a vida inteira tentando evitar o meu.

03 VOCÊ ESTÁ IMAGINANDO O QUE HOUVE COM A MINHA MÃE

Minha mãe nos deixou quando eu tinha 12 anos. Encontrou um homem que não era tão parcimonioso quanto meu pai e eles se mudaram para Las Vegas, em Nevada, um lugar que fica a uns quatro mil quilômetros daqui. Não vem me visitar. Não telefona. Manda um cartão de aniversário para mim todos os anos com 50 dólares dentro, e meu pai não para de me torrar a paciência até que eu vá ao banco para depositá-lo. Assim, nesses seis anos desde que ela se foi, eu tenho 337 dólares no lugar de uma mãe.

Meu pai diz que 37 dólares são o sinal de bons juros. Ele não vê a palavra *juros* como nada que não esteja conectada ao dinheiro, porque é contador, e, para ele, tudo são números.

Acho que ter 37 dólares e não ter uma mãe, nem visitas nem telefonemas, são uns juros de bosta.

Eu nasci quando ela tinha 17 anos. Acho que eu devia me considerar uma garota de sorte por ela ter ficado por perto durante os 12 míseros anos em que conseguiu aguentar. Acho que eu devia me considerar uma garota de sorte por ela não ter me entregado para adoção ou me abortado na clínica atrás do salão de boliche que ninguém acha que conhecemos.

Ela e meu pai cresceram juntos; eram vizinhos. Assim como Charlie e eu. "Eu segui meu coração", diz ele. Isso deve ter lhe feito bem. Hoje em dia ele tem que me aguentar por perto, junto com três estantes cheias de livros Zen idiotas de autoajuda. Não tem amigos e cultiva um talento incrível para ignorar qualquer coisa que seja remotamente importante.

Aos 13 anos, meu pai me contou a verdade sobre minha mãe.

— Tenho certeza de que isso nunca vai ser importante, mas, caso seja, eu quero que você saiba a verdade.

Escreva o que eu digo. Quando uma conversa começa desse jeito, é bom se preparar.

– Quando você ainda era bebê de colo, sua mãe começou a trabalhar no Joe's.

É claro que isso não significava nada para mim. Eu tinha 13 anos. Não fazia a menor ideia de que o Joe's era um bar de *striptease* onde cada um trazia sua própria cerveja, onde as mulheres dançavam seminuas e os clientes lhes enfiavam notas de um dólar na calcinha.

– O que é o Joe's?

Sem qualquer pudor ou preocupação sobre como eu poderia entender aquilo, meu pai disse:

– Um bar de *striptease*.

Eu sabia o que *isso* era.

– A minha mãe… era *stripper*?

Ele fez que sim com a cabeça.

– E as pessoas *sabem* disso?

– Só as pessoas que estavam por aqui naquela época. Aqueles que a conheciam. – Ele ficou um pouco incomodado na época, quando percebeu o asco que eu sentira.

– Foi só por alguns meses, Vera. Ela queria sua liberdade de volta depois de ter abandonado a escola, de ter sido expulsa de casa e de… ah… ter tido uma filha quando ainda era muito nova. Eu ainda bebia naquela época. Ela queria algo que nunca conseguiu de volta – disse ele. As palavras saíram emboladas e gaguejantes. – Ela… ela… ah… queria algo que nunca conseguiu encontrar até ir embora com Marty.

Marty era o podólogo dos meus pais.

Meu pai e eu costumávamos ficar sentados na sala de TV e nos entreter com o jogo das vinte perguntas durante as consultas que minha mãe fazia para se livrar das verrugas, mais demoradas do que o normal.

Meu pai ainda frequenta uma reunião dos Alcoólicos Anônimos quando precisa. Diz que é uma maldição, o alcoolismo. Diz que eu nunca deveria nem pensar em experimentar, porque a maldição é hereditária. Meu pai era um bêbado, assim como o pai dele.

Bem, se for tão fácil prever o meu futuro baseando-se nos membros da minha família, então eu acho que vou virar uma *stripper* bêbada, grávida, que vai largar de vez a escola qualquer dia desses.

04 | QUINTA-FEIRA | DAS QUATRO ATÉ O FECHAMENTO

Por volta das 17h15 começa o movimento do jantar. Nada que não possamos resolver. Começa com o telefone número 2 tocando enquanto Marie anota um pedido no telefone número 1. Logo depois, enquanto Jill anota um pedido no 2, o telefone 3 toca. Administrar a pizzaria se transforma em uma correria até as sete, mais ou menos.

Há três entregadores trabalhando, e conseguimos administrar o tempo de modo que haja pelo menos um de nós na pizzaria. Marie organiza as entregas, e já está com a próxima à nossa espera quando chegamos, e é capaz de se lembrar qual dos pedidos vai com Coca-Cola, qual deles tem Sprite, e qual vai com o acompanhamento de salada de repolho. Durante duas horas eu me transformo em uma máquina de dirigir, bater nas portas, sorrir e dar o troco. Tenho um talento natural para isso. Meu celular do Templo nunca toca porque nunca me esqueço de nada. Os clientes gostam de mim e me dão gorjetas, que eu enfio em um saco de papel amarrotado do Dunkin' Donuts escondido atrás do meu assento no carro.

Voltando para casa depois da minha última entrega, Charlie me faz tirar o CD de Sam Cooke do meu pai e ligar o rádio. E também me faz sintonizar na Hard Rock 102,4 FM, que está tocando uma música do AC/DC que eu odeio, mas que mesmo assim escuto.

Viro à esquerda no McDonald's e entro na fila do *drive-thru*. Estou viciada nos novos *wraps*, com uvas, que eles incluíram no cardápio saudável, mas sempre pego um milk-shake de chocolate. Eu não estava mesmo tentando levar uma vida saudável.

– Vá até a primeira janela.

Ela está esperando lá com a mão para fora. Não sabe que as pessoas precisam de um minuto para pegar o dinheiro? Ela revira os olhos enquanto reviro o meu saco do Dunkin' Donuts para pegar cinco notas de um dólar. E não diz obrigado.

– Vá até a segunda janela.

Em vez de voltar ao Templo da Pizza para comer, eu dou a volta no estacionamento e encontro um lugar escuro entre os holofotes. Deixo o motor do carro ligado por causa do aquecedor. A noite está fria. É a segunda semana de dezembro e eu estou usando o meu raspador de gelo toda semana. Enquanto como, uma uva fica pulando do *wrap* para o meu colo, que cobri com alguns guardanapos. Eu a pego e coloco-a de volta na boca, mas ela salta outra vez, como se estivesse sendo controlada por um cordão e não simplesmente largada pelos meus dedos escorregadios.

– Pare com isso, Charlie – eu rio.

Pego a uva do meu colo, seguro-a com força e a coloco na minha boca.

Como metade do *wrap* e já me sinto satisfeita. Assim, enrolo a comida de volta na embalagem e a guardo no saco outra vez, junto com os guardanapos que estavam no meu colo. Sobraram outros quatro guardanapos no banco do passageiro e eu aperto o botão para abrir o porta-luvas, onde há pelo menos cem guardanapos guardados. Empilho os outros quatro e fecho o compartimento.

Em seguida, eu o abro outra vez, tiro um guardanapo e apanho uma caneta de ponta porosa e fina na minha bolsa. Sob a pouca luz dos holofotes do estacionamento do McDonald's, escrevo *estou com saudades, Charlie* no canto, dobro-o e guardo-o no meu bolso. Eu o imagino me observando enquanto faço isso. Quase chego a sentir a decepção dele por eu não queimar, engolir ou fazer qualquer outra coisa que ele fazia com as paradas que escrevia.

Dou a volta nos fundos do prédio, indo na direção da lata de lixo do *drive-thru* e percebo quantas embalagens descartáveis erraram o alvo, quantas manchas de líquido derramado estão diante dela e quantos motoristas simplesmente largam seu lixo ali para ser levado pelo vento em vez de abrirem suas portas e tentarem outra vez. Chego perto da lixeira, jogo o saco de papel e guio o carro novamente na direção da avenida principal, indo para o Templo da Pizza. Uma quadra antes de chegar, tiro o guardanapo do bolso, arranco o pedaço com a minha mensagem e o coloco na língua. Ele gruda. Enfio a mão sob o meu assento e pego a garrafa. Tomo um gole, exalo a ardência da minha garganta e engulo em seguida uma farta quantidade de milk-shake de chocolate.

Antes de sair do carro eu pego a minha lista de palavras da semana para a aula de Vocabulário. Amanhã é sexta, dia de prova. Essa é uma das razões pelas quais eu adoro essas aulas. Toda semana é a mesma coisa. Nenhuma variação na programação. Lista de palavras na segunda-feira, frases entregues na quarta e prova na sexta. Todo aluno sabe o que deve esperar. Eu queria que a Sra. Buchman governasse o mundo e fizesse com que a vida fosse tão fácil quanto as suas aulas.

05 | QUINTA-FEIRA |
DAS QUATRO ATÉ O FECHAMENTO

Já passa das nove. Restam quatro pessoas na pizzaria, terminando o expediente: duas para fazer as entregas, uma para fazer e assar as pizzas, e Marie.

– Vera, você vai sair para uma entrega na área central agora?

Olho ao meu redor. Sou a única entregadora que está na loja.

– Acho que sim.

– Pode esperar um segundo e entregar esta outra no caminho?

A entrega será no Bar do Fred, na última esquina antes da ponte que vai para a cidade. Verifico o tempo dos outros pedidos e faço as contas. Trinta minutos não é tanto quanto alguém pode pensar. Leva somente 15 minutos para se fazer uma pizza, então eu tenho apenas 15 minutos para levá-la até a porta. Se eu parar no Bar do Fred, isso vai detonar toda a minha rota de entregas.

– Isso vai atrasar a entrega da rua Cotton.

Marie tira a pizza do Bar do Fred do forno antes que esteja totalmente assada, coloca-a dentro de uma caixa e a corta em fatias triangulares.

– O pessoal da rua Cotton pode beijar o meu rabo se acharem ruim – diz ela.

Guardo os três pedidos em bolsas térmicas separadas, pego um fardo com seis latas de Coca, outro com seis latas de Sprite e levo tudo para o carro.

Quando estou saindo, James retorna da sua última entrega. Sinto-me atraída por ele, apesar de seus 23 anos; então, isso é algo que não deveria acontecer. Mas me sinto sozinha desde que Charlie morreu, e James tem aquele cheiro de cigarro familiar. E ele é um gato. E gosta de ouvir o mesmo tipo de música que eu. Chama de *eclético*, uma palavra melhor do que aquela que os babacas da escola usam.

Desço com o carro pela rampa do estacionamento vazio e vou até a avenida principal, virando à esquerda rumo à área central. Quando chego ao Bar do Fred estaciono, colocando dois pneus sobre a calçada, e ligo o pisca-alerta. Pego a bolsa térmica com um desenho quadriculado em vermelho e preto e abro a porta daquela espelunca suja e fumacenta ao som de Tammy Wynette cantando "Stand By Your Man". Provavelmente faço umas três entregas no Bar do Fred por semana, e, em duas dessas noites, alguma música de Tammy Wynette é o som ambiente do bar. E não importa qual seja a música que eu coloque para tocar depois, por melhor que seja, Tammy Wynette fica grudada na minha cabeça.

Mas a verdadeira razão pela qual eu odeio ir ao Bar do Fred é a seguinte: os clientes ficam me olhando, e isso me deixa agitada. Noventa por cento das vezes eles se esquecem de me dar a gorjeta. Há máquinas de fliperama no canto oposto e isso sempre me faz lembrar do bar onde coisas muito ruins aconteceram com a personagem de Jodie Foster em *Os acusados*.

Passo pela ponte e vou dirigindo pela área urbana. A cidade mais branca do planeta – ou, mais precisamente, aquela que já fora a cidade mais branca do planeta até os mexicanos se mudarem para cá. Quando você passa pelos subúrbios velhos e abarrotados, onde enormes casas em estilo vitoriano pontilham as encostas, e também por condomínios de casas geminadas com telhados em cúpula, o lugar se transforma e fica bem feio: uma mistura de telhas asfálticas típicas da década de 1940, tijolos multicoloridos e concreto cinzento. Há muito lixo e muitas pessoas têm cara de poucos amigos. Meu pai diz que as coisas nem sempre foram assim. E diz que os mexicanos não têm culpa pelo fato de a câmara de vereadores preferir gastar o dinheiro da cidade com novas iniciativas artísticas e um enorme e moderno estádio de beisebol no lugar de colocar mais policiais nas ruas. Assim, embora agora haja vinhos, queijos e jogos de beisebol no centro da cidade, a pobreza tomou conta do lugar e a criminalidade está em alta na região. Eu tranco as portas. Já é muito ruim o fato de que o meu carro de classe média (com um adesivo colado no para-choque que diz "PRATIQUE ATOS ALEATÓRIOS DE

GENTILEZA") atraia atenção, e a coisa só piora com a bandeira do Templo da Pizza grudada no teto com uma ventosa.

Chego até a linha do trem e, quando diminuo a velocidade para passar pelos trilhos, uma mulher drogada sai das sombras puxando o seu vestido de lantejoulas para baixo. Eu olho para a rua e continuo a guiar o carro. Tento não pensar na minha mãe e prometo a mim mesma não pegar mais a rua Jefferson para chegar até o centro da cidade.

O pedido da rua Cotton chega com um minuto de atraso, mas eles não parecem perceber ou se importar com isso. O cara nem olha para mim. Ele me dá uma nota de vinte e balbucia: "Fique com o troco", o que significa que tenho uma gorjeta de 2,24 dólares. Isso é raro para uma entrega na região central. Outras duas entregas no caminho de volta à pizzaria – uma família com filhos hiperativos que roubam um dólar da minha gorjeta e um velho que pediu um sanduíche italiano quente, tamanho grande, e que paga com a quantia exata. Ele sorri para mim e inclina a cabeça de lado quando percebe que sou uma garota.

– Tenha cuidado – diz ele.

Eu pego o longo caminho de volta, passando pela montanha de curvas perigosas em S, rumo ao enorme e resplandecente prédio em forma de templo chinês que se ergue por sobre a cidade. A maioria das pessoas acha que o Templo é uma atração turística bastante prosaica e uma característica interessante que foi acrescentada à nossa cidade enfadonha no meio de lugar nenhum. Eu acho que aquilo é uma monstruosidade. Mesmo assim, cresci a poucas quadras dali, e conheço a história do lugar. Conforme eu subo a encosta e diminuo a marcha do carro, o motor grita com a dificuldade. Finalmente alcanço o alto, passo pelo neon vermelho que agride os olhos e desço pela alameda Overlook, passando diante da minha casa.

A luz da sala está acesa e eu consigo ver a luz oscilante da televisão. Meu pai provavelmente está ignorando qualquer que seja o filme sendo exibido no canal 17, com a TV no "mudo" enquanto passa os olhos pelo jornal do dia. Ele nunca liga o som da TV, a menos que precise. Certa vez eu perguntei a ele por que simplesmente não desligava o aparelho.

– Tem alguma coisa nela que faz com que eu não me sinta sozinho.

Aposto que há milhões de pessoas que concordariam com ele. Não eu. Prefiro sentir algo que seja verdadeiro do que fingir que alguma coisa não é o que realmente é. (Qual foi o filósofo Zen que disse: "Se quiser se afogar, não se torture em águas rasas"?)

06 | UM BREVE COMENTÁRIO DE KEN DIETZ (O PAI DE VERA)

Minha mãe fez o melhor que pôde, sozinha. Isso não me impediu de virar um alcoólatra. Não impediu que eu abandonasse o Ensino Médio e engravidasse a filha do vizinho, de 17 anos. Não me impediu de pensar em como seria a vida se eu também tivesse um pai. Acho que perder um pai tira a autoconfiança de uma criança. Com Vera, estou tentando encontrar maneiras de ensiná-la a lidar com sua autoestima. Não sei ao certo se está funcionando, mas estou dando o meu melhor. Como meu pai me abandonou quando eu tinha três anos, não faço a menor ideia do que se deve fazer. Portanto, estou tendo que descobrir por conta própria.

Um dia, quando era criança, encontrei uma fita de vídeo do programa *The Midnight Special* de 1973 no fundo da gaveta das calcinhas da minha mãe. Isso foi na época em que ela trabalhava como secretária no escritório de uma empresa especializada em encanamentos. Eu li a etiqueta na frente da fita. Dizia "Caleb Sr.", o nome pelo qual ela chamava meu pai, porque meu irmão mais velho se chamava Caleb Jr. Coloquei a fita no videocassete e assisti. Billy Preston tocava algumas músicas e atrás dele estava o meu pai, um hippie branquelo e magro de cabelos longos que tocava um trompete. Além de algumas fotos em envelopes puídos, isso era tudo o que eu teria do meu pai, porque, quando ele foi embora, não deixou seu telefone nem endereço. Eu assisti àquela fita até ela arrebentar. Comprei todos os álbuns de Billy Preston que encontrei e deixei meu cabelo crescer.

Vera não sabe a sorte que teve por passar os anos mais importantes da sua vida com a mãe.

Mais ou menos dois meses antes de ~~Cindy~~ Sindy descobrir que estava grávida de Vera, nós fomos até o templo chinês e subimos nos rochedos que se erguem sobre a cidade. Estávamos num namoro meio intermitente desde o início do Ensino Médio, mas mal havíamos começado a levar as coisas para o próximo nível, no banco traseiro do meu Ford Tempo que caía aos pedaços. ~~Cindy~~ Sindy era um ano mais nova do que eu, ou seja, na época, eu tinha 18 anos e ela tinha 17.

– Você conhece a história deste lugar? – eu perguntei.

– Acho que você está querendo saber se eu me importo com isso – disse ela, dobrando a folha com a lição de casa e fazendo um aviãozinho de papel.

– Você mora nessa cidade e não conhece a história do Templo?

– Não.

– Quer que eu lhe conte?

– Não – disse ela, estourando a bola de chiclete.

Ela arremessou o aviãozinho, que pegou uma corrente de ar, descendo em círculos na direção da cidade, como a promessa de algo bom. Nós o observamos juntos até não conseguirmos mais vê-lo. Estendi a mão para pegar uma folha da lição de casa. Ela me deu uma e começou a dobrar a próxima. Passamos duas horas jogando aviõezinhos de papel, imaginando quem iria encontrá-los e se alguém os veria voando, como nós estávamos vendo daqui. Livres. Audaciosos e fazendo longas curvas com as correntes de ar – assim como nos sentíamos, dois adolescentes apaixonados.

E então Vera chegou.

O começo foi difícil, mas conseguimos superar as dificuldades. Quando parei de beber e comecei a ganhar um salário decente na pequena empresa de contabilidade em que trabalhei como estagiário, compramos a casa na alameda Overlook. ~~Cindy~~ Sindy disse que o lugar era sagrado porque ficava bem perto do Templo, mesmo que nunca tenha demonstrado interesse em ouvir sua história sórdida (e *muito* pouco sagrada); e eu gostava porque era discreta e longe do subúrbio nojento onde nós dois crescemos. Nós três subimos em árvores e plantamos flores juntos. ~~Cindy~~ Sindy começou a criar galinhas e, no ano seguinte, já estava vendendo os ovos orgânicos na feira dos produtores. Ensinamos coisas sobre a natureza e a ecologia para Vera. Saímos para fazer passeios, trilhas nas montanhas, e permanecemos saudáveis.

E, quando Vera tinha 12 anos, ~~Cindy~~ Sindy me deixou. Ela nunca mais me telefonou nem escreveu. Exatamente como o meu pai.

Quando Vera fez 16 anos, quatro anos depois que ~~Cindy~~ Sindy foi embora, eu a levei até o Templo e joguei aviõezinhos de papel com ela. Perguntei se ela queria saber a história de como o Templo foi construído, e ela disse sim. E então eu contei, e foi como se tudo estivesse certo na minha vida outra vez. Observei os aviões decolarem rumo à cidade; me senti redimido e pleno. Lembro-me de pensar: *Kenny Dietz, você finalmente cresceu, meu filho.*

Estimo que gastei mais de 2300 dólares em livros, vídeos e palestras de autoajuda para me transformar no homem que ~~Cindy~~ Sindy queria que eu fosse. Mas tudo do que realmente precisei foi ver Vera crescida – quase da mesma idade da sua mãe quando nos sentamos exatamente no mesmo lugar, fazendo exatamente a mesma coisa.

Ela me perguntou sobre seu avô e eu lhe mostrei o vídeo de Billy Preston no *The Midnight Special* que está no YouTube, e ela acha que eu me pareço com ele. Eu não acho, pois herdei o cabelo castanho da minha mãe, mas Vera diz que eu tenho os olhos do meu pai. De qualquer maneira, me transformei num alcoólatra como ele, assim como o pai do meu pai, algo sobre o qual a minha mãe contou aos meus irmãos com uns cinco anos de atraso. É por isso que estou contando a Vera tudo a respeito de ~~Cindy~~ Sindy e eu *agora*. Estou lhe dando a chance de evitar o seu destino. O importante é lembrar de que a mudança é tão fácil quanto você queira fazê-la. O importante é lembrar-se de que você é o seu próprio chefe.

O FLUXOGRAMA DE KEN DIETZ PARA EVITAR SEU DESTINO

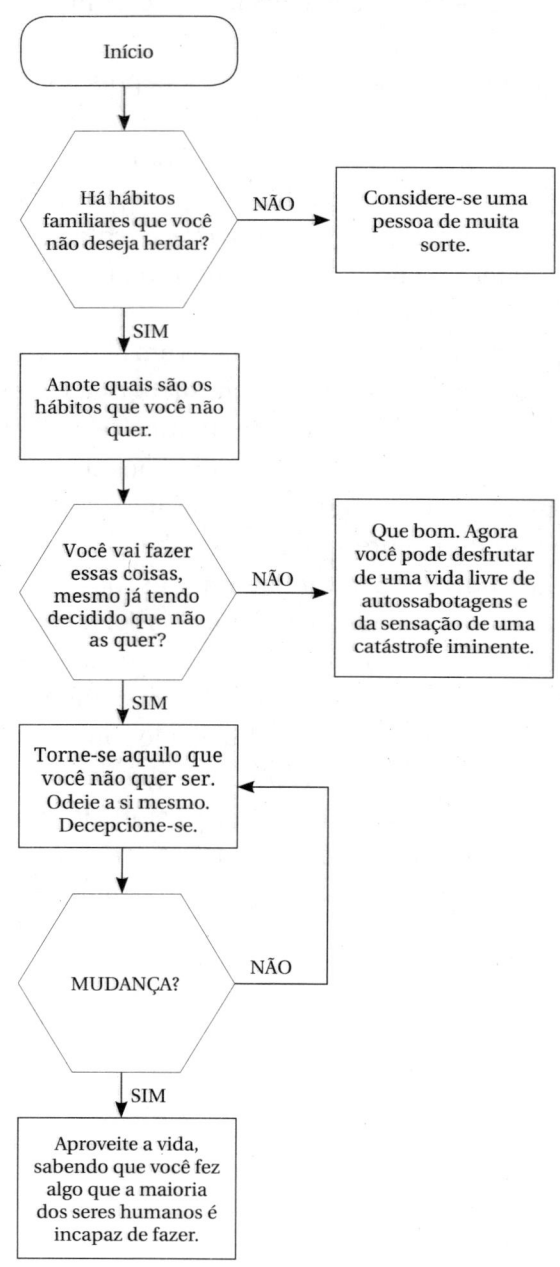

07 UM BREVE COMENTÁRIO DO TEMPLO

Tecnicamente, lançar aviões de papel daqui é o equivalente a jogar lixo nas ruas. Jogar lixo nas ruas resulta em multa de 300 dólares, mesmo que você use isso como uma metáfora para encontrar a si mesmo. (E quem é que você está chamando de monstruosidade? Faça-me o favor. Você devia ter visto esta montanha quando os operários da pedreira encerraram suas atividades, em 1905. Era como uma pilha de merda e cascalho. É sério, você não faz a menor ideia do que significa "agredir os olhos")

08 | QUINTA-FEIRA |
DAS QUATRO ATÉ O FECHAMENTO

Quando volto para a loja já são quase dez horas e Jill, a ex-líder-de-torcida-de-nariz-empinado-que-virou-funcionária-de-pizzaria está nos fundos, preparando alguns ingredientes. Ela preparou uma barrica enorme de massa, está medindo as porções, moldando-as em bolas e colocando-as em bandejas que irão para o freezer e serão transformadas em tortas amanhã.

Marie está no escritório terminando de contabilizar os recibos dos entregadores, fumando um longo cigarro mentolado e ouvindo uma estação de rádio que toca *hard rock*. A música "Free Bird" começa a tocar e ela aumenta o volume. James está nos degraus do fundo, dobrando e montando as caixas de pizza. Eu o vejo trabalhando com as maiores e levo um pacote com as caixas de tamanho menor, pego um estilete, corto o invólucro de plástico e me sento ao lado dele, com a pilha à minha esquerda. Às vezes, quando os entregadores estão aqui e não há entregas, fazemos alguns campeonatos. Eu consigo montar uma caixa em quatro segundos. Meu recorde até o momento foram 13 em um minuto. James ganhou de mim por pouco, montando 14.

Mas não nos apressamos agora.

Jill passa por nós a caminho do banheiro e levanta a sobrancelha, como se quisesse dizer que estamos sentados perto demais um do outro, e James, só para se divertir, espera pelo som da descarga do vaso sanitário, se aproxima ainda mais de mim, encostando-se no meu quadril, e coloca aquele braço forte ao redor do meu corpo. Quando ela sai do banheiro ele me dá um beijo na bochecha e solta um longo suspiro, e Jill revira os olhos e joga as mãos para o alto. James não faz a menor ideia de que o seu hálito no meu ouvido é a melhor coisa que já senti na vida e, quando meu rosto fica vermelho, ele está ocupado demais balançando a cabeça ao ritmo de "Free Bird" para perceber.

É uma noite chocha de quinta-feira e os telefones estão quietos. Não há nenhum esporte na TV. Teremos sorte se fizermos uma pizza entre agora e a meia-noite, quando fechamos oficialmente. Cada um de nós termina de dobrar suas cinquenta caixas e começamos as tarefas do fechamento.

– Quer a geladeira ou os pratos? – pergunta James, usando o cabo de uma vassoura para endireitar a torre de caixas que fizemos.

Odeio as duas coisas.

– Não estou com saco de lavar pratos outra vez hoje.

Assim, vou até a parte da frente da loja, começo a encher a câmara frigorífica com os fardos de bebidas e vejo ocasionalmente o meu reflexo nas enormes vidraças da fachada da loja. Fico ali por uns dez minutos antes que a porta se abra e mil Charlies entrem.

Eles estão vestindo a sua camiseta favorita do Sonic Youth com o furo no ombro esquerdo. Estão usando sua calça Levi's 501 favorita, manchada de óleo e com as barras puídas. Nada dizem. Simplesmente entram, me cercam e depois se inflam até encherem completamente o espaço e respirar todo o ar que tenho nos pulmões. Estou sufocando.

Olho para o mais próximo e consigo enxergar através da sua pele transparente.

– Você não é Charlie – eu digo. – Charlie está morto.

Ele sorri para mim. Vejo quatro olhos por trás da máscara de Charlie que ele usa. Oito olhos. Dezesseis olhos. Trinta e dois. Ele é um alienígena. Do espaço sideral. É um trapaceiro. É um embrião. É um sonho.

– Você falou alguma coisa? – pergunta Jill, sua cabeça surgindo pelo canto da câmara frigorífica, onde ela está preparando uma enorme panela de molho de tomate.

Olho para ela e os Charlies desaparecem.

09 A PRIMEIRA VEZ EM QUE AQUILO ACONTECEU

Na primeira noite em que aquilo aconteceu eu os segui até o estacionamento do shopping. Estavam todos enfiados em um Honda prateado – todos os mil. Foi em novembro. Fazia dois meses que Charlie havia morrido.

Num minuto eu estava sentada no acostamento de uma estrada secundária, tomando goles de Smirnoff e contando minhas gorjetas antes de voltar para ajudar a fechar a pizzaria; no minuto seguinte eu estava no meio de um filme de ficção científica completo, num Honda Civic com motor a jato e mil seres translúcidos e zumbificados que se pareciam com Charlie.

Quando eu os segui até o shopping, eles pararam diante do pet shop Zimmerman's e todos os mil saíram do carro, de mãos dadas e bidimensionais, como aqueles bonecos de papel recortados em uma folha dobrada como uma sanfona. Eles subiram na vidraça com os filhotes pretos de labrador e acenaram com dedos achatados e finos como papel.

Estão tentando me fazer aceitar o que aconteceu lá. Estão tentando me fazer limpar o nome de Charlie, mas ainda não estou pronta para fazer isso.

10 AOS 11 ANOS

Na primeira vez que Charlie Kahn tentou me fazer fumar um cigarro eu tinha 11 anos. Eu o confrontei com os fatos que aprendi nas aulas sobre saúde e com os números do meu pai.

– Sabia que uma pessoa que fuma um maço por dia gasta 1500 dólares por ano só com cigarros? Puta que pariu, Charlie! Isso é quase o preço de um carro!

Ele inalou a fumaça e depois a soltou pelo nariz. Nunca tossia. Provavelmente, fumar lhe fazia bem. Era a única ocasião na qual ele conseguia passar cinco minutos sentado.

– O que são 1500 pratas? As pessoas gastam isso em um mês com coisas que nem precisam. Como enfeites para o jardim. Que tipo de idiota precisa de enfeites no jardim?

Estávamos passando diante da casa da família Unger no caminho para a trilha azul. Os Ungers eram os vizinhos do outro lado, embora a casa deles ficasse a pelo menos cem metros da minha, na alameda Overlook, o que a deixava a quase duzentos metros da casa de Charlie (a ordem, começando na curva em U, era o Templo, a casa dos Ungers, a nossa, a dos Kahns e a dos Millers lá embaixo, descendo a encosta, do outro lado da rua; e depois o lago). Os Ungers tinham um barco que ficava em frente à garagem, que usavam duas vezes durante o verão, todos os anos, e dois Cadillacs. Tinham também três fontes para os pássaros em estilo grego-fajuto e uma ampla e brega variedade de bolotas rosadas e azuis que enfeitavam o jardim. Tinham estatuetas em forma de jóqueis negros no jardim e três cervos de concreto – uma fêmea e dois machos. E gnomos.

Charlie e eu gostávamos de esconder os gnomos. Ou simplesmente trocá-los de lugar. Certa vez, Charlie pegou dois deles e colocou um em cima do outro. "Gnomos transando!", disse ele, o que me deixou bastante constrangida, mas ainda assim eu ri.

– Bem, fumar faz mal – eu disse. – E você sabe disso.

Charlie jogou o cigarro na rua e nós dois fomos rumo à trilha azul – uma trilha circular com cerca de cinco quilômetros de extensão entre o Templo e o lago, onde as pessoas levavam seus cachorros para passear (mas não limpavam o cocô que os bichos deixavam) e levavam suas famílias nos finais de semana. Quando estávamos chegando na trilha, um carro subiu pela alameda Overlook. Diminuiu a velocidade e parou.

– Ei, crianças. O que vocês estão fazendo?

– Nada que seja da sua conta – disse Charlie, irritado.

– Querem dez dólares?

– Para quê? – Charlie ficou na minha frente, por instinto.

– Eu... ah... sou fotógrafo do jornal.

– E...?

O cara era estranho demais para ser real. Seu carro era imundo – um Chrysler branco e quadradão que não passava por uma lavagem há vários meses.

Charlie o encarou.

– Essas trancinhas loiras são lindas – disse o cara, movendo a cabeça para me enxergar por trás de Charlie.

– Caia fora daqui – disse Charlie. – Seu pervertido do caralho.

– Ei, o que é isso, garoto? Eu só...

– Vera! Corra!

Eu corri. Subi pela trilha azul até a primeira bifurcação no caminho. Peguei o caminho da direita, que levava até o pequeno estacionamento na alameda Overlook, logo diante de nossas casas. Não olhei para trás até ouvir passos rápidos atrás de mim. Em seguida, ouvi o carro dando a partida e indo embora.

Charlie estava aos pulos, cheio de adrenalina.

– Puta que pariu. Aquele cara era um pervertido *de verdade*.

– Você acha mesmo? – eu perguntei, olhando as solas dos meus tênis para ver se havia pisado em algum cocô de cachorro.

– Ele me ofereceu vinte depois que você foi embora.

– Eca – eu disse. – Acho que é melhor contarmos para os meus pais. – Eu sabia que eles não acreditariam em nós e nem dariam importância. Havia uma razão pela qual Charlie era um sol tão brilhante e ofuscante. Ele vinha de um vácuo negro, frio e infinito.

– Você pegou o número da placa dele?

– Não. Vamos até a árvore – disse ele, levando a mão ao bolso para pegar outro cigarro. – Podemos pensar no caso ali.

– E se ele vier atrás de nós?

– Ele que tente subir no Carvalho-Mestre. O espírito do Grande Caçador vai nos proteger.

11 AOS SETE ANOS

Na primeira vez que Charlie Kahn me falou sobre o espírito do Grande Caçador, tínhamos sete anos. Estávamos na turma do primeiro ano da Sra. Grogan, aprendendo a contar até cem. Ele se aproximou e sussurrou:
– O espírito do Grande Caçador adora o número 72.
– Por quê? – eu sussurrei de volta.
– Não sei. Talvez seja quando ele morreu.
– Ah, em 1972?
– Não. Tipo, a idade dele.
– Oh – eu disse, naturalmente constrangida, embora já estivesse acostumada a estar errada em relação a Charlie naquela época.

Segundo o que ele sabia, o Grande Caçador era um espírito índio que morava nos bosques perto das nossas casas. Bebia água do lago. Observava as estrelas no alto das montanhas. Protegia as pessoas que andavam pelas trilhas, caçadores e moleques que subiam nas árvores como nós, e criou a árvore mais sagrada de todas, o Carvalho Mestre, para que crescêssemos nela.
– Como você sabe disso? – eu perguntei.
– Meu pai me falou. – Charlie o adorava, como qualquer criança de sete anos adora o pai. O Sr. Kahn gostava de levá-lo para observar os cervos na floresta no meio do outono, deixava-o atirar com uma espingarda de chumbinho contra alvos nos fundos da casa e lhe contava histórias sobre o Grande Caçador.

Naquela mesma manhã tivemos uma aula na biblioteca. A bibliotecária nos deu uma figura para colorir. Era um desenho de uma espécie de casamento entre duendes. Havia um monte de animais da floresta ao redor que jogavam trevos de quatro folhas sobre o casal feliz.
– Você acha que vamos nos casar algum dia? – eu perguntei.

– Se eu e você vamos ser marido e mulher? – perguntou Charlie.

– Não, seu bobo. Com outras pessoas. (Mas, na verdade, eu realmente estava falando sobre Charlie e eu sermos marido e mulher)

Ele estava recortando o duende, mesmo que aquilo não fosse o objetivo da aula.

– Não quero casar – respondeu ele, separando a noiva do noivo. – É uma gritaria sem fim.

Fiz que sim com a cabeça como se concordasse, mas meus pais meditavam e faziam ioga juntos, e não gritavam.

– Além disso... – ele amassou o papel com o buraco no lugar do noivo e a imagem da noiva e o jogou, como se estivesse arremessando uma bola de basquete, na lixeira que ficava a dez passos dali. – O Grande Caçador vive sozinho.

Ao ouvir aquilo, chorei em segredo.

12 | SEXTA-FEIRA | DAS QUATRO ATÉ O FECHAMENTO

Hoje eu tive prova de Vocabulário e me deu um enorme branco quando surgiu a palavra *vasca*. Por isso, aqui estou eu usando *vasca* em uma frase.

Os mil Charlies me causaram uma vasca tão forte, que me esqueci de estudar para a prova de Vocabulário. Não vou segui-los até o pet shop Zimmerman's, não importa quantas vezes eles tentem me arrastar até lá. Vou evitar o Shopping do Templo pelo resto da vida se for preciso.

Quando chego ao Templo da Pizza depois da aula, Marie está na frente da loja com Greg, o proprietário, um yuppie que dirige BMWs e despreza mulheres. Ela faz que sim com a cabeça enquanto ele fala as porcarias que ela já sabe.

– Você tem que mandar os empregados encherem a câmara frigorífica quando ela estiver pela metade. Assim, vocês sempre terão refrigerantes gelados – diz ele. – E não se esqueça de mandá-los tomar cuidado para não furar as latas com a faca ao dividirem os fardos em grupos de duas e quatro.

Marie tem que fingir que está interessada naquilo, mesmo que já saiba muito melhor do que Greg sobre como administrar a pizzaria. Aposto que essa é a primeira vez que ele cuida de uma empresa. Qualquer outro empresário ficaria mais preocupado com a possibilidade de os funcionários cortarem a si mesmos, não aquelas latas idiotas.

Eu entro pelos fundos, onde James e dois entregadores maconheiros estão montando caixas e jogando-as como se fossem *frisbees* no alto da pilha, tentando acertar o topo sem derrubar tudo aquilo em cima de nós.

– Greg está aqui, cara. É melhor parar com essa zoeira – eu digo.

– Greg é um cuzão – diz Tommy Maconheiro.

– É verdade. Greg pode vir aqui e chupar o meu pau – diz Dylan Maconheiro.

– Ei. – James dá um tapa de leve na testa de Dylan. – Não fale desse jeito com Veer.

– Desculpe, Vera. – Dylan se curva de maneira zombeteira. – Eu quis dizer que Greg pode colocar sua boca delicada e acostumada a dirigir BMWs na cabeça latejante do meu membro.

James dá de ombros.

– Que se dane – eu digo. E olho para James. – O que você acha que eu sou? Sua irmã mais nova?

James me agarra, me coloca debaixo do braço e me dá um cascudo gentil. Ele cheira a Marlboro e sabonete.

Eu volto até a escada dos fundos depois de pegar meu envelope com o troco (uma nota de dez, uma de cinco, quatro de um e um punhado de moedas que totalizam um dólar) e o celular do Templo no escritório e fico montando caixas até que os telefones da pizzaria começam a tocar. Em seguida, fico no balcão da frente porque tenho o talento para conversar com os clientes e digitar os pedidos no computador, algo que os Maconheiros não conseguem fazer. Mando James fazer sua primeira viagem – um circuito de cinco paradas na parte mais infestada de baratas da cidade – e me preparo para uma rota através dos subúrbios em tons pastel. Esta época do ano é bem mais divertida porque todas as pessoas acenderam suas luzes de Natal e estão participando do "Concurso-Para-Ver-Quem-Consegue-Ostentar-a-Coleção-Mais-Cafona-de-Porcarias-Natalinas". Isso pode provar que sou tão parcimoniosa quanto meu pai, mas que tipo de pessoa gasta tanto dinheiro com Papais Noéis infláveis e iluminados e renas que circulam e cantam? Quem pensou que seria uma boa ideia moldar presépios de plástico que se acendem à noite? Fala sério... Ainda existem crianças morrendo de fome na África, não é? Ainda há crianças morrendo de fome aqui mesmo nessa bosta de cidade.

Faço tantas viagens suburbanas quanto consigo. Parte do motivo é que as gorjetas são melhores. Outra parte, pela segurança, também. Não posso mandar James ou os Maconheiros para todas as entregas na área central, mas não posso ignorar o fato de que sou uma garota. Nunca havia pensado nisso até fazer uma entrega na rua Maple durante a minha primeira semana como entregadora. Cheguei cinco minutos antes do horário marcado, mas o homem que atendeu à porta disse que eu estava atrasada. Eu sabia que não estava. A etiqueta na caixa dizia 19h32, e eram 19h55. Eu estava sete minutos adiantada. Mas ele discutiu comigo na porta, e quando eu disse para que então ligasse para a minha gerente, ele conseguiu me convencer a entrar e me acompanhou por toda aquela casa estreita até a cozinha nos fundos, onde coloquei a pizza sobre uma quantidade tão enorme de baratas que a caixa fez um ruído seco, como se estivesse estalando. Ele ficou agitado quando eu o lembrei de que tinha que ligar para a minha chefe, e percebi que era uma imbecil por estar na cozinha desse cara. Por sorte, ele não era um estuprador maluco. Por sorte, era só um cara pobre que queria uma pizza grátis.

Embora a maioria das pessoas nem olhe para a pessoa que entrega a pizza e tampouco perceba que eu sou uma garota – especialmente com as minhas botas com biqueira de aço e o boné do Templo da Pizza sobre os olhos –, eu ainda prefiro os subúrbios. Acho que o lugar parece familiar, ou algo do tipo. Eu conheço as ruas. Conheço as pessoas que moram ali.

Esqueço, até passar pela escola ao voltar dos subúrbios onde mil Papais Noéis giratórios e cantantes vivem, que há um jogo de futebol americano esta noite. Vamos jogar contra a Wilson, uma velha rival. Tinha 14 anos na época do último jogo que assisti entre esse time e Mount Pitts. Estava com meu pai e Charlie nos acompanhava. Quando o levamos para casa depois do jogo, vi que a Sra. Kahn estava chorando e parecia bastante abalada.

Quando nos afastamos da casa de Charlie, eu perguntei:
– Pai? Você acha que a Sra. Kahn está bem?
– Está tudo bem com ela, Vera.
– Mas ela não parecia estar bem, não é?
– Ignore isso – disse meu pai.

Quando ele disse aquilo eu senti como se estivesse murchando um pouco. Havia passado uma boa parte da minha vida ouvindo meu pai dizer "Ignore isso" em relação às discussões irritadas que ouvia por entre as árvores, vindas da casa de Charlie.

No verão, as árvores nos blindavam. Eu não conseguia ver a casa de Charlie e não conseguia ouvir o Sr. Kahn gritando. No inverno, eu ouvia cada palavra, dependendo da direção em que o vento soprasse. Eu ouvia cada tapa e cada empurrão. Ouvia-o chamá-la de "vaca estúpida", e podia ouvir os ossos dela chacoalhando quando ele a segurava e agitava seu corpo. Se eu olhasse pela janela à noite, podia até mesmo ver a pequena brasa alaranjada do cigarro de Charlie ficando mais luminosa quando ele tragava.

– Deixe isso pra lá – dizia meu pai, enquanto minha mãe se remexia em sua poltrona favorita.

– Mas não podemos ligar para alguém ir até lá e ajudá-la?

– Ela não quer ajuda – dizia a minha mãe.

– Ela vai ter que ajudar a si mesma – corrigia o meu pai. – É uma daquelas coisas, Vera.

Dylan Maconheiro está fumando um baseado no estacionamento quando eu volto. Ele o estende para mim, com a extremidade úmida para cima.

– Não, cara, valeu.

– Você que sabe.

– As coisas estão paradas?

– Não sei. Vá dar uma olhada – diz ele, rindo.

Há outro motivo pelo qual eu gosto de James. Ele não fuma maconha. Diz que isso o faz se sentir paranoico.

Quando eu entro, já estamos no meio do caos da noite de sexta. Há três pilhas diferentes de pedidos e o forno está abarrotado com mais um monte.

– Onde está o resto dos entregadores? – pergunta Marie, enxugando o suor da testa com a parte de cima do punho.

– Dylan está lá fora.

Ela levanta o rosto e aperta os olhos na direção da vidraça. Ela bate para chamar a atenção do rapaz e ele entra, ainda exalando o cheiro de fumaça de maconha.

– Mexa esse seu rabo chapado e pegue isso aqui.

Ela joga as bolsas térmicas para ele, enfia as pizzas, mostra para onde cada uma delas vai no mapa que está na parede e, no momento em que ele está esquecendo os dois fardos com seis latas de Coca, ela chega correndo, coloca os refrigerantes no alto das pizzas e abre a porta para ele.

Nós o observamos queimar a borracha dos pneus quando desce pela rampa do estacionamento.

– Aquele garoto é um idiota completo.

Marie diz que o requisito mínimo para se trabalhar hoje em dia é ter um coração capaz de bater, e é por essa razão que ela não o demite. Mesmo que não limpe o chão do jeito certo quando fecha a pizzaria, ele ainda ganha o mesmo que eu, e eu limpo tudo do jeito certo. Quando ele lava os pratos, encontramos comida seca grudada neles na manhã seguinte e alguém tem que raspar os restos com uma faca. Mas ele continua na escala, semana após semana.

Parece que quanto mais as pessoas envelhecem mais merda elas ignoram. Ou, como meu pai, prestam atenção em coisas que os distraem de outras mais importantes do que aquelas que estão ignorando. Enquanto se ocupa recortando cupons de desconto, por exemplo, e me dizendo que um emprego em tempo integral vai me ensinar o que preciso saber sobre o mundo real, ele acaba ignorando que o cara da rua Maple poderia ter me matado, me esquartejado e jogado o meu corpo, pedaço por pedaço, ao longo da estrada. Ele está ignorando todas as notícias sobre motoristas serem assaltados à mão armada ou de terem seus carros invadidos por ladrões enquanto ainda estão dentro deles.

É uma coisa e tanto querer ignorar isso tudo. Não acho que seja um problema. Afinal, eu ignoro um monte de coisas, como os dias de confraternizações estudantis e os olhares de asco que eu recebo da Turma da Retenção enquanto tento passar despercebida pelos corredores. Mas, para mim, tem alguma coisa que não funciona quando você diz a uma pessoa o que ela deve ignorar. Especialmente se forem coisas que, na verdade, não devemos ignorar.

Um outro aluno praticando *bullying* na escola? Ignore-o. Uma garota espalhando boatos? Ignore-a. O professor do oitavo ano belisca o bumbum da sua amiga? Ignore. O professor machista de Geometria dizendo que as garotas não deviam fazer faculdade porque tudo que farão na vida é parir bebês e engordar? Ignore-o. Ouviu dizer que uma garota da sua sala está sendo violentada pelo padrasto e teve que ir para a clínica? Ouviu dizer que ela está trazendo os comprimidos da mãe para a escola e vendendo-os para pagar pelo aborto? Ignore. Ignore. Ignore. Cuide da sua própria vida. Não crie tumulto. Seja discreto. É uma daquelas coisas, Vera.

Na boa, eu não consigo entender. Se o ideal é que ignoremos tudo o que há de errado em nossas vidas, então não vejo como as coisas poderiam um dia dar certo.

São dez e meia e estamos reduzidos quase que apenas aos funcionários que ficam para fechar a loja. Dylan quer sair mais cedo para ir a uma festa, então faz com que Marie lhe dê o pagamento pela noite de trabalho enquanto eu faço a minha pausa para o jantar, sentada no balcão frio de inox da cozinha, ao lado da pia.

– Você vai trabalhar na noite do Ano Novo? – pergunta Marie, contando a comissão dele.

– Tá tirando uma com a minha cara? – diz ele, fazendo que não com a cabeça. – Não conte comigo.

– Seria ótimo termos mais entregadores. Vou dobrar a comissão.

Dylan não está nem prestando atenção.

– Eu topo – digo. Por que o que mais eu teria para fazer na noite do Ano Novo, agora que Charlie se foi?

13 | HISTÓRIA | AOS 13 ANOS

A primeira véspera de Ano Novo que eu me lembro de ter ficado acordada até a meia-noite foi quando eu tinha 11 anos. Estava nevando e a minha mãe ainda estava por perto. Quando a bola desceu na Times Square, eu corri para fora, descalça sobre a neve, e gritei "FELIZ ANO NOVO!". Charlie respondeu: "FELIZ ANO NOVO!", e tudo estava tão quieto por causa do isolamento causado pela neve, que parecia que ele estava logo ao meu lado, embora morasse cem metros mais adiante e um bosque de árvores esqueléticas nos separasse.

No ano seguinte, minha mãe disse que tínhamos que celebrar a noite de Ano Novo em família. Ela preparou *eggnog* caseira e colocou um monte de biscoitos de festa (não podíamos mais dizer "Natal", porque meus pais "estavam mais próximos do Buda") em uma bandeja. Ainda não sabíamos, mas aquela seria a última noite de Ano Novo que ela passaria conosco. Ela olhou para o nada muitas vezes, não falou muito, e beijou meu pai quando o relógio deu meia-noite como se estivesse batendo um cartão de ponto.

As coisas mudaram quando eu estava com 13 anos. Naquele ano, Sherry Heller convidou Charlie e a mim para ir à sua festa de Ano Novo no porão, para que todos pudessem vê-la beijando o seu namorado narigudo da Midland Catholic. Ele era jogador de futebol americano. Chegou até mesmo a colocar a mão por dentro da blusa de Sherry enquanto o resto de nós (as dez ou onze pessoas que apareceram) assistia à cena, sentados nos móveis que ficavam ao ar livre, todos com manchas de bolor, que haviam sido tirados de algum quarto de despejo para a festa.

– Quer experimentar? – perguntou Charlie.

– Não – respondi, sabendo que ele estava brincando.

– E você, o que me diz? – perguntou ele, piscando para Marina Yoder.

Ela considerou a proposta.

– Ah, nem quero. Estou resfriada.

Eu o observei. As outras meninas não gostavam de Charlie porque ele não se cuidava. Mas eu gostava disso. Ele comprava roupas usadas – puídas, esburacadas, desbotadas. Gostava de moletons grandes com capuz e os punhos esfarrapados – quanto mais esfarrapados, melhor. Se houvesse um fiapo dependurado em uma camisa de flanela rasgada, ele o deixaria ali. Pessoas normais iriam querer cortá-lo fora, mas Charlie mergulharia o fiapo em sua sopa e deixaria o líquido lhe escorrer pelo cotovelo.

Não era um sujão, mas seu cabelo ficava ensebado às vezes, e, se ficasse, era porque ele o queria assim. Acho que nunca o vi com os cabelos penteados. Ficava bem nele aquele estilo largado, a franja lhe caindo sobre as sobrancelhas grossas. Fazia com que ele parecesse malandro e interessante.

A Sra. Kahn parou de tentar fazer com que Charlie ficasse "com uma aparência decente" no quarto ano da escola. Eu me lembro claramente daquele dia: os alunos seriam fotografados. Em novembro. Eu estava usando uma calça de veludo sintético verde e uma blusa bonita, com bordados ao redor da gola. Charlie vestia um moletom cinza com uma mancha de gordura na manga, e sua mãe discutiu com ele durante todo o caminho até o ponto do ônibus.

Ela estava trazendo uma camisa social branca e engomada, bem adequada para ir à missa, e um pente. Ele finalmente se virou para ela, pegou a camisa e a jogou na sarjeta, cheia de folhas caídas e apodrecidas, e a pisoteou.

Antes que ela pudesse reagir, ele pegou o pente e jogou-o no meio das árvores, dizendo:

– Olhe, volte para casa. Quem se importa com essas fotos idiotas da escola? – E assim ela voltou para casa, como um macaco treinado, depois de passar vários anos sendo tratada como um macaco treinado pelo Sr. Kahn.

Na noite da festa de Sherry Heller eu ainda tinha aquela foto do quarto ano na minha carteira. Os cabelos dele, penteados com os dedos e lhe caindo sobre o olho esquerdo, e a borda da mancha de gordura no moletom que mal era visível no canto inferior direito.

Depois de assistir Sherry beijando seu namorado por mais vinte minutos, Charlie me cutucou e olhou para a porta. Caminhamos juntos de volta para casa, percurso de um quilômetro e meio, e celebramos o Ano Novo no meio da rua ladeada por árvores, com a lua cheia iluminando o caminho; Charlie tragando um Marlboro e eu girando de um lado para outro como se estivesse dançando num baile e chapada de crack, porque havia bebido Coca-Cola demais.

– Veer?

– Sim?

– Vou te dizer uma coisa: nós nunca mais vamos para outra porra de festa de Ano Novo.

– É isso aí – eu disse, ainda rodopiando.

– É sempre a mesma porcaria.

– Aposto que o namorado dela não acha.

– Sim. Devem estar transando no balanço agora, fazendo aquele treco ranger sem parar.

– Eca. – Pensei na minha mãe, grávida aos 17 anos. Fazia pouco menos de um ano que ela nos deixara.

Eu ainda estava pensando nela quando Charlie perguntou:

– Você não tem curiosidade para saber como é?

Parei de rodopiar, tropecei e caí no chão, bem sobre as duas faixas amarelas. Charlie acendeu outro cigarro e prendeu a fumaça nos pulmões.

– Meu pai diz que os garotos querem somente uma coisa.

– Certo.

– Ele diz que eu só devia começar a pensar em garotos depois que terminasse a faculdade.

– Aham.

Eu não sabia mais o que dizer. Assim, levantei-me lentamente e tentei manter o equilíbrio.

– Mas o que é que *você* acha? – perguntou ele, estendendo a mão para me ajudar a firmar o passo.

– Eu acho que...

Antes que eu pudesse terminar, Charlie estava me beijando na boca e me abraçando com força e, quando eu abri os olhos, a lua estava brilhando naqueles cílios carinhosos, molhados pela umidade gelada. Ele largou o Marlboro na rua e o esmagou com a bota. Levou as mãos até a minha cintura e eu fiz o mesmo, entrelaçando os meus dedos nos dele. Era uma sensação boa, a língua dele se movendo na minha boca. E foi então que eu me lembrei. Aquele ali era Charlie, o meu melhor amigo. Não era um garoto. Lembrei que eu era a filha da minha mãe, lutando contra a própria sina (lutando e perdendo a batalha, porque nunca em minha vida algo pareceu tão certo).

Quando finalmente consegui me desvencilhar, eu disse:

– Cara! O que foi isso?

Ele deu de ombros.

– Sei lá. – Charlie agitou os pés de um lado para o outro. – Achei que nós podíamos treinar um pouco.

14 | UM BREVE COMENTÁRIO DO GAROTO MORTO

Eu me arrependo de tudo o que aconteceu com Vera. Até mesmo na época do jardim de infância, quando eu recortei a figura do duende. É difícil explicar. Até onde eu sei, não tive escolha. Nasci em uma família composta por um homem como o meu pai e por uma mulher como a minha mãe, e tive que salvar Vera de mim.

Isso não me impediu de agir escondido de mim mesmo algumas vezes. A ocasião em que eu a beijei no meio da rua, na noite de Ano Novo, ou aquela vez em que mandei flores para ela no Dia dos Namorados foram testes, eu acho. Amar Vera Dietz foi a coisa mais assustadora que já aconteceu comigo. Ela era uma boa pessoa e tinha uma boa família. Era capaz de escrever palavras grandes e lembrar-se de fazer a lição de Matemática, e o pai dela não falava palavrões nem bebia como o meu. Eu sabia que a mãe dela já tinha trabalhado como *stripper*, mas isso não tinha importância. Vera tinha classe.

Há uma coisa que você não percebe quando ainda está na Terra: é muito fácil mudar de ideia. Quando está apaixonado e cheio de sensações, suposições, influências e equívocos, as coisas parecem ser impossíveis de mudar. Daqui você percebe que a mudança é tão fácil quanto ligar um interruptor no seu cérebro.

Passei muito tempo na Terra desejando poder ter tanta classe quanto Vera. Achei que, se eu tivesse, talvez pudéssemos até mesmo ter um futuro juntos. Mas eu imaginava que nunca teria classe. E era aquela sensação, e a impotência e a raiva que vêm de uma sina como a minha, que me atraíram para Jenny Flick – a garota que me mandou para cá.

15 | DAS QUATRO ATÉ O FECHAMENTO

As noites de sexta ficam mais agitadas por volta das onze horas. Fechamos à uma da manhã. Geralmente há uma entrega ou duas no Bar do Fred à meia-noite, e também em festas – garotas pré-adolescentes que ficam de risadinhas o tempo todo, reunidas para dormir na casa de uma amiga, ou gente bêbada que largou a faculdade e que têm acesso a cerveja.

Dois pedidos chegam antes de desligarmos os fornos. Marie já está jogando os ingredientes dos potes translúcidos no lixo, contando recibos e verificando se as somas estão certas no computador. Quando eu voltar da minha última entrega, ela já vai estar com a minha comissão pronta e James vai estar lavando os pratos. Jill já fez toda a preparação para o expediente de amanhã, que será meu dia de folga; então tudo o que tenho que fazer é passar o esfregão no chão, ligar a máquina de lavar louças antes de fecharmos a pizzaria e ir para casa.

Quando saio, empilho os meus pedidos no carro e tenho que voltar correndo para pegar um fardo de Coca da primeira entrega. Pelo vidro eu vejo que James está olhando para as minhas costas e imagino se ele sonha acordado comigo do mesmo jeito que eu sonho com ele. Talvez meu pai tenha razão e um emprego em período integral realmente faça uma pessoa amadurecer. Talvez eu tenha 23 anos na minha cabeça. Ou então, já que ele largou a faculdade estadual e começou a trabalhar no Templo da Pizza, sua idade mental seja de uns 18. Ele acena quando eu engato a ré e eu finjo que não vejo.

Primeira entrega: um solteirão, já meio bêbado. Nem olha para mim. Precisa da Coca para preparar mais cuba-libre. Duvido que ele precise da pizza pequena de pepperoni. Ele me dá uma gorjeta de um dólar, eu volto para o carro e sinto Charlie ali outra vez.

Ele me faz colocar *heavy metal* para tocar. Diz para eu ir a lugares onde não quero ir, como a Zimmerman's. Ele me avisa, também, para não pegar a via Linden, caso contrário eu vou morrer em um acidente horrível. Tipo, nem tenho certeza disso, mas é o que sinto; por isso, faço o que ele diz só para garantir. Até mesmo depois de morto Charlie continua sendo um pé no saco dos infernos.

Quando estava vivo, assim que ele parecia ser uma coisa, mudava e se transformava em outra. Não importava qual era o modismo – música, roupas, penteados, hobbies –, Charlie era sempre o rebelde indefinível. Sua prioridade número um era fumar o próximo cigarro. Foi por esse motivo que ele ficou retido tantas vezes depois da aula na primavera. E, embora ele ficasse junto de mim quando tínhamos que evitar a Turma da Retenção e os maconheiros desde que me entendo por gente, o tempo que ele passou retido acabou por aproximá-lo deles, distanciando-o de mim. E foi por isso que acabei odiando Charlie.

Eu me lembro do primeiro de abril deste ano, quando Jenny Flick disse a Charlie que eu estava falando mal dele pelas costas. E foi aí que tudo começou a dar errado.

– Ouvi dizer que você está falando mal de mim – dissera ele, lívido. Todos os seus músculos estavam retesados.

Estávamos no Templo e eu jogava aviõezinhos de papel. Ele levou a mão até o bolso da camisa para pegar seus cigarros. Eu disse, sabendo que ele estava irritado, mas pensando que fosse fingimento por causa do primeiro de abril:

– É mesmo? E o que foi que eu falei?

– Está dizendo que não fez isso?

Olhei para ele e abri um sorriso torto.

– Você é o meu melhor amigo. Nem sei o que iria dizer se quisesse falar mal de você.

– Ah, é mesmo? – Quando percebi que ele estava realmente irritado, fiquei um pouco assustada. – Então não foi você que estava espalhando que o meu pai bate na minha mãe para a escola inteira?

– O quê?

– Você está fingindo que está surpresa, mas eu sei que você sabe.

O que eu podia dizer? Guardei o segredo dos Kahns por toda minha vida, contra meu próprio bom senso, e jamais disse uma palavra sobre o assunto.

– É claro que eu sei, Charlie. Faz só 17 anos que sou sua melhor amiga e sua vizinha. Mas eu nunca disse uma palavra sobre esse assunto para ninguém. Nunca. Nunca MESMO.

– Então como a escola inteira está sabendo disso?

– Quem te disse que todo mundo sabe?

– Jenny.

E foi aí que a tempestade de merda começou.

Eu tinha cem argumentos que faziam sentido. Tinha cem provas. Tinha cem verdades. Nada funcionava. Charlie acreditava em Jenny Flick.

– Mas você sabe que ela é uma mitômana! – eu disse.

– Pare de usar essas palavras difíceis. Você fala como se fosse uma porra de uma nerd.

– Talvez eu seja uma porra de uma nerd.

– Talvez você seja mais do que uma nerd.

– O que você está insinuando?

– Não sei. Mas o mundo dá voltas, eu acho.

Eu podia ouvir nossa amizade morrendo naquele momento. Atropelada por um caminhão tão enorme e que chegava com tanta velocidade, que não sobrava nada. Nem um fragmento da nossa infância, nem uma farpa da nossa casa na árvore, nem um pouco do nosso beijo na noite de Ano Novo. Nada. Jenny Flick havia conseguido arrancar de mim a única pessoa que deixei se aproximar, e que me substituiu por cerveja, sexo e maconha.

E agora eu não tinha mais mãe e nem melhor amigo.

Mas eu disse a mim mesma que algum dia Charlie perceberia o que estava fazendo. Algum dia ele veria como foi levado para o lado negro por uma piranha mentirosa. Pensei até mesmo que essa conversa no Templo seria a pior coisa que poderia acontecer.

Mas eu não fazia a menor ideia do que estava por vir.

Lembro-me de uma citação em um dos livros Zen que meu pai deixava no banheiro: "O salgueiro é verde. Flores são vermelhas. A flor não é vermelha; nem o salgueiro é verde".

Era a mesma coisa com Charlie.

Charlie era meu amigo; me tratava muito bem. Charlie não era meu amigo; nem me tratava bem.

16 | SEXTA-FEIRA | DAS QUATRO ATÉ O FECHAMENTO | ÚLTIMA PARADA

Aqui estou eu usando *mitomania* em uma frase.

Jenny Flick sofre de um caso tão sério de mitomania, que acredita em suas próprias mentiras. Nunca consegui entender o que Charlie viu nela. Eu a conheço desde o final do Ensino Fundamental, quando esbarrei nela diante do espelho do banheiro; ela estava passando delineador nos olhos.

– Ei, o que há com você? – perguntou ela.

– Desculpe.

– Acho melhor se desculpar mesmo.

Ela usava muito delineador naquela época, com 13 anos. E agora, com 18, usa tanto delineador preto embaixo dos olhos que fica parecendo com um guaxinim sacana que joga futebol americano.

Jenny Flick era capaz de mentir sobre qualquer coisa. Diria que conheceu o vocalista da sua banda preferida e que tomou ácido com ele. Diria que estava dando para o professor de Biologia, ou que seu padrasto cheirava pó com o diretor da escola. Fazia desenhos em si mesma com uma caneta de ponta fina e falava pra todo mundo que eram tatuagens. Ouvi dizer que ela mentia para o pai – que morava na Califórnia com a nova família – sobre querer se matar, e sobre um distúrbio alimentar, ou sobre se cortar, ou qualquer desculpa que pudesse inventar para ir morar com ele, mas que tudo isso lhe rendera, na verdade, uma longa lista de antidepressivos e consultas semanais com um psiquiatra. Mentia do mesmo jeito para os seus amigos. Fez com que toda a sala do terceiro período se convencesse de que ela iria morrer de leucemia no primeiro ano da faculdade. Alguns dos alunos chegaram a lhe mandar cartões – até mesmo algumas pessoas sobre as quais ela mentiu ou fez fofoca.

Eu havia conseguido ficar fora do radar dela, na maior parte do tempo, e mantinha a minha invisibilidade. Mas quando ela começou a gostar de Charlie e quis me tirar da vida dele, as coisas mudaram. Eu me tornei o alvo de Jenny e ele se tornou o prêmio que ela queria.

Agora que Charlie se foi, ela voltou a me ignorar. Imagino que ela ache que está segura agora, porque já faz três meses e meio e eu não disse nada sobre o que realmente aconteceu na noite em que ele morreu. Mas não está.

Minha última entrega da noite é um pedido de quatro tortas nos velhos subúrbios. São casas pequenas de apenas um piso, construídas tão perto umas das outras, que dá para ouvir o vizinho mijando pelo beco que separa as construções, embora elas também tenham jardins e quintais que são ótimos para entulhar com "Porcarias-Natalinas-Luminosas-e-Cafonas".

Alameda North Gerhard, 556. Uma casa quadrada de tijolos vermelhos com uma campainha verde e vermelha que toca "Jingle Bells" quando eu aperto o botão, e uma placa à direita da porta que exibe "Bem-vindos à nossa casa", com dois cervos malhados nela. Há oito carros diante da casa, cada um apontando para uma direção diferente. Dois deles estão sem pneus, apoiados em blocos de concreto. O som de uma festa ecoa pelo bairro sonolento. Um dos carros tem um uniforme de futebol americano azul e branco preso à janela traseira com fita adesiva e as palavras "Panthers Campeão!" pintadas logo acima. Pelos sons que vêm de dentro da casa, parece que ganhamos o jogo de hoje.

A porta se abre e a música e o cheiro da fumaça de maconha me atingem. Abro a aba da bolsa térmica e digo:

– 34,99, por favor. – Ergo os olhos e vejo Jenny Flick, com os braços cruzados, olhando para mim com cara de poucos amigos, e Bill Corso, o capitão semianalfabeto e astro do time de futebol americano da escola, logo atrás dela.

– Olhe quem está aqui – diz ela.

Eu tiro as quatro pizzas das bolsas, entrego-as para Bill e empilho as bolsas térmicas debaixo do braço, que está fraco pela mistura de medo e raiva que estou sentindo no momento. Tiro a bolsa com o troco do bojo da minha calça do exército. Jenny ainda está me encarando com uma careta no rosto, o delineador aplicado ao redor dos olhos como se ela fosse um personagem de um filme do Tim Burton.

– 34,99, por favor.

Ela enfia a mão no bolso e tira um maço de notas. Em seguida, solta uma por uma e deixa que elas caiam sobre o capacho. Duas delas caem aos meus pés.

– Quanto foi mesmo, *baby*? – ela pergunta a Bill, que está tão chapado que nem percebe que ela está jogando punhados de dinheiro no chão.

– Não sei, Jen. Você sabe que não consigo fazer contas depois que fumo um.

Ela começa a rir e joga o resto do maço de notas no ar, por cima da minha cabeça, e depois bate a porta na minha cara. Eu olho ao redor para ver onde o dinheiro caiu, junto tudo num monte com o pé e me curvo para recolhê-lo.

A porta abre. Jenny Flick aparece de novo, e atrás dela Bill Corso está com um estilingue de competição na mão, mirando para mim.

– E aqui está a merda da sua gorjeta – diz ela.

Ele dispara uma moeda de um centavo que acerta o meu ombro e dói para burro. Os dois riem como um par de menininhas de dez anos e batem a porta outra vez.

No carro, eu conto o dinheiro amarrotado e descubro que Jenny Flick, sem perceber, me deu uma gorjeta de 33 dólares. Provavelmente é a melhor coisa que as drogas farão por mim. Antes de cair fora dali, dou uma olhada na casa. Um bando de rapazes do time de futebol americano se enfileirou diante da vidraça e estão mostrando as bundas para mim. Dedos médios em riste preenchem os espaços entre elas. Há partes de mim que explodiriam essa casa agora. Há partes de mim que ririam enquanto todos eles queimassem. Meu ombro, onde a moeda acertou, está latejando e ardendo. Coloco a mão embaixo do meu assento e tateio o espaço, buscando pela garrafa gelada. Alguém aceita uma bebida?

17 — HISTÓRIA | AOS 12 ANOS

No verão, depois que minha mãe fugiu com o podólogo careca que dirigia o conversível, o pai de Charlie Kahn deixou que ele construísse uma casa na árvore. Embora eu soubesse que Charlie queria fazer tudo sozinho, ele chamava o plano de *nosso* projeto e *nossa* casa na árvore. Acho que foi a maneira que ele encontrou para me ajudar a lidar com uma época difícil.

Seu pai lhe comprou uma batelada de materiais na primeira semana depois que as aulas acabaram – caibros, parafusos, roldanas e placas de compensado impermeabilizado – mas Charlie demorou três semanas para escolher uma árvore. Caminhávamos pelo bosque entre as nossas casas e saíamos para almoçar cobertos de carrapatos e arranhões; em seguida, voltávamos a nos enfiar no mato. Perguntei a Charlie por que ele estava demorando tanto.

– O Grande Caçador precisa aprovar – disse ele, e anotou algo em um pequeno guardanapo, enfiando-o no bolso.

Meia hora depois, Charlie me disse que ficar perguntando sobre a árvore a cada cinco minutos era muita pressão, e pediu que eu o deixasse sozinho por uma semana. Parece meio ríspido, mas ele tinha boas intenções. Acho que precisava de espaço para ser excêntrico, e ele estava me enlouquecendo com toda aquela palhaçada sobre "o espírito do Grande Caçador".

Estávamos com 12 anos. Já tínhamos idade suficiente para escolher uma árvore.

Foi naquele verão que meu pai deixou de alugar o escritório na região central e levou sua escrivaninha e os arquivos para o quarto extra que tínhamos no térreo da casa. Era lá que a minha mãe praticava a ioga da paz e a meditação do perdão, o que aparentemente não deu muito certo.

Aquele também foi o primeiro verão em que consegui convencer meu pai a me deixar trabalhar como voluntária no centro de adoção que ficava dentro do pet shop Zimmerman's no Shopping do Templo. Foi difícil para ele, porque se importar com bichos de estimação era algo totalmente contrário à sua natureza. Não que ele fosse cruel ou insensível. Meu pai simplesmente não se interessava por animais. Ele sempre detestava quando eu o arrastava até a Zimmerman's, quando era criança, para olhar os hamsters ou os cachorrinhos. Quando eu insistia para que ele me desse um bichinho fofinho que eu pudesse apertar e abraçar, ele me mostrava no papel quanto dinheiro era necessário para cuidar de um bicho de estimação, e dizia que havia crianças da minha idade passando fome em vários lugares do mundo. "Acho que eles precisam mais de quatro mil dólares por ano do que um cachorro", dizia.

Mas ele deve ter percebido naquele verão que eu era diferente dele – e que aquela frieza no coração só estava me deixando pior. Eu amava os animais. Em parte porque ele não gostava e não me deu um, e em parte porque isso está no manual. Qual é a garota de 12 anos que não sonha em cuidar de um cãozinho ou um gatinho? Qual é a garota de 12 anos, cuja mãe acabou de abandoná-la, que não quer um companheiro que a ame, independente do que aconteça? Assim, ele me ajudou a preencher o formulário de cadastro de voluntários, me deu dez pratas para comprar a camiseta roxa do uniforme e me levava até a loja uma vez por semana, o tempo máximo que ele me deixava ficar ali, porque eu tinha apenas 12 anos. Eu *amava* aquilo. Tudo aquilo. Adorava o pessoal da adoção, porque eles resgatavam animais e encontravam bons lares para eles. Amava a loja de animais, o Sr. Zimmerman e sua parede cheia de aquários de peixes exóticos. Ele tinha um papagaio cinzento que falava e ficava empoleirado perto da caixa registradora, e que imitava o som do telefone tocando com tanta perfeição que ninguém sabia dizer se o telefone realmente estava tocando ou não.

No meu primeiro dia de voluntariado cuidei de três filhotes de pastor inglês resgatados de uma daquelas casas onde um bando de malucos têm bichos demais, até que os vizinhos começam a reclamar do cheiro ou do barulho. Dei banho, escovei os três e ajudei a veterinária a aplicar loção nas áreas que haviam sido atacadas por pulgas e que já estavam em carne viva de tanto coçar. Era uma sensação que eu não tenho como descrever. Eu sentia como se tivesse um propósito ou algo parecido – como se estivesse fazendo algo realmente *grande*.

Durante o resto da semana, enquanto Charlie ainda procurava pelo lugar perfeito para sua casa na árvore, eu fiquei em casa e assisti TV. Tomei litros de *smoothies* de iogurte e comi montes de salgadinhos de *tortilla* com pouco sal e sem tempero.

– O que você está fazendo? – perguntou meu pai, bastante chateado por eu estar deitada no sofá com o controle remoto antes da hora do almoço em um dia de semana.

– O *The Price is Right* já vai começar.

Antes que ele pudesse iniciar um sermão sobre como eu devia estar fazendo algo mais produtivo com o meu tempo, como arrancar as ervas daninhas da horta de legumes ou inventar um jogo de tabuleiro que seria vendido por milhões de dólares, Charlie entrou pela porta da cozinha.

– Encontrei! – disse ele.

Desliguei a TV, olhei para o meu pai e dei de ombros.

– Preciso ir.

Ele fez que sim com a cabeça e voltou para o escritório.

Fomos até o bosque. Charlie disse:

– O Grande Caçador escolheu esta árvore. O que você acha?

Era uma ótima árvore, sem dúvida.

– Começamos com a escada, e depois com o piso. – Charlie enfiou a mão no bolso traseiro e puxou uma folha de caderno amassada e remendada com fita adesiva. – É assim que eu quero que ela fique.

Eu estudei a folha. Havia dois cômodos distintos. Um tinha uma cama e o outro tinha um sofá-cama pequeno. Até aquele momento, eu havia pensado em uma casa na árvore construída em estilo Dietz: um pedaço de compensado velho, uma corda e muita imaginação.

– Você está planejando morar lá?

– Estou, sim.

Olhei para ele por entre a minha franja.

– Até mesmo no inverno?

Ele olhou para mim como se eu estivesse tirando sarro dele. Não estava.

– Por que você está sempre tentando fazer com que eu me sinta idiota? – perguntou ele, tirando do bolso o guardanapo onde havia rabiscado alguma coisa.

– Não estava.

Ele olhou com raiva para mim, testando-me. Fiquei o mais séria que podia e não ri, embora quisesse, porque, quando Charlie começava a me testar, era engraçado. Ele acrescentou alguma coisa ao que já havia escrito e arrancou o canto onde as palavras estavam. Em seguida, enfiou o papel na boca, mastigou e engoliu.

– Vamos começar a trabalhar na escada primeiro, e depois paramos para almoçar.

Já estávamos trabalhando havia dez minutos. Eu segurava um dos caibros enquanto ele cortava segmentos perfeitos de 75 centímetros em um par de cavaletes de carpinteiro, quando um carro parou no acostamento de cascalho da rua. Estávamos em um ponto tão profundo do bosque que eu não conseguia ver muita coisa, exceto que o carro era branco.

Charlie disse:

– Espere um pouco. Meu pai pediu para eu entregar uma coisa para esse cara.

Esperei dez minutos e tentei visualizar criativamente a casa na árvore. Essa era a nova mania do meu pai desde que minha mãe foi embora – visualizar tudo criativamente, desde o jantar até a ida semanal ao supermercado para fazer compras. Ele me mandava fazer o mesmo para as provas da escola. (E eu tenho que admitir que funcionava. Embora *nunca* tenha funcionado para fazer com que ele me deixasse adotar um cachorrinho)

Charlie voltou, resfolegando e com o rosto vermelho.

– Você não precisava correr – eu disse.

– Estou empolgado para terminar logo essa coisa, sabia? – Ele se recostou contra a árvore, colocou o papel amassado sobre a coxa outra vez e anotou algo mais ali. Fazia a mesma coisa desde que éramos crianças, e isso me irritava muito. Tudo bem ser uma pessoa propositalmente misteriosa, mas ficar anotando coisas diante dos outros é grosseiro. É como ficar cochichando ou algo parecido. Assim, eu estendi a mão e peguei o papel que estava sobre a coxa dele.

– Devolva! – gritou ele, instantaneamente perdendo todo o controle. – Isso é meu!

– Cara, eu...

Ele agarrou meu braço com força e o torceu, forçando-o contra as minhas costas, o que me fez largar aquele guardanapo idiota no chão da floresta. Ele continuou segurando o meu braço enquanto se abaixava para pegá-lo.

– Puta que pariu, Charlie. – Eu não sabia o que mais podia dizer.

– Nunca mais faça isso – disse ele. – Algumas coisas são particulares.

– Claro – eu disse. – Está certo.

– Todo mundo tem direito a ter segredos – disse ele.

– Certo – eu concordei, embora nunca houvesse conhecido alguém como ele, que anotava seus segredos em guardanapos e os comia, ou que os enfiava nos bolsos, ou os queimava cerimoniosamente nos rochedos ao redor do Templo.

– Olhe, apenas não faça mais isso – disse ele, pegando o serrote e cortando rapidamente mais três segmentos para fazer os degraus, chutando os retalhos para fazer uma pilha na base do tronco. Parecia uma máquina furiosa, tremendo como se tivesse acabado de tomar aqueles comprimidos de cafeína que a minha mãe tomava para continuar magra.

18 | HISTÓRIA | AOS 12 ANOS | MEADOS DE AGOSTO

Quando estávamos no alto da casa na árvore, podíamos ver nossas duas casas e a estrada. Charlie deixava um binóculo na janela com vista para o oeste, ao lado da cama. Ele começou a dormir ali; havia colocado telas nas janelas e construído persianas para quando chovesse.

Foi só depois que meu pai subiu até lá e verificou a casa na árvore, que ele considerou me dar permissão para dormir lá uma noite. Sei que ele teve que pensar no caso porque Charlie era um garoto e eu era uma garota, e eu tentei explicar para ele que as coisas nunca foram assim. Eu ainda não entendia que estava lutando contra o meu próprio destino e que Charlie estava lutando contra o dele. Só queria dormir na casa na árvore.

– Charlie não gosta de meninas – tentei, só ouvindo o que havia dito depois de já ter falado, e depois me corrigindo. – Quero dizer, Charlie e eu somos só amigos. Tipo, eca! Entendeu?

– Eu sei.

– Então, posso?

– Veer, acho que é hora de conversarmos sobre algumas coisas – disse ele, sentindo-se visivelmente desconfortável. – Garotos com a idade de Charlie, às vezes, podem pensar e fazer coisas que você não espera. Você tem que ter cuidado.

– Charlie tem 12 anos, pai. Assim como eu.

– Eu sei, mas 12 anos podem ser... ah... podem ser uma época confusa e...

Tentei visualizá-lo criativamente ficando de boca fechada. Não funcionou.

– Eu sei que você sabe o que é sexo. E sei também que é inteligente. Mas você está prestes a entrar em uma parte completamente nova da vida, em que as coisas não são tão simples quanto já foram.

Ficamos nos entreolhando em silêncio. Eu estava com a testa franzida. Ele mordiscava o lábio inferior. Um minuto se passou.

– Então, posso dormir na casa na árvore ou não?

Ele suspirou. Percebi que estava bastante dividido sobre o assunto. Assim, acrescentei:

– É sério, pai, você não precisa se preocupar com nada que venha de Charlie Kahn. Ele tem tanto interesse por mim quanto por pentear o cabelo.

Ele baixou os olhos até ficarem no mesmo nível dos meus.

– Acho que você sabe por qual motivo eu não quero você perto da casa dele, não é?

Fiz que sim com a cabeça.

– Não vamos ficar *dentro* da casa dele. Ficaremos na casa na árvore.

– Eu sei. Mas e se você tiver que fazer xixi à noite? Ou beber água?

Pensei naquilo.

– Certo, acho que sei o que fazer. A casa na árvore fica no meio do caminho entre a nossa casa e a dele. Assim, se quiser fazer xixi, eu venho para cá.

Ele sorriu.

– E então, posso? Hoje?

– Vamos ver se conseguimos encontrar o seu saco de dormir – disse o meu pai, e eu fiquei exultante.

Charlie e eu comemos pipoca, tomamos refrigerante e conversamos sobre coisas idiotas, como as pessoas da escola e o que queríamos ser quando crescêssemos (eu, veterinária; ele, guarda florestal). Escutamos o rádio um pouco. Logo após, entramos em nossos sacos de dormir e dissemos boa noite. Depois disso, tudo o que podíamos ouvir era o barulho estridente das cigarras e dos grilos. Foi maravilhoso. Até a meia-noite, quando um carro veio subindo pela encosta e parou no cascalho do estacionamento da trilha azul. Charlie saiu de mansinho da casa na árvore e só voltou na manhã seguinte.

19 | HISTÓRIA | AOS 13 ANOS | NO VERÃO

No verão, entre o sétimo e o oitavo ano, meu pai me colocou para trabalhar envelopando o material publicitário de uma campanha que ele estava fazendo para conseguir mais clientes. Também me mandava fazer quase todo o trabalho na horta. Ainda deixava que eu passasse tempo com Charlie (havíamos nos tornado mestres de Uno, o jogo de baralho, e estávamos fazendo um campeonato particular que já chegava à casa das dezenas de milhares de pontos), mas não me deixou mais dormir na casa na árvore.

– Espero que você saiba que nunca vai poder namorar Charlie – alegou que dizia isso para me salvar de um destino como o dele e o da minha mãe. – Charlie não é como nós, entende? – continuou ele, e eu entendia o significado disso, mas, de alguma forma, era essa coisa de "não ser como nós" que me fazia amar Charlie ainda mais.

Eu já tinha coisas demais na cabeça para digerir aquilo. Ainda estava digerindo toda a história sobre a minha mãe ter sido uma *stripper*, além da história de que ela nunca mais voltaria para casa. Senti um ressentimento profundo em relação ao meu pai naquele verão. Acho que uma parte de mim o culpava por ela ter ido embora, e uma parte de mim queria ir embora também. Consegui dois dias por semana no centro de adoção na Zimmerman's, em meio período: era a maneira que tinha encontrado para me afastar dele.

O pet shop tinha sido reformado com piso de azulejos, mais fácil de limpar, e cada tipo de animal tinha sua própria área com janelas. Agora, cães, gatos e outros bichos resgatados para a adoção poderiam ter seu próprio espaço. Tínhamos até mesmo uma sala para répteis resgatados. Em contraste com a montoeira de gaiolas de metal e placas confusas diferenciando a loja do centro de adoção – que eram comuns até o verão passado –, agora havia apenas uma longa parede com janelas, e assim as pessoas podiam simplesmente adotar um dos nossos bichos ou continuar pelo corredor e pegar um cachorrinho de raça pura.

As lembranças que eu tenho daquele verão na Zimmerman's estão todas arranhadas, como filmes antigos. Vejo a mim mesma inclinada sobre a pia de aço inox da sala dos fundos, lavando uma labradora grande com xampu antipulgas e arrancando carrapatos gordos da sua pele enquanto ela tremia e choramingava um pouco – porque minha mãe costumava me machucar dessa maneira também. Ela detestava tirar carrapatos, e dizia que meu pai não sabia fazer isso direito, que ia deixar as cabeças sob a pele e que ficariam infeccionadas. Assim, se eu não ficasse sentada e quieta, ela iria se ajoelhar sobre mim e segurar os meus braços enquanto eu entrava em pânico, gritando, e removê-los à força. Nada de paciência. Nada de beijos. Nada de abraços. Só uma pinça e álcool e uma sensação de ardência que nunca desaparece.

20 | VÁRIOS HORÁRIOS DA MANHÃ DE SÁBADO | DIA DE FOLGA

Quando volto do trabalho para casa já é uma e meia da madrugada e eu sinto um cheiro estranho no exato instante em que ando pelo corredor para chegar ao meu quarto. Só descubro o que é quando abro a porta. Um rato morreu atrás da parede e o fedor é insuportável. Isso acontece muito na nossa casa porque a propriedade era um antigo reduto de caçadores, e não há como controlar onde os ratos morrem, assim como não há maneira de tirá-los de lá quando isso acontece. A única coisa que podemos fazer é tentar disfarçar o cheiro e evitar a área até que o bicho apodreça completamente. Isso acontece mais rápido no verão do que no inverno.

Meu pai está roncando tão alto que a casa inteira chega a tremer, e ele não me ouve revirar a despensa da cozinha em busca de velas perfumadas. Minha mãe as comprou – e isso mostra a idade que elas têm. Ela foi até as lojas Poconos certa tarde, antes do Natal, e voltou para casa com dois caixotes de velas perfumadas.

– Lá é a capital mundial das velas!

É esse o nome que dão para os lugares quando querem que você compre alguma coisa lá. As pessoas acreditam nisso porque são idiotas. Aparentemente, isso é bem adequado hoje em dia. Há alguns alunos na minha sala que não conseguem encontrar a Flórida no mapa, e eles vão ganhar o mesmo diploma que eu. Vão ser aceitos em faculdades e se tornar fisioterapeutas, professores de jardim de infância ou analistas financeiros, e ainda assim não vão conseguir encontrar a Flórida no mapa. Gastam baldes de dinheiro em porcarias cafonas de Natal e rodam cem quilômetros para comprar velas porque alguém fez uma placa que diz: "A CAPITAL MUNDIAL DAS VELAS", quando, se olharmos com atenção, a loja da esquina vende velas igualmente boas.

Chego finalmente até o caixote de velas perfumadas no fundo da despensa, escolho três com aroma de baunilha e pego o isqueiro na estante. Volto para o meu quarto, entro correndo, acendo-as, corro para fora e fecho a porta outra vez. Em seguida, vou até a cozinha para fazer um lanche. Meu ombro está me matando. Paro no banheiro do térreo para dar uma olhada e vejo um enorme vergão vermelho. Ver aquilo faz com que eu sinta um constrangimento tardio. Começo a imaginar se me portei bem. Será que fiquei com cara de idiota? Será que eu devia ter mandado Jenny se foder e jogado as pizzas no chão? Meu pai está roncando tão alto que eu consigo ouvi-lo em meio à crocância do meu cereal. Eu me lembro de que amanhã é o penúltimo sábado antes do Natal e que nós vamos montar a árvore.

Quando volto ao meu quarto, o lugar tem cheiro de rato de baunilha morto, o que é um pouco melhor do que simplesmente rato morto. Quando fecho os olhos eu o vejo, por trás das minhas pálpebras, em estado de decomposição – pernas rígidas, olhos ressecando –, e sou subitamente estrangulada por visões de como Charlie deve estar agora, morto há quase quatro meses e enterrado, apodrecendo. Talvez isso signifique que eu sou louca ou esquisita, mas não consigo parar de pensar nisso.

Conto ao meu pai sobre o fedor na manhã seguinte, mas ele diz que não consegue sentir nada.

– Não há muito o que possamos fazer a respeito, Vera. Se estiver muito ruim, durma no sofá – diz ele. Já é quase meio-dia. Ele já saiu e comprou uma árvore de Natal, e estou olhando para ela.

– Uau, pai. Essa é uma árvore bem feia.

– E me custou vinte dólares – diz ele, ainda irritado por achá-la muito cara.

– Vamos armá-la na sala de estar de novo?

Da cozinha, ele olha para a sala escura que não usamos para nada. Em épocas como esta, acho que percebemos que a casa é grande demais para nós dois. Em épocas como esta eu consigo perceber o quanto o meu pai amava a minha mãe, e quantas saudades nós sentimos dela.

É como se tivéssemos deixado a sala de estar ali, escura e vazia, como os pais deixam o quarto de um filho depois que ele morre.

– Acho que podemos mudar a tradição e colocá-la na sala de TV. O que você acha?

– Legal.

– Ótimo.

– Vou tomar um banho – eu digo. – Quando terminar, vamos colocar para tocar algumas daquelas músicas natalinas piegas de que você gosta.

No chuveiro, percebo que meu corpo está mudando. De novo. Achei que essa fase já teria terminado a essa altura. Não é o tipo de coisa sobre a qual eu possa conversar com o meu pai. Aposto que, se fizesse isso, ele iria sugerir meditação ou recitar algum koan Zen para contrabalancear a situação ("Seios crescem. Seios encolhem. O lavrador ainda planta o milho em fileiras"). Pedir a ele que compre os absorventes internos do tamanho certo já é bastante difícil. Não tenho amigas com quem possa conversar, então não sei como as outras pessoas lidam com isso, mas acho que já é hora de eu dizer ao meu pai que vou comprá-los eu mesma. Alguns dólares por mês não vão abrir um rombo tão grande no meu fundo para a faculdade. Ainda assim, uma parte de mim sente-se mal por excluí-lo. Ainda me lembro de quando minha menstruação desceu pela primeira vez, e de como ele olhou para mim com orgulho, de como me abraçou e de como me levou até a farmácia no Shopping do Templo.

Pensar nisso faz com que eu me lembre de Charlie e do dia em que tive que trocar o absorvente enquanto estávamos percorrendo a Grande Azul – a extensão de dez quilômetros da trilha azul. Faz apenas dois anos.

Estávamos na metade da Grande Azul quando pedi a ele para esperar um pouco e me agachei atrás de uma árvore.

– Deve ser bem ruim – disse ele.

– O quê?

– Você sabe... sangrar.

Putz. Que coisa para se dizer.

– Você se acostuma. Afinal, não dá pra eu me livrar disso, não é?

Removi o absorvente interno usado, joguei-o com força no meio dos arbustos e rasguei o invólucro do novo.

– E machuca? Você sabe... para colocar.

– Não – respondi, sentindo-me constrangida com tudo aquilo. Acho que ele deve ter se sentido meio esquisito também, porque ficou quieto. Em seguida, suspirou.

– Meu pai não deixa minha mãe usar essas coisas – confessou ele. Provavelmente foi a confissão mais esquisita que eu já ouvi.

– Isso é estranho.

– Ele diz que é como se ela estivesse fazendo sexo com outra pessoa.

– Isso é nojento. Ele é doente, Charlie – eu disse, levantando-me e tentando apagar aquilo da memória enquanto puxava meu jeans para cima.

– Talvez.

– Tipo, você não acha que isso é algo que me excita, né?

– Acho que não.

– Bem, você acha que limpar a bunda com papel higiênico é igual a fazer sexo?

– Eca. Não.

– Bem, é a mesma coisa. Coitada da sua mãe. Putz. Por que ele acha que tem o direito de dizer a ela sobre como deve lidar com a sua menstruação?

– Ele é desse jeito – disse Charlie, e eu sabia que nós dois já sabíamos disso. Assim, abotoei a blusa e saí de trás da árvore e continuei pela trilha, percebendo que o pai de Charlie era dez vezes pior do que eu imaginava.

– Onde guardamos a ponta de lança no ano passado? – pergunta o meu pai na base da escada ao me ouvir abrindo a porta do banheiro. A ponta de lança é um enfeite verde e engraçado da década de 1960, que colocamos no alto da árvore no lugar do anjo ou da estrela. Minha mãe a odiava, então meu pai dá uma importância enorme a ela toda vez que decoramos.

– Junto com as luzes, eu acho.

– Não consigo encontrá-la.

– Vou descer em um minuto – eu digo, inspecionando no espelho o vergão da moeda de Jenny Flick. Está menos inchado hoje, mas o hematoma está num tom entre o vermelho e azul, e está escuro.

Eu seco o cabelo e visto uma calça de moletom. Sábados são melhores agora do que jamais foram. Trabalhar em período integral me ensinou a valorizar os dias de folga – calças de moletom, chinelos e não precisar acordar cedo para tomar o café da manhã.

Quando desço até o térreo, meu pai está desembaraçando os fios das luzes e fazendo três linhas retas, começando na tomada que fica do outro lado da sala de estar. Ele derrubou sua pilha de livros de autoajuda e eles parecem degraus baixos entre o sofá e o aquecedor. Eu o observo secretamente da cozinha, onde ele deixou um muffin de mirtilo para mim em um pires. Percebo o que a minha mãe viu nele. Ele é bonito, inteligente e está em forma, o que é um milagre nesta parte do mundo, onde todas as pessoas são inchadas feito balões. Seu único defeito parece estar ligado ao hábito de ser mão-de-vaca, o que, na realidade, nem é algo tão ruim. E daí se ele compra as latas de tomate amassadas que são vendidas com desconto no supermercado? E daí se ele usa as mesmas meias até que elas rasguem? Ele está me criando enquanto minha mãe fugiu para alguma cidade de putas, cheia de letreiros luminosos, com um médico endinheirado e aposentado que gosta de jogar pôquer. Meu pai lê livros de autoajuda e aprende coisas novas a respeito de si mesmo e do mundo. Na semana passada nós aprendemos a fazer lasanha vegetariana e experimentamos um novo prato no restaurante chinês. Em outubro eu consegui fazê-lo experimentar pizza com abacaxi, e o deixei viciado nas poesias de Walt Whitman. O que há de errado nisso? Até onde sei, minha mãe deve ser uma idiota. Se estivesse no lugar dela, eu me casaria com ele sem pensar. E digo isso sem qualquer maldade.

– Sabe, eu acho que você é legal, Vera – diz ele, sem qualquer motivo aparente.

– Por quê? – eu pergunto, e migalhas do muffin de mirtilo voam pela minha boca.

– Percebi que você realmente está crescendo, já que ouviu meu conselho e arrumou um emprego.

Esqueça tudo que eu acabei de dizer. É óbvio que esse homem é um imbecil.

21 SEMANA DO NATAL

O Natal se resumiu em roupas, na maior parte. Um cartão com 100 dólares de crédito. Três discos antigos de vinil do Funkadelic – com as capas originais. Meu pai disse que já tenho idade para ouvir as músicas deles, como se eu já não houvesse pesquisado tudo na internet. Meu pai me fala mais algumas vezes, entre os turnos de trabalho durante os períodos de festa na pizzaria e sua nova rotina de meditação, que acha que sou legal. Ele diz:

– Sabe, a maioria das garotas de hoje em dia está enchendo a cara e transando com os caras. Fico muito feliz por ter criado você da maneira certa.

Isso faz com que eu sinta vontade de nunca mais beber na vida para continuar a deixá-lo feliz, e, em parte, paranoica pela possibilidade de que ele tenha olhado embaixo do assento do meu carro e encontrado a garrafa que deixo escondida ali.

PARTE DOIS

22 VÉSPERA DE ANO NOVO

Marie chamou dois entregadores que fazem o turno do dia, todos os funcionários de meio período que se dispuseram a vir e três outros pizzaiolos – incluindo a "ex-líder-de-torcida-que-virou-funcionária-de-pizzaria" Jill, que não para de fazer comentários sugestivos sobre mim e James.

– Vocês dois seriam um casal lindinho – diz ela ao passar por nós com uma bandeja cheia de massa de pizza nos braços. Não sei por que ela diz isso. Não estamos fazendo nada além de montar as caixas de papelão com os outros entregadores e contar piadas sujas.

Mas seríamos.

Seríamos um casal lindinho.

A primeira entrega da noite fica na parte rica da cidade – Potter Farms, onde as casas são enormes e geometricamente agradáveis aos olhos, mas as gorjetas, não. Três entregas, seis dólares e, quando eu volto para a loja, a noite se torna um borrão em alta velocidade composto de pizzas, pães de alho, fardos de latas de Coca-Cola, campainhas, crianças de pijama, adultos dando gorjetas maiores do que deveriam, porcarias natalinas luminosas que ainda estão nos gramados, pessoas bêbadas com chapéus de festa e confete. Toda vez que volto para a loja, Marie está com uma nova pilha de pizzas prontas para serem entregues. Ela pode ter dentes tortos, mas cara, essa mulher sabe como se administra uma pizzaria *delivery*. Puta merda. Acho que a noite passa inteira sem nenhuma reclamação, o que é um milagre no Ano Novo.

Por volta das 23h45, o cliente da rua Lancaster, 362, pergunta a que horas eu saio do trabalho.

– Estamos dando uma festinha, como pode ver – diz ele.

Claro. Você e os outros cinco aí dentro. Jogando Banco Imobiliário. Excelente. Eu recuso.

À meia-noite, toco uma campainha enquanto uma casa na avenida McMann explode em gritos, aplausos e toques de vuvuzela e "Auld Lang Syne" explodindo nas caixas de som. Aperto a campainha de novo um minuto depois e um garoto alto que conheci certa vez atende a porta. Ele está cambaleando e seus olhos estão vermelhos.

– Não te conheço de algum lugar? – ele pergunta ao me entregar o dinheiro.

– Acho que não – eu minto. Frequentamos as aulas de cinema juntos quando eu estava no segundo ano do Ensino Médio e ele no último.

– Mas você parece familiar.

– Boa noite – eu digo, virando-me e voltando para o meu carro.

– Você podia voltar mais tarde! Depois do trabalho!

– Vou pensar no caso – eu digo. E penso mesmo. Por cerca de três segundos, e depois parto em direção à próxima casa. No caminho eu sussurro "Feliz Ano Novo" para Charlie.

Às 00h10 eu bato na enorme porta verde da casa 21 na rua 34. Dois garotos da escola atendem. Daqueles que curtem Matemática. Eles me dão o troco exato e não dizem obrigado.

Última parada. 00h17. Uma festa barulhenta no condomínio onde Jill mora. Estão desprevenidos. Eu entrego seis pizzas e eles fazem uma vaquinha, embriagados, para reunir o dinheiro, mas não conseguem contá-lo. Eu os ajudo. Falta um dólar.

– Vamos lá! Pete! Pete! Onde está aquele mão-de-vaca filho da puta? – As pessoas começam a procurar por Pete.

– Já dei a minha parte, seu cuzão!

– Quem tem mais um dólar? Falta um dólar aqui.

– E também a gorjeta. Falta um dólar e a gorjeta – eu digo.

Olho enquanto todos enfiam as mãos nos bolsos dos jeans para procurar o dinheiro e dão de ombros uns para os outros.

– Que merda, cara. Vou ter que quebrar o cofrinho das moedas – diz o cara. Atrás dele, duas garotas passam um recipiente de fumar haxixe entre elas. Alguém grita "Feliz Ano Novo!".

Estendo a mão.

– Tudo bem, cara. Não tem problema.

Ele para de revirar os bolsos pela terceira vez e sorri para mim.

– Espere aí. Já sei onde está a sua gorjeta. – Ele corre até a cozinha e volta com um fardo com quatro garrafinhas de *coolers* gaseificados de vodca com limão.

– Para depois que você largar o trabalho hoje – diz ele.

– Obrigada, eu... – eu sei que devia devolver o fardo, mas não o faço. Em vez disso, abro o porta-malas e o guardo entre a minha bolsa da academia e a caixa de papelão para as compras (uma das centenas de ideias práticas de Ken Dietz. Nunca mais um pote de maionese vai rolar no porta-malas!) e as cubro com o saco de dormir que guardo ali dentro para o caso de uma emergência. Penso na minha mãe. Será que foi assim que ela começou? Há uma sequência de passos para se chegar ao fracasso completo? E, se houver, quantos passos são no total?

O relógio marca 00h25. Enquanto espero o semáforo ficar verde em Bear Hill, não consigo me impedir de tatear embaixo do assento para pegar a minha garrafa. Passei a noite inteira sem dar um único gole, mas não se trata de estar viciada. A questão é passar a vida inteira ouvindo o que devo fazer, fazer o que me dizem e depois perder tudo assim mesmo. Permita que eu explique.

Na noite do funeral de Charlie eu tomei duas doses de vodca gelada que alguém esqueceu sobre a mesa. Não sei o que me possuiu naquele momento, mas alguma coisa com certeza o fez (provavelmente Charlie). Os copos estavam ali, eu estava passando pela mesa a caminho do banheiro, e não tinha ninguém olhando. Assim, peguei um em cada mão e engoli um depois do outro. Não fazia ideia do quanto aquilo iria agredir a minha garganta, mas gostei da sensação que a bebida me causou um minuto depois, enquanto estava sentada na privada, examinando os azulejos do chão. Quente. Feliz. Segura. Agora, em Bear Hill, tomo o último gole que resta na garrafa, penso nos eternos avisos sobre alcoolismo do meu pai e digo: "Não estou destruindo meus inimigos quando os transformo em amigos" (foi Abraham Lincoln que disse isso?).

01h02. Outra entrega em Potter Farms: uma festa de adolescentes supervisionada por adultos que parecem vazios e vestem roupas neutras, compradas por catálogo. Tenho que atravessar uma ponte que cruza um tanque de carpas. O pai é estrangeiro e muito gentil, e me acompanha pela ponte. A mãe está batendo palmas com força para fazer os adolescentes irem até a cozinha. Eles me dão uma gorjeta de dez dólares intencionalmente, a maior gorjeta intencional da noite. Quando estamos voltando e passamos pelo meio da ponte, o pai diz: "Quer jogar uma moeda?", e coloca uma moeda de um centavo na minha mão.

Eu olho para o tanque e vejo um peixe cor-de-rosa do tamanho do meu antebraço rebrilhando quando passa entre uma sombra e outra. Eu jogo a moeda e faço um desejo. Peço que haja paz no mundo, porque a probabilidade de isso acontecer é a mesma de qualquer outra coisa que eu possa desejar.

Às duas da manhã os telefones param de tocar e Marie dispensa os entregadores de meio período, dando-lhes o dinheiro do dia. Todos os funcionários da loja já foram embora, com exceção de Jill, que está preparando os ingredientes do dia seguinte, e uma garota que eu conheço da escola, Helen, que precisa de uma carona para casa. Ainda faltam três ou quatro entregas e James diz que, se eu esperar alguns minutos, posso levar Helen para casa e ainda fazer uma entrega grande ao mesmo tempo. Assim, resolvo esperar.

A caminho de casa, Helen diz:

– Como você está se sentindo? – ela suspira. – Sobre Charlie... desde que ele morreu.

– Estou bem.

– Deve ser difícil. Tipo, eu fico triste com o que houve, e eu nem o conhecia direito.

– É. Bem triste.

– Você sabia dos animais?

Isso é bem estranho. Ninguém fala sobre os animais. No momento em que ela menciona aquilo, meu coração acelera e as imagens se desenrolam por trás dos meus olhos. Maldito cérebro.

– Não – eu minto.

– Eu não consegui acreditar, sabe? Que um garoto tão legal faria aquilo com animais inocentes.

Penso no que Charlie viu. Como o pai dele batia na mãe. Como ele lhe puxava os cabelos às vezes. Penso em como deve ser querer cessar algo que você não pode impedir.

– É muito fácil colocar toda a culpa no garoto morto, não é?

– Eu… ah… acho que sim.

Chegamos à casa dela.

– Não acredite em tudo que você ouve. Tá ligada?

Ela inclina a cabeça e pensa naquilo por um segundo.

– Feliz Ano Novo, Vera.

Enquanto a observo caminhar até a porta, percebo que ela é apenas mais uma pessoa que provavelmente não consegue encontrar a Flórida em um mapa.

Faço minha última entrega, recebo uma gorjeta de cinco dólares e enfio-a no saco atrás do meu assento. Em seguida, volto para a pizzaria e começo a lavar o chão. Já são três e quinze e, quando der quatro horas, quero estar bebendo as garrafas que escondi no porta-malas. James encheu a câmara frigorífica, Jill lavou os pratos e Marie me pagou. Entrego a bolsa de dinheiro e ela me paga a comissão em dobro, com uma nota extra de vinte dólares.

– Um bônus para meus funcionários de período integral – diz ela, piscando o olho.

A mistura que James colocou no balde tem bastante água sanitária. O cheiro se aloja em meu nariz enquanto vou lavando o chão até chegar à cozinha dos fundos. O odor da fumaça do cigarro de Marie engrossa e se mistura com o cheiro do alvejante, e eu me sinto tonta.

Termino de esfregar o chão, esvazio, lavo o balde e limpo o esfregão. Vou até o banheiro para me trocar, jogo a camisa na máquina de lavar e aperto o botão de ligar.

James ainda está na pizzaria, em seu carro, no estacionamento. Faz um sinal para que eu entre no banco do passageiro e acende um cigarro.

– Algum lugar especial para ir? – pergunta ele.

– Para casa, somente – minto.

– Nada de festa? Não vai beijar nenhum namorado?

Não há dúvida de que James está flertando comigo.

– Não. Nada de festa. Nada de namorado. Mas uns nerds na rua Lancaster me convidaram para virar a noite jogando Banco Imobiliário. Quer ir até lá e entrar de bicão na festa?

Ele finge que pensa no assunto.

– Não. Alguma coisa me diz que não vou conseguir beijar ninguém.

– Beijar, hein?

– Aham.

Ele se aproxima de mim e o meu estômago começa a virar cambalhotas.

– É só isso que você quer?

– Aham.

Assim, eu o beijo, e a sensação é muito boa, e eu realmente não me importo que James tenha 23 anos, que tenha largado a faculdade ou com o fato de que ele fuma. Imagino se esse é o segundo passo que estou dando nesta noite no caminho que vai levar minha vida ao buraco, mas, ao mesmo tempo, não estou nem aí. Tenho 18 anos e nunca tive um namorado de verdade. Nunca passei dos beijos, não fui ao baile dos alunos do último ano do Ensino Médio nem fiquei retida na escola por comportamento indecente. Durante todo esse tempo eu pensei que, se evitasse todas as piranhagens que minha mãe deve ter feito, seria uma boa pessoa. Ficaria segura. Seria melhor do que ela. Mas, enquanto James está me beijando e segurando a parte traseira da minha cabeça com aqueles dedos fortes entrelaçados no meu cabelo, percebo que não me importo realmente com minha mãe ou sobre como ela se transformou em uma fracassada capaz de abandonar seu marido e sua filha. Percebo que a sensação é boa, e quero continuar com aquilo. Ficamos nos beijando por uns dez minutos, até que eu digo:

– Preciso ir.

A mão de James está por dentro da minha camisa, ao redor da minha cintura, e uma parte de mim me odeia por mandá-lo parar.

Seu cigarro já queimou até a brasa atingir o filtro no cinzeiro, então ele acende outro.

– Feliz Ano Novo, Vera.
– Feliz Ano Novo, James – eu digo.
– Vai trabalhar amanhã?
– Vou. E você?
– Eu também.

Sorrimos um para o outro por alguns segundos, e então me forço a sair do carro dele. Está frio do lado de fora, mas eu nem sinto.

Seis da manhã, duas horas mais tarde, e eu estou com o carro estacionado em uma estrada de terra que leva até um milharal morto e ressecado no alto de Jenkins Hill. Ainda está escuro. Preciso me livrar das evidências. Abro a porta do lado do motorista e jogo as garrafas no milharal, uma por uma, até que as quatro estejam bem longe. Achato a embalagem de papelão e arremesso-a como se fosse um *frisbee*.

Sei que não devia dirigir nesse estado, mas de que outro jeito conseguiria chegar em casa?

De qualquer maneira, estou a apenas cinco quilômetros de casa, e, se eu voltar agora, meu pai vai estar dormindo e não vai perceber que estou bêbada. É isso que eu penso, mas meu corpo está adormecendo bem aqui, no banco do motorista. Penso: *Ei, Vera! Vamos lá! Acorde e leve esse seu rabo bêbado de volta pra casa!*, mas o meu corpo já desligou. Já estou babando. Quem se importa com o que meu pai pensa? Estou tirando boas notas, trabalhando nesse emprego idiota em período integral e guardando dinheiro para a faculdade.

Penso em James – em como ele me beijou e no fato de que terei que vê-lo amanhã. Em seguida, penso em Charlie e no primeiro Ano Novo que passamos separados, e em quanto eu sinto a falta dele. Sinto muitas saudades, mas é uma sensação bem confusa, porque eu sentia saudades dele muito antes de ele morrer, e isso é a desgraça da coisa.

Parece que o meu corpo sabia que eu ia vomitar, pois ele me acordou e me tirou do carro sem aviso. Eu me seguro no para-choque traseiro e vomito nos caules dos pés de milho. Mais uma vez. Mais outra. E mais outra. Tenho ainda alguns espasmos, mas nada mais sai do meu estômago. Em seguida, limpo o nariz e a boca e olho para o horizonte. A luz está começando a aparecer – aquele tom violeta-azulado que minha mãe costumava acordar cedo para ver.

Em seguida, como um exército enfileirado em formação de marcha, eles estão ali. Os Charlies – vindo na minha direção pelas fileiras entre os pés de milho esquálidos.

Será que eles têm agulhas? Será que são agulhas? Não parecem ameaçadores. Parecem amistosos desta vez, mas se movem como robôs. Parecem ser mil androides com a forma de Charlie. Estão vindo me pegar. Com o que parecem ser agulhas de dentista. Vão disparar o passado contra mim e mostrar tudo o que me trouxe até aqui. Vão me injetar o soro da verdade do espaço sideral.

Quando percebo que não posso fugir, tento fechar a boca com força. Recuso-me a dizer qualquer coisa a eles. Convenço meu cérebro de que sou uma máquina muda que conta gorjetas e devolve trocados, nada mais do que isso. Um androide que entrega pizzas. Não tenho emoções. Não tenho verdades. Mil Charlies sabem qual é a verdade. Eles estendem os braços e me abraçam com força, até que eu cedo e digo o que eles querem ouvir.

Se o Sr. Jenkins, o dono do milharal, saísse para a varanda dos fundos para ver a beleza dessa manhã violeta-azulada, veria que eu estou em pé ao lado do carro, com os braços ao redor do corpo e soluçando.

– Eu não conseguia mais aguentar você!

Não conseguia. Eu o odiava.

– Queria que você estivesse morto!

Mil Charlies sabem disso.

Mas eles não precisam superar esse fato. Eu preciso.

23 ANO NOVO

Estamos na casa do tio Caleb para o nosso tradicional almoço de Ano Novo. Estou sentada ao lado de Jessie, minha prima patricinha, e seu irmão mais novo, Frankie, que não está prestando atenção ao que acontece na mesa porque está assistindo ao jogo de futebol americano na televisão, quase sem volume.

– Não entendo – diz minha prima Jessie. – Você podia entrar em uma boa escola, Veer.

– Sim, mas o que isso *significa*, hein? – eu pergunto, embora não esteja realmente perguntando. Já discutimos isso antes.

– Significa que você vai conseguir um emprego melhor – diz a tia Kate enquanto enfia na boca uma garfada de purê de batata misturada com repolho em conserva.

– Significa que, no papel, você vai causar uma impressão melhor – diz tio Caleb, marido de Kate e irmão mais velho do meu pai.

– Não me importo com a impressão que vou causar no papel. – Estou com uma ressaca tão forte que quero morrer. Minha cabeça está latejando. Meus olhos ainda estão vermelhos. Há duas possibilidades: ou meu pai percebeu e resolveu não dizer nada, ou ele é realmente o homem menos perspicaz do mundo, como minha mãe costumava dizer.

– Bem, você devia se importar.

Olho para a carne de porco e o repolho em conserva que estão no meu prato. Isso é a prova de que a vida é totalmente surreal nesta região da Pensilvânia, que foi colonizada por holandeses. Quem disse que carne de porco com repolho é uma refeição que vai trazer sorte logo depois da noite em que ocorrem as maiores bebedeiras do ano?

– Não vejo que diferença isso faz, desde que ela receba uma boa educação – diz o meu pai.

A mesa fica em silêncio e voltamos a comer a nossa boa sorte para o ano. Somos obcecados por isso há mais de meia década, desde que tentamos mudar a tradição preparando um cozido de carne de cervo. Naquele ano minha mãe foi embora, Jessie teve apendicite e minha avó morreu. No ano passado eu não compareci ao almoço porque estava gripada, e o que aconteceu? Perdi Charlie. Duas vezes.

De qualquer maneira, acho que meu pai tem razão. Que diferença faz a faculdade na qual eu vou estudar? Há idiotas em Yale que entram lá porque seus pais os colocam ali. Há jogadores de futebol americanos analfabetos em todas as faculdades estaduais. Esta é a verdade: a única coisa com a qual me importo é o quanto minha faculdade vai custar. Porque meu pai deixou bem claro que sou eu que vou pagar por ela.

Isso pode parecer cruel, mas não é.

É melhor do que ser uma daquelas pessoas na escola que ainda não entendem o que significa "financiamento estudantil privado". Você sabe de quem eu estou falando. Pensam que é um dinheiro que não terão que devolver depois. Pensam que seus pais vão cobrir as despesas. Ou simplesmente não pensam. E então, subitamente, aos 22 anos, recebem o boleto de pagamento e descobrem que estão com uma dívida de cem mil dólares, e que não podem fazer compras no supermercado ou pagar um plano de saúde por causa da escola que escolheram. Tudo para que, no papel, possam causar uma boa impressão (e ainda não conseguem encontrar a Flórida no mapa).

Desculpe. Isso não é para mim. Prefiro pagar algumas matérias por vez em uma faculdade menor e entregar pizzas à noite enquanto moro de graça na casa do meu pai. Depois, quando me formar, poderei realmente começar do zero, no lugar de ter uma pedra de cem mil dólares amarrada ao redor do meu pescoço.

Jessie se decidiu pela Penn State. É uma daquelas fãs de futebol americano universitário que cantam: "Nós somos... Penn State!" Ela não tem a menor ideia do que quer fazer além de frequentar festas universitárias e pagar boquetes. Sei que isso é meio grosseiro, mas Jessie é simplesmente... Jessie.

A maior parte da família come rapidamente e volta para assistir ao jogo de futebol americano na TV. Olho para o relógio e decido me poupar de outras críticas silenciosas.

– Desculpem por comer e ir embora, mas tenho que trabalhar às quatro e ainda preciso fazer algumas coisas em casa antes de começar.

Antes que alguém possa dizer qualquer coisa, já vesti o casaco e saí pela porta.

Paro o carro diante da casa e permaneço dentro dele por um segundo. O bosque ainda está coberto por uma camada fina de neve, e embora tudo esteja morto e seco, há pássaros e esquilos que fazem o lugar se mover e cantar. Os pássaros sempre me lembram de que a primavera vai chegar, de que o marrom vai virar verde e de que um gramado enorme vai brotar da terra, junto com arbustos que vão abrigar carrapatos, grilos, cigarras e aranhas. O riacho entre a casa de Charlie e a nossa casa vai se encher com a neve derretida e depois se transformar em um fio d'água. No verão mal será possível percebê-lo, e os lagostins vão se esconder na lama úmida, embaixo das pedras, até a próxima chuva. As salamandras vão ressecar e morrer ao lado dos peixes que não conseguiram chegar ao lago a tempo.

Há alguma coisa na morte que me faz pensar em nascimentos, eu acho. Tenho meu próprio conceito de pós-vida agora que Charlie morreu. Existe vida após a morte. As pessoas podem vê-lo e elas continuam a existir nas coisas ao nosso redor. Nas árvores. Nos pássaros. Como aquela sensação que se sente quando alguém está te olhando por trás – eu sinto isso o tempo todo, mas é Charlie que está me olhando. Lá de cima, ou daquele outro lado, ou de qualquer lugar para onde ele tenha ido.

Desde que criei essa ideia, às vezes eu brinco com ele quando estou comendo alguma coisa. "Charlie, se você é parte deste Big Mac, me desculpe". Em seguida, eu como. Porque é possível, não é mesmo? Será que tudo é possível? Charlie, os picles? Charlie, o pica-pau? Charlie, a gota de chuva?

Tomei três comprimidos de Tylenol na casa da tia Kate e estou me sentindo melhor, mas parece que alguma coisa morreu dentro da minha boca, e não consigo fazê-la voltar ao normal. Ainda tenho uma hora antes de ter que sair para o trabalho, então eu estupidamente vou para o quarto, que ainda cheira a rato morto, programo o despertador para as 15h45 e durmo.

Quando acordo, depois de acionar a "soneca" três vezes, sinto-me pior.

Corro para a cozinha, engulo uma barra de cereal, enfio o cabelo dentro do boné do Templo da Pizza para esconder o lado que está coberto de baba e saio correndo porta afora.

Bem quando o ar frio acerta o meu rosto e a porta se fecha por trás de mim, ouço as vozes por entre as árvores.

– Você é um idiota de merda, sabia?

– Você tem sorte por eu não matá-la aqui e agora.

Não sei onde eles estão. Na varanda dos fundos, onde eu e Charlie costumávamos jogar Uno? Na varanda da frente, onde os guaxinins costumavam cagar no capacho porque Charlie dizia que havia algum produto químico que alardeava "cague aqui" na língua dos guaxinins? Na varanda do andar de cima, onde a Sra. Kahn ia todo sábado de manhã para bater os pequenos tapetes de pele de carneiro que eles tinham no quarto?

Consigo perceber algum movimento por entre as árvores, mas, em vez de pensar no caso, ignoro, como me ensinaram a fazer. A caminho do trabalho, entretanto, penso em cada casa por onde passo, porque li as estatísticas. Você não leu? Qual dessas casas abriga os maridos que batem nas mulheres? Os abusadores de crianças? Os estupradores? Os bêbados e os viciados em jogatina? Em quais dessas casas moram os pais que machucam os filhos? Onde estão as placas? Não seria ótimo se houvesse placas grandes e luminosas para nos alertar sobre essas pessoas?

Quando chego à avenida principal, lembro-me de James e do nosso beijo na noite passada. Ele não é o tipo de cara que eu possa levar para casa, apresentar ao meu pai e dizer que é o meu namorado. Não posso levá-lo ao baile dos alunos.

Como não comi quase nada na casa da tia Kate, vou até o *drive-thru* do McDonald's e compro um Big Mac. Já que Charlie pode ser um pedaço de picles, eu digo: "Desculpe, cara", antes de morder o sanduíche.

24 | HISTÓRIA |
AOS 14 ANOS

Charlie e eu estávamos sentados em nossos lugares habituais no Carvalho Mestre. Quase todas as folhas já haviam caído, e a floresta permitia que os raios do sol do outono penetrassem por entre as árvores. Ele subiu mais dois galhos e esticou a mão para alcançar um nó velho e encarquilhado da madeira que também servia como toca de esquilos. Tirou de lá um maço de Marlboro Reds, voltou para o lugar em que geralmente se sentava e desenrolou o celofane. Bateu o maço na mão, removeu um cigarro do meio da primeira fileira e colocou-o na boca. Catorze anos, e eu acho que Charlie já estava fumando um maço por dia.

– Onde você conseguiu esses?
– O quê?
– Você sempre está com um maço novo.
– Tenho meus contatos, eu acho.

Pensei que ele estivesse se referindo ao pai. Afinal de contas, não havia ninguém na escola que pudesse conseguir tantos maços por semana.

– Você compra por pacote, é?
– Vamos sair daqui e dar uma olhada no Templo – disse ele. – Tô morrendo de tédio. – Em seguida, tirou do bolso um Zippo novinho em folha. Suas iniciais estavam gravadas no isqueiro: CDK. De algum modo, não imaginava que o pai de Charlie fosse lhe dar um presente daqueles.

– Belo isqueiro – eu disse, quando ele o usou para acender o cigarro.
– Vamos – disse ele, começando a descer.
– Não posso. Tenho uma redação idiota para escrever.

Ele continuou a descer da árvore e eu o segui. Quando chegamos até a trilha azul, ele foi sozinho até o Templo e eu fui para a minha casa. A redação era sobre *Romeu e Julieta*, nossa primeira jornada ao fundo da mente de William Shakespeare. A proposta era a seguinte: *Muitos escritores e roteiristas usaram a clássica história de Romeu e Julieta como o tema das suas obras. Se você quisesse escrever uma versão moderna de Romeu e Julieta, o que tornaria a sua versão diferente das outras?*

Uma questão bem complexa para alunos do oitavo ano, se você quiser minha opinião, mas aquilo me deixava animada porque eu gostava quando os professores faziam perguntas difíceis. Quando todos os outros alunos dizem "Ugggh", já sei que é uma tarefa que vou curtir fazer. Mas, desta vez, havia um problema. Eu não conseguia pensar em Romeu e Julieta sem pensar em Charlie e em mim.

Uma parte de mim ficava horrorizada com aquilo. Meu pai havia me contado, no ano anterior, sobre o emprego de minha mãe no Joe's e deixado bem claro que Charlie Kahn não servia para ser meu namorado (embora, para ser justa, confesso que ele falou isso de maneira bem gentil, nada como fez Capuleto, pai de Julieta. Acho que as palavras finais daquela discussão foram: "Espero que você entenda que estou dizendo isso porque amo você"). A outra parte estava empolgada. Charlie era atraente de uma maneira tão estranha que eu tinha dificuldade de explicar – uma mistura da vontade de matá-lo com a vontade de beijá-lo ao mesmo tempo. Quando eu pensava em como devia ser o verdadeiro amor, imaginava que seria uma mistura como essa, não o encantamento idiota e adolescente que a maioria das garotas da minha idade sentia. O verdadeiro amor incluía partes iguais de bom e de ruim, mas o verdadeiro amor permanece, sem fugir para Las Vegas com um podólogo. De qualquer maneira, em meu cérebro estranho e confuso, Charlie era Romeu, e eu, Julieta. Escrevi minha redação e, na minha versão, Romeu era um completo desleixado e Julieta era o tipo de garota mais aventureira; eles decidiram que o falso suicídio era algo excessivamente dramático e, em vez disso, fugiram para viver nas florestas além de Verona. Quando Charlie me perguntou sobre o que era a minha redação no ponto de ônibus na manhã seguinte, enquanto tirava um resto ressecado de cocô de cachorro das ranhuras da sola do seu tênis, eu disse que era sobre Shakespeare, e ele fez uma cara de nojo antes que eu pudesse continuar.

Naquele inverno nós ficamos bem agitados, porque éramos velhos demais para fazer as coisas que estávamos acostumados a fazer, como jogar baralho na casa na árvore, e jovens demais para fazermos qualquer coisa que fosse interessante. Charlie saía para caçar com seu pai nos finais de semana, a única coisa que os dois faziam juntos, e eu me sentia feliz por ele. A única tradição que eu e meu pai tínhamos naquela época era comer pizza no Santo's nas noites de sexta-feira.

Quando a floresta brotava entre nossas casas e os galhos floriam em folhas novas e verdes, nós começamos a fazer uma limpeza na casa na árvore e Charlie começou a falar sobre construir a Varanda Incrível. Ele havia encontrado um livro na biblioteca sobre casas na árvore – casas de verdade, construídas no alto de árvores por todo o mundo. Disse que queria desmontar a casa que já havia construído, mas que seu pai não iria deixar, então planejou acrescentar a Varanda Incrível. Estava trabalhando junto com o professor das aulas de marcenaria para descobrir como apoiaria aquela coisa, e os dois desenharam uma planta juntos.

No primeiro sábado em que a temperatura estava amena, ele caminhou em círculos ao redor da base da árvore com uma calculadora e uma lista de equações geométricas. De tempos em tempos, parava e anotava alguns números num pequeno bloco espiralado e depois media outra vez, dizendo algo como "o seguro morreu de velho".

Depois disso ele montava, furiosamente, listas de cortes. Todos com medições de esquadria, porque, conforme ele anunciou, a Varanda Incrível seria octogonal. Porque, no caso de Charlie, nada era fácil. Tudo era embaraçado, octogonal e penteado com os dedos. Tudo era difícil e estranho, e as canções-tema tinham acordes menores.

Eu o ajudava a construir a varanda todos os dias depois da escola, mas os meus finais de semana da primavera mudaram porque, como eu já tinha 14 anos, meu pai preencheu minha autorização para trabalhar e me obrigou a procurar emprego. Passei a lavar pratos no restaurante Mika's.

Um emprego muito ruim.

O salário era uma merda e as garçonetes detestavam dividir suas gorjetas, então meus 10% chegariam a dois dólares, se eu tivesse sorte. E eu tinha que vestir o uniforme mais idiota do planeta – uma espécie de saia de poliéster marrom que ficava amarrada ao redor do corpo, com uma blusa branca por baixo. O problema era que a parte que ficava amarrada atrás do corpo era muito curta, cobrindo somente uns vinte centímetros atrás. Isso fazia com que me curvar fosse um problema, porque as lavadoras de pratos precisam fazer esse movimento com frequência. E desconfio que esse era o motivo pelo qual Mika queria que usássemos aquilo. Eu sonhava constantemente em trabalhar no pet shop naquele verão para me poupar do constrangimento que aquele uniforme me causava, mas sabia que o Sr. Zimmerman não contratava pessoas com menos de 17 anos. Incluí meu nome na lista de voluntários para o centro de adoção outra vez, mas meu pai insistia em dizer que um emprego de verão para uma pessoa com a minha idade deveria estar focado em ganhar dinheiro, e trabalhar como voluntária não contava.

Ao voltar do trabalho numa tarde de domingo no fim de maio, olhei para o bosque e vi Charlie sentado em sua Incrível Varanda Octogonal recém-terminada, com binóculos na mão. Acenei. Ele acenou de volta. Mas depois que me troquei para ir encontrá-lo, não o vi mais. Eu ouvia gritos que vinham do interior da casa dos Kahns. Numa intensidade maior do que a de costume. Mais do que quando o Sr. Kahn, bêbado, xingava a Sra. Kahn por ter esquecido de tirar uma teia de aranha de um canto escuro ou por não bater os tapetes do jeito certo. Eu podia ouvir a Sra. Kahn gritando também – essa era a primeira vez – e isso indicava que os dois estavam gritando com Charlie.

25 | NO ANO NOVO | DAS QUATRO ATÉ O FECHAMENTO

Sou a única entregadora que chega na hora. Maria me adora. Ainda tenho a sensação de que alguma coisa morreu na minha boca, mesmo depois de um milk-shake de chocolate e um Big Mac. Continuo com dor de cabeça, embora tenha tomado mais dois comprimidos de Tylenol antes de sair de casa.

Há uma entrega enorme esperando para sair, e por isso eu nem tenho a chance de ir até a sala dos fundos. Marie simplesmente me entrega o envelope de troco, o celular do Templo, oito tortas em bolsas térmicas e recita quatro endereços.

A entrega me toma uma hora. Quando volto, o lugar já virou um hospício. Dylan Maconheiro ligou e disse que está passando mal, mas todo mundo sabe que não passa de ressaca-ainda-está-na-farra-alucinado demais para conseguir dirigir. Tommy Maconheiro está trabalhando, mas deve ter abusado dos baseados, porque mal consegue entender o mapa. James finalmente chega e pisca para mim quando me vê, o que me deixa estranhamente desconcertada, mesmo que a noite passada tenha sido maravilhosa. Estamos tão atarefados, que Marie está pensando em deixar a "ex-líder-de-torcida-que-virou-funcionária--de-pizzaria" Jill cuidando da loja e fazer algumas entregas em seu velho Ford para nos ajudar.

– Tenho certeza de que Mick aceitaria – Jill diz.

Mick é o namorado dela. É um neonazista *skinhead*. Mas Marie decide não ligar para Mick. O que é ótimo, porque nada me assusta mais do que neonazistas *skinheads*.

Saio para mais uma rodada de entregas, e quando volto para a loja e empilho as minhas bolsas térmicas vazias embaixo do balcão de inox, as coisas estão relativamente tranquilas. As pessoas já cumpriram com seus rituais de Ano Novo. Já assistiram ao jogo de futebol americano, comeram carne de porco no almoço e pizza no jantar. Minhas próximas entregas são tranquilas e, por volta das oito horas, o telefone para de tocar. Às dez, Marie chega ao ponto de verificar a linha telefônica, de tão surpresa. Ela manda Tommy – que está contemplando a própria mão e rindo sozinho nos degraus dos fundos – para casa e pergunta a Jill se ela quer ir embora também.

– Não vou pegar carona com *ele* – diz Jill.

– Corta essa, sua vaca – diz Tommy. – Quem disse que eu te ofereci carona?

– Eu levo você pra casa – eu ofereço, estupidamente. Acho que disse isso para não ficar sozinha com James, que se mandou para o estacionamento com Tommy para fumar um cigarro. O máximo que dissemos um ao outro essa noite foi "oi", e eu ainda não tenho certeza do que devo dizer depois daquela... *coisa* impulsiva que rolou ontem à noite.

Cinco minutos depois, estou entrando no condomínio de Jill. Ligo o rádio do carro para não termos que conversar. Estou ouvindo Sly & the Family Stone, "If You Want me to Stay". Mick está esperando na varanda de concreto, os braços cruzados diante do peito e sem camisa, para mostrar as zilhões de tatuagens feias. Sua cabeça está toda raspada e o cós da calça jeans está tão baixo, que eu aposto que ela se arrastaria no chão se ele mudasse de posição – com os quadris para a frente e o saco marcando o tecido. Quando paro diante do bloco A, antes de abrir a porta para sair, Jill gira o botão de volume até silenciar a música.

Acho isso irritante e meu rosto provavelmente demonstra o que sinto, porque ela faz uma expressão de "o que é que eu posso fazer?" e diz:

– Valeu pela carona.

Quando volto, James está esperando por mim no estacionamento. Vê-lo ali, sob a luz do poste, inalando e exalando fumaça e o próprio hálito na noite fria, me faz esquecer de Jill e de seu namorado cuzão. Me faz esquecer de que eu não devia estar beijando um cara que já tem 23 anos. Me faz esquecer de que eu devia evitar todos os garotos e homens, ou viraria uma fracassada grávida igual a minha mãe.

Ele é maravilhosamente atraente, másculo e viril. Seu cabelo passou um pouco do comprimento, mas ele não tem uma aparência desleixada, e sim rústica. Sempre se barbeia, mas às vezes deixa um cavanhaque curto, que é o que fez hoje. Está vestindo uma camiseta do Templo que fica um pouco justa nele, de modo que os bíceps e o deltoide fiquem bem delineados, e não consigo evitar a vontade de apertá-los. Mas não é só uma atração física. Ele diz coisas inteligentes. É engraçado, ácido e cínico. É capaz de enxergar além dessa cidadezinha estúpida porque já esteve fora dessa cidadezinha estúpida. Nenhum dos outros garotos da escola pode se comparar a ele. Podem ter músculos, mas não têm a mesma cabeça. Ou podem ter músculos e um pouco de cabeça, mas ainda acham que o mundo gira ao seu redor. O fato é que ter 23 anos torna James ainda mais atraente para mim. Se você parar para pensar no caso, são apenas cinco anos. Quando eu estiver com 35, ele vai ter 40. Quando eu estiver com 80, ele vai ter 85. Não parece tão ruim quando eu coloco as coisas dessa forma, não é?

Acho que o próximo argumento seria o fato de que James não sabe o que quer fazer da própria vida. Isso é verdade. Pelo menos ele consegue admitir. Prefiro sair com um cara que esteja encarando seus problemas do que com um cara que foge deles. É melhor do que terminar a faculdade e odiar o que você faz. É melhor do que ir para a faculdade só para deixar seus pais felizes, o que provavelmente é o que metade da turma da escola vai acabar fazendo.

– Oi – eu digo.

Ele exala uma lufada de fumaça.

– Achei que você estivesse me evitando.

– Tive que dar uma carona para Jill.

– Claro que teve. Porque ela é sua melhor amiga, né?

Dou um soco no braço dele.

– Aquele cuzão que ela namora estava esperando na varanda do prédio, como se fosse um guarda de cadeia.

– Eu sei. Eu o conheço.

Ele coloca a mão na minha cintura e minhas entranhas começam a dar cambalhotas outra vez.

– Quer dizer que você o conhece? Ou você *o conhece*?

– Ele vai ao Bar do Fred às vezes, e eu o vejo lá. Estudei com alguns amigos dele também, eu acho.

– Gente boa – eu digo, tentando me lembrar se já vi Mick, o neonazista *skinhead*, no Bar do Fred.

– Então… Não eram tão zoados quando a gente era criança, sabia?

Marie bate na vidraça e faz sinal para entrarmos. James joga fora o cigarro e me pega pela mão antes que eu abra a porta.

– Está tudo bem entre nós? – pergunta ele, gaguejando. – Você sabe… sobre a noite passada.

– Claro.

Ele olha para mim e sorri.

– A fim de dar um rolê depois do trabalho?

Penso no que me aguarda em casa. Meu quarto que fede a rato morto. Meu pai, roncando e alheio a tudo. Meu vizinho desgraçado que enche a esposa de porrada. E, em algum lugar, mil Charlies mortos tentando me fazer encontrar as provas de que Charlie não matou aqueles animais.

– Onde?

– Que tal subirmos até o alto do Templo e darmos uns beijos?

Isso me deixa tão feliz que começo a assobiar enquanto lavo os pratos, o que faz Marie piscar para mim, o que me deixa ainda mais feliz, porque ela aprova, e deixo de me preocupar com o que meu pai vai pensar.

26 | HISTÓRIA | AOS 14 ANOS

Um dia depois de Charlie terminar de construir a varanda (e de eu ter ouvido toda aquela gritaria), ele chegou ao ponto de ônibus espumando de raiva. Acendeu um cigarro enquanto eu lhe perguntava o que havia de errado.

– Minha mãe está me obrigando a ir ao médico – disse ele.
– Você está doente?
– Não.
– Então por quê?
– Meu cólon ou algo do tipo.
– Seu cólon?
– Ela acha que eu cago demais.
– Oh.

Comecei a imaginar qual seria o parâmetro para dizer que alguém "caga demais".

– Por que ela acha isso?
– Porque eu sempre jogo as minhas cuecas no lixo.

O motor do ônibus gritava durante a subida enquanto eu ponderava aquilo, e Charlie fumava o cigarro rapidamente.

Ele não estava no ônibus que me levou de volta para casa, então imaginei que havia pegado uma carona para ir ao médico. Sentei em nosso banco – o número 14 – com os fones no ouvido, escutando uma *playlist* de várias músicas da Motown que selecionei dos velhos discos do meu pai. Foi naquela pilha de vinis velhos (que minha avó lhe deu de presente) que eu descobri Marvin Gaye e Tammi Terrell. Já era a terceira vez que eu ouvia "Ain't No Mountain High Enough" quando Tim Miller, um aluno do último ano do Ensino Médio que morava perto do lago, sentou-se ao meu lado e puxou o fone da minha orelha.

– O que você está escutando?

Fiquei assustada. Eu pegava esse ônibus há dois anos e nunca aconteceu de alguém do Ensino Médio conversar com Charlie ou comigo. Estávamos no oitavo ano – o fundo do poço. Além disso, eu sabia o que Tim Miller pensaria sobre Marvin Gaye e Tammi Terrell. Ele chamava os negros de "crioulos" como se isso fosse a coisa mais normal do mundo.

Apertei o botão STOP e enfiei tudo no bolso.

– Nada. Só umas músicas antigas.

Ele me olhou nos olhos e passou o braço por trás do meu pescoço, puxando-me para perto.

– Quer saber um segredo?

– Não. – Eu me afastei, apertando-me contra a parede fria e verde-água de metal do ônibus com tanta força que conseguia sentir os rebites pressionando o meu braço.

– Sei de uma coisa sobre seu namorado que você devia saber.

– Não tenho namorado.

Ele estendeu a mão.

– Um dólar e eu te conto.

– Não tenho um dólar.

– Uma riquinha como você? Não tem um dólar?

– Não sou rica.

– Claro que é.

O motorista do ônibus acionou as luzes amarelas. O ponto de Tim estava a 15 metros dali.

– Você precisa saber disso. Estou te avisando – disse ele, com a mão estendida.

Tirei os fones do meu bolso e coloquei-os de novo nas orelhas.

– Ele não pode ser seu namorado se for bicha, não é?

Apertei o PLAY enquanto ele saía do ônibus dando tabefes na cabeça de garotos menores. Reconfortei-me com a ideia de que qualquer aluno do último ano do Ensino Médio que volte para casa de ônibus é um fracassado digno de pena.

Aquele dia foi o primeiro no qual Charlie não pôde sair de casa – tipo, a primeira vez em toda a vida. A primeira vez. Fui até a porta da frente, toquei a campainha e esperei no banco da varanda, até que a mãe dele saiu.

– Desculpe, Vera. Ele não pode sair. Está com diarreia.

– Ele está doente?

– Não é nada sério, meu bem – disse ela, com a voz um pouco trêmula. – Provavelmente voltará para a escola na quarta-feira.

Mas não voltou. Não foi à escola na quarta nem na quinta. Quando ele não veio na sexta, e eu finalmente fui até o primeiro assento do ônibus de modo que Tim Miller não pudesse chegar perto de mim no caminho de volta para casa, decidi ligar.

A Sra. Kahn atendeu, e depois de muito insistir, ela deixou que eu conversasse com ele.

– Veer?

– Nossa, Charlie. Você deve estar muito doente.

– Veer... você tem que me trazer uns cigarros, cara. Tô morrendo aqui.

– Tenho 14 anos. Não posso comprar cigarros.

– Vá até o APlus. Diga a Kevin que os cigarros são pra mim.

O APlus ficava a três quilômetros da minha casa. Meu pai não deixava que eu fosse a pé até um lugar tão distante. Além disso, caminhar sozinha na alameda Overlook me dava calafrios.

– Não posso. Desculpe.

Depois de um curto período de silêncio, ele suspirou.

– Sei que você iria, se pudesse. Estou morrendo de vontade de dar um trago. Já faz uns quatro dias.

– Você está mesmo doente?

– Que nada.

– Então o que está havendo?

– Minha mãe se preocupa demais com as coisas.

De repente, saquei o que poderia estar acontecendo. Me senti uma idiota por não ter percebido antes. Senti meu coração se despedaçar.

– Você pode... acha que... pode vir até a casa na árvore neste fim de semana? – eu perguntei.

– Não sei. Vamos ver o que ela diz.

– Melhore logo, tá bem?

Depois que desliguei, fui até o escritório do meu pai e me sentei na cadeira laranja em estilo retrô até que ele terminasse o telefonema. Não consegui dizer nada no começo, porque a ideia de que Charlie estava sendo surrado pelo pai me dava vontade de chorar.

– Vera? Você está bem?

Olhei para ele e fiz aquela cara de "não muito".

– O que foi?

– Lembra de como nós sempre ignoramos o que acontece na casa do vizinho?

Ele me olhou fixamente por cima dos óculos de leitura.

– Ainda teríamos que ignorar as coisas se Charlie começasse a ficar machucado também?

Uma onda de lágrimas e soluços tomou conta de mim. Meu pai não sabia o que fazer e me entregou uma caixa de lenços de papel enquanto organizava a papelada em sua escrivaninha.

– Você precisa ter certeza dessas coisas, Vera. Não pode simplesmente acusar as pessoas sem provas.

– Ele passou a semana inteira sem aparecer na escola – eu disse.

– Muita gente fica gripada nessa época do ano, porque é quando o tempo esquenta.

– Ele não está gripado.

– Não se trata apenas de denunciar o problema. Há muito pouca coisa que podemos fazer. Aquele cara é um canalha, e se nos envolvermos, as coisas vão só piorar.

Talvez os adultos à minha volta fossem velhos e cínicos demais para fazer qualquer coisa para ajudar pessoas inocentes como a Sra. Kahn ou Charlie, ou os garotos negros que eram chamados de crioulos na escola, ou as garotas em quem Tim Miller se roçava no ônibus. Talvez estivessem entorpecidos demais para culpar o sistema pelas coisas que eram preguiçosos demais para mudar. Mas não eu. Enquanto estava sentada ali observando meu pai arrumar seus papéis, esvaziar o depósito do apontador de lápis e soprar a poeira dos seus pesos de papel de vidro, jurei que nunca me transformaria numa hipócrita cega e sem coração como ele.

27 | HISTÓRIA | AOS 14 ANOS

No ponto de ônibus, na segunda-feira, Charlie abriu um maço novo de Marlboro e fumou dois cigarros, acendendo o segundo no primeiro. Ele não foi até a casa na árvore no sábado e eu tive que trabalhar no domingo, lavando os pratos do almoço do povo da igreja no Mika's. Assim, já fazia uma semana que eu não o via.

Procurei por hematomas. Qualquer coisa fora do comum. Mas ele estava sempre descabelado e desgrenhado. Vi um pequeno corte perto do seu lábio, mas parecia algo que aconteceu enquanto ele fazia a barba. Percebi que o arremedo de barba que ele tinha na bochecha e entre a boca e o nariz havia desaparecido e que as suas sobrancelhas agora estavam separadas por um pedaço branco de pele em vez da maçaroca de pelos que estavam ali antes.

– O que você está olhando?

– Nada – eu disse.

Ele andou de um lado para o outro, agitado.

– Só estou contente por você estar de volta.

Ele deu uma longa tragada no cigarro.

– Por quê?

– Tim Miller estava me perturbando no ônibus na semana passada. – Foi a coisa mais rápida em que consegui pensar que não soasse idiota.

– O cara do último ano?

– Isso. Ele é estranho.

– Aham – concordou ele, e inalou profundamente o que restava do seu cigarro.

O ônibus veio e nós descemos a encosta até a casa de Tim Miller, onde a bandeira dos confederados estava hasteada em uma vara no quintal, mas ele não embarcou.

Um minuto antes de o ônibus parar diante da escola, decidi perguntar diretamente a Charlie o que havia de errado com a sua saúde. Já que eu não queria ser uma hipócrita, teria que aprender a fazer perguntas difíceis, eu imaginava, e essa era uma hora tão boa quanto qualquer outra.

– E então, como... ah, como foi a consulta com o médico?

– Tenho que tomar remédios agora.

– Da última vez em que conversamos, sua mãe achava que você cagava demais – eu disse. – Agora tá tudo bem?

Charlie ficou visivelmente agitado. Seus músculos se contraíam por baixo da pele.

– Sim. Bom, não é nada que seja da conta dela. Eu sei o que estou fazendo. Nada que seja ilegal.

– O que não é ilegal?

Ele se virou para mim e ficou agachado no banco de vinil verde.

– Pode guardar um segredo?

– É claro – eu revirei os olhos.

– Tem certeza?

– Charlie, somos amigos desde que aprendemos a andar.

– Eu conheço um jeito de ganhar trinta dólares por semana.

Olhei para ele, estreitando os olhos.

– Como?

O ônibus encostou na calçada diante da escola e Charlie me contou. Disse que estava vendendo suas cuecas usadas para um cara rico que morava na região de Mount Pitts.

– Ganho cinco dólares por cada. O dobro, se entregar também as meias.

Antes que eu pudesse recolher meu queixo, que estava no chão, Charlie estava caminhando pelo corredor do ônibus, morrendo de rir.

28 | UM BREVE COMENTÁRIO DO TEMPLO

Eu sei quem é aquele cara. Ele vem até aqui o tempo todo em seu Chrysler New Yorker branco e sujo e fica espiando os carros de janelas embaçadas onde os casais estão se beijando. Mas as coisas nem sempre foram assim aqui, apenas um lugar sujo onde se podia transar. Quando as coisas ainda eram civilizadas, as pessoas ricas da cidade costumavam vir até aqui e passar os fins de semana em grandes hotéis e passear de trem pelas encostas. Senhoras com saias longas e guarda-sóis, e homens fortes trajando ternos de risca de giz com relógios de bolso de ouro. Quando fui construído, o plano era que eu me transformasse em um *resort* top de linha, mas os proprietários nunca conseguiram uma licença para vender bebidas alcoólicas e eu me transformei numa decepção instantânea. Uma vergonha. Eu nunca seria verdadeiramente um templo, ou um *resort*, ou um hotel. Não tinha um salão de baile, um salão de bilhar ou uma sala reservada onde as pessoas pudessem perder seu dinheiro em jogos de azar. Não tinha nenhuma outra função além de ficar parado aqui e ser bonito. Quase fui demolido durante a 2ª Guerra Mundial por causa de minha aparência japonesa. Cheguei a ser um restaurante durante algum tempo, mas fui à falência. Quase fui destruído em um incêndio em 1969. Mas eles continuam me salvando porque sabem que eu tenho alguma serventia. Só não sabem exatamente qual.

29 | DIA DO ANO NOVO | DEPOIS DO TRABALHO

– Vai querer alguma coisa?

Estamos diante do Bar do Fred, e James está me perguntando isso. Sinto que estou dividida em duas. Uma das partes, a que sabe o que é bom pra mim, quer pedir uma soda limonada. A outra parte, aquela que está pensando em tomar outra bebida alcoólica desde que eu acordei pela manhã, quer respostas.

– Uns *coolers* de vodca. Aqueles da garrafa preta.

James ergue as sobrancelhas e desaparece pela porta verde com as três janelas em formato de diamante. Enquanto espero, sentada, as vibrações inquietantes da sala com as máquinas de fliperama do Bar do Fred começam a emanar do lugar e me cercar. Percebo que essa é a primeira vez que estou no carro de um garoto – ou melhor, de um homem –, e sem o controle da situação. Acho que, tecnicamente, essa é a primeira vez que tenho um encontro de verdade também. Se for realmente um encontro.

Imagino o que poderia acontecer comigo e dou a mim mesma uma boa dose de ansiedade relacionada a estupros que ocorrem após encontros como este, antes de parar e me lembrar de que James é um cara legal. Eu o conheço desde o primeiro dia em que comecei a trabalhar no Templo da Pizza no verão passado.

Ainda estava com 17 anos e não tinha permissão para sair e fazer entregas. Assim, atendia ao telefone, na maior parte do tempo, e preparava as pizzas. James trabalhava no turno do dia em período integral. Entrava às dez e saía as quatro, sete dias por semana. Assim, durante a semana, eu só o via quando ele estava indo embora. Mesmo naquela época ele me tratava de igual para igual, não como uma criança.

Agora eu estou aqui, dentro do carro dele, e nós vamos até o Templo para nos beijar. (Mas estou igualmente empolgada por causa da vodca)

Ele sai pela porta com um saco de papel pardo e um sorriso no rosto. Guarda a bebida no porta-malas e se acomoda no banco do motorista. Quando passamos pelo lago e serpenteamos pelas curvas em S que levam até o alto da colina, afasto as imagens de Charlie da minha mente. Claro, isso é impossível. Cada centímetro quadrado desta estrada, daquele lago, desses bosques, tudo isso é Charlie. Peço a James que pegue o caminho mais longo para evitar a alameda Overlook. Isso nos faz passar perto da velha torre e da vista do alto da cidade.

– Já chegou a ver o que as luzes dizem? – pergunta James.

– Eu cresci aqui, lembra?

– Ah, é mesmo.

Se você parar no mirante da torre à noite, as luzes da cidade coincidentemente exibem a palavra ZERO.

Mas, quando passamos por ela essa noite, vemos uma viatura de polícia estacionada atrás do pequeno depósito da companhia elétrica. Assim, em vez de parar para olhar as luzes, James continua dirigindo, e fingimos ser adolescentes inocentes que estão à procura de um lugar escuro para se beijar – o que é fácil, porque é exatamente isso o que estamos fazendo.

Uma hora depois – por volta de uma da manhã –, James e eu estamos nos beijando depois de algumas bebidas, e eu estou no Paraíso de Vera. Estou começando a achar que amo James. Pois é. Sei que isso me faz parecer idiota, mas não ligo. Todas as músicas que ele coloca para tocar são perfeitas. Tudo o que ele diz é inteligente. Todos os lugares em que ele me toca me causam uma sensação deliciosa. Nada que me assuste. Nada que seja forçado. Ele não tenta tocar em nenhum lugar proibido, e, como se todos nós houvéssemos nascido com um espírito rebelde, como ele não os toca, eu quero que ele os toque. Isso não faz sentido para mim, porque nunca cheguei até esse ponto com um rapaz, então não sei ao certo por que meu cérebro está me dizendo para querer que ouse mais. Mas é o que está acontecendo.

Depois do terceiro *cooler* de vodca, monto no colo de James e coloco os braços ao redor daquele pescoço forte, sussurrando coisas em seu ouvido que eu sabia que não devia estar sussurrando. Ele baixa o encosto do banco e nós damos uns amassos mais fortes. Os vidros das janelas estão embaçados, o Led Zeppelin está tocando no rádio e, quando ergo a cabeça para afastar os cabelos do rosto, abro um olho e solto um gemido.

Eles estão no carro – todos os mil, empilhados como papel. Estão curvados contra o banco traseiro, apertados contra a janela traseira. Pesando sobre as minhas costas, contra as laterais do meu corpo, olhando fixamente para mim. Hoje eles estão usando a camisa de flanela com a estampa xadrez azul e branca favorita de Charlie – aquela dos punhos puídos. E a sua bandana vermelha – aquela que ele se recusou a tirar da cabeça durante o nosso último verão juntos. Todos estão usando a bermuda cargo de fazer trilha.

James não sabe o que está acontecendo e me segura pela cintura, com os olhos ainda fechados. Eu me esforço para conseguir respirar e não consigo puxar o ar, e então seguro na maçaneta da porta.

Ele abre os olhos quando sente que estou em pânico.

– Veer? Você tá bem?

Eles o estão comprimindo por todos os lados, mas James não consegue vê-los. Não estão aspirando o ar dos pulmões dele.

Abro a porta e caio sobre o cascalho. À minha frente está o Templo de neon vermelho – uma lembrança do que acontece quando agimos sem pensar. Respiro fundo e James chega por trás de mim, envolvendo-me ao redor dos ombros com seus braços.

– Veer?

– Estou bem – eu digo. Olho para o carro. Mil Charlies estão riscando algo nas janelas embaçadas. Estão fazendo desenhos. Estão escrevendo uma mensagem.

Um desenho infantil de um cachorro morto com as pernas para cima. Um peixe morto, flutuando. Um roedor morto de nariz pontudo e cauda longa.

As letras C-O-N-T-E.

O roedor morto me faz lembrar de que estamos no meio da semana e de que eu já devia estar em casa, dormindo no meu quarto com fragrância de baunilha e rato morto.

– Está vendo aquilo? – eu pergunto, apontando para as imagens no vidro do carro.

James não consegue ver nada. Ele está olhando para mim, preocupado. Que ótimo. Devo estar parecendo uma garota imatura e dramática. Bastam alguns goles e já começo a ver coisas. Ele provavelmente está me diagnosticando como louca.

– Quer que eu a leve de volta? – pergunta ele.

– Quero. Tenho prova de Vocabulário amanhã e não estudei nenhuma palavra durante a pausa para as festas – eu digo.

Ele me ajuda a entrar no carro, que já não tem mais nenhum Charlie fino como papel de seda, e nos leva de volta à pizzaria. Quando passamos pela minha casa vejo que as luzes do andar de baixo ainda estão acesas e percebo que devo estar encrencada. Em seguida, quando passamos por ela, o policial atrás de nós acende as luzes da viatura e as coisas ficam vinte milhões de vezes pior.

30 UM BREVE COMENTÁRIO DO GAROTO MORTO

Eu fui um idiota. Um idiota em relação à Vera e Jenny Flick. Não sei o que eu estava fazendo. Não sei a quem eu estava tentando impressionar. Passei meses questionando a mim mesmo, e tudo o que posso dizer é o que eu *não estava* fazendo.

Eu não estava tentando magoar Vera.

Eu não estava tentando impressionar a Turma da Retenção. Eu nem gostava deles.

E vamos deixar uma coisa bem clara: eu não matei aqueles animais. Foi Jenny.

Mas fui eu quem mandou a polícia.

Por que a surpresa? Você tinha uma ideia diferente sobre a vida após a morte? Isso vai contra a sua religião? Bem, o que é que você sabe realmente? Ninguém que esteja vivo entende o que é morrer, e não importa com o que eles sonhem – desde harpas e o Paraíso até os picles nos Big Macs –, não podem provar nada até estarem deste lado. Algo que, se você puder, é melhor evitar até que a sua hora chegue. Você pode querer reservar algum tempo para se apaixonar e começar uma família. Permanecer saudável para que possa conhecer seus netos algum dia. Posso te garantir isto: você não vai querer morrer engasgado com o próprio vômito, ou ser chutado de dentro de um carro e cair no gramado da sua casa.

Passo a maior parte do meu tempo a observar os meus pais. Talvez você imaginasse que eu ficaria bem longe deles agora que estou livre, mas parece que estou aqui para aprender alguma coisa. Não sei exatamente o quê. Nunca gostei de nenhum deles. Ele é um fanfarrão e ela é um capacho.

Passo o resto do meu tempo tentando me comunicar com Vera. Quero que ela saiba que estou arrependido. Quero que ela encontre a caixa e limpe o meu nome. Quero que ela se apaixone por alguém e tenha uma vida boa. De certa maneira, tenho a sensação de que eu estava atrapalhando a vida dela, e, por isso, estou feliz por estar morto. Eu nunca seria um bom homem para ela. Mas ela merece algo melhor do que um entregador de pizza que largou a faculdade.

Foi por isso que mandei a polícia.

Não, não sou onipotente. É claro que não. Mas posso fazer coisas aparecerem para aqueles que querem vê-las, e policiais de cidades pequenas estão sempre procurando por confusão, não é mesmo?

31 | DIA DE ANO NOVO (À NOITE)

– Saiam do carro, por favor.

Merda. Estou vendo a luz da varanda se acender na minha casa e a cortina da sala se abrir na casa dos Kahns. Será que eles não podem desligar as luzes da viatura agora que nos abordaram?

James e eu saímos do carro. James entrega os documentos quando sai. Eu simplesmente fico ali e tento desaparecer enquanto mastigo um chiclete de menta violentamente para me livrar do bafo de vodca.

– Preciso ver a sua habilitação também – diz o policial gordo para mim. Eu coloco a mão dentro do carro para pegar minha bolsa e vejo as tampinhas das garrafas no piso do carro de James. Diabos. Estamos encrencados.

Entrego a habilitação para o policial junto com a minha carteira de identidade escolar, caso ele decida sentir pena por eu ainda estar na escola.

Ele olha para a carteira e resmunga:

– Alameda Overlook, 4511 – e olha para a minha casa, mais adiante. – Você mora ali?

– Sim.

– Bem, então vamos acompanhá-la até a sua casa.

– Eu... preciso buscar o meu carro.

Ele ri.

– Você não vai buscar nada esta noite, Srta. Dietz. Exceto, talvez, o seu casaco aí no banco traseiro.

Olho para James e ele sorri, confiante. Não sei por que ele parece estar tão confiante. Ele pode perder sua habilitação. Pode perder o emprego. Pode ir para a cadeia por ter comprado *coolers* de vodca para uma aluna do Ensino Médio, não é?

Antes que eu perceba, estou voltando para a minha casa com o policial. Mil Charlies estão no ar, caminhando conosco, lembrando-me de que eu podia contar ao policial tudo o que sei. Que isso é o que eu *deveria* fazer. Quando avisto a varanda, vejo meu pai com os braços cruzados, os óculos de leitura erguidos até a testa e uma expressão de preocupação no rosto.

– Por favor, não conte a ele que eu estava bebendo.

– Não acho que eu precise contar isso a ele.

– Por favor, não tire a minha habilitação. Preciso do meu emprego.

Ele me faz parar na calçada e me vira para que eu o encare.

– Olhe aqui. Não estrague a sua vida. Há muito tempo para encher a cara e sair com garotos. Aquele cara é muito velho pra você.

– Preciso do meu emprego. É em período integral. Não posso perdê-lo.

Ele me observa cuidadosamente.

– Esta noite você vai receber o seu primeiro e único aviso do Departamento de Polícia de Mount Pitts. Depois disso, não vamos dar moleza.

Em seguida, ele acena para o meu pai e volta para a viatura. Meu pai parece estar confuso, mas se concentra em mim. Rezo para que o olfato dele esteja tão ruim quanto sempre esteve. Rezo para conseguir andar sem cambalear.

– O que foi isso? Onde está o carro?

– Está na pizzaria. Podemos pegá-lo amanhã. – Eu passo por ele e pela porta de entrada como se não fossem duas da manhã, como se eu não tivesse que ir para a escola na manhã seguinte.

Ele segura meu braço.

– Vera? O que está acontecendo?

– Podemos falar sobre isso amanhã de manhã?

– Não – diz ele, pegando o casaco que está em um gancho atrás da porta, com ar de quem vai perguntar aos guardas.

É só um blefe, e eu sei disso. Mas tenho que lhe dizer alguma coisa. Alguma coisa.

– Eu saí com um cara do trabalho esta noite. Só isso. Ele estava dirigindo um pouco rápido demais no caminho para casa.

– E onde está o seu carro, então?
– Já te disse. Está na pizzaria. Vou trabalhar das quatro até a hora de fechar amanhã, de qualquer maneira.
– Quem é o rapaz?
– James.
– James de quê?

Claro que não faço a menor ideia de como responder a essa pergunta.

– Vera?
– Sim. James... ah... não sei como se pronuncia. Começa com K.
– James Começa-com-K?
– Posso ir para a cama agora?

Meu pai se aproxima de mim e inspira o ar. Estou afogada na merda.
– Sim. Vá dormir. Conversamos pela manhã. – Ele coloca o casaco de volta no cabide e olha pela janela da frente. A viatura da polícia já foi embora, bem como o carro de James. Vou ao banheiro e lavo a sensação de ser pega do rosto. Estou me sentindo cada vez mais como a minha mãe, a cada dia que passa.

32 | UM BREVE COMENTÁRIO DE KEN DIETZ (O PAI FRUSTRADO DE VERA)

Vera acha que eu não sei que ela está bebendo. Como se o meu passado fosse somente uma palavra comum (alcoólatra [substantivo]. 1. Uma pessoa que bebe quantidades excessivas de álcool habitualmente) que vai permanecer no passado. Ela não faz ideia do que isso significa para mim. Não faz ideia de que, quando ela chegou em casa cheirando a bebida, uma parte de mim quis saltar no mesmo vagão de 17 anos e perfurar as veias dela para engolir o álcool. Por um lado, espero que ela nunca compreenda isso. Por outro, queria que ela pudesse olhar para além de si mesma de vez em quando. Mas isso é um efeito colateral do álcool, não é? Parar para pensar em outras pessoas não é uma das opções disponíveis.

Tomei minha primeira cerveja aos dez anos. Meu irmão adolescente Caleb e seus amigos montaram barracas em nosso quintal e estavam dormindo. Um dos garotos trouxe uma caixa com seis *longnecks* de Michelob. Roubei uma garrafa e bebi às escondidas em nosso sobrado. A cerveja não me deixou bêbado; fez com que eu me sentisse um pouco enjoado. No meu beliche, meia hora mais tarde – em que nosso irmão Jack dormia na cama acima da minha, aparentemente imune à baixa autoestima que Caleb e eu herdamos do nosso pai quando ele nos abandonou – eu ouvi os garotos brigando porque algum deles supostamente teria bebido a última cerveja, mas ninguém descobriu que fui eu, porque eu tinha dez anos e ainda brincava com revólveres de espoleta e rãs.

Mas, daquela noite em diante, a única coisa que eu queria era a próxima bebida. Algo que era fácil de conseguir, porque meus irmãos e minha mãe sempre tinham algo na geladeira que eu pudesse roubar.

No começo do Ensino Médio, fiz amizade com o guarda da ronda escolar da minha região. Ele ia me buscar em casa algumas vezes quando eu perdia a hora por estar de ressaca, e me levava para a escola no banco traseiro da viatura de polícia.

– Sabe de uma coisa, garoto? Eu acho que sei por que você está perdendo a hora de ir à escola.

– E daí?

– E daí que eu acho que você devia saber que, se for apanhado bebendo, na sua idade, não vai poder tirar a carteira de motorista.

– E daí?

– Você não quer ter um carro e levar as garotas pra passear? Não quer arrumar um emprego, crescer e ganhar dinheiro?

– Não.

Ele suspirou.

– Bem, então é melhor você se acostumar a sentar no banco traseiro de um carro de polícia – disse ele. – Porque estou de olho em você.

Geralmente, eu roubava bebidas da minha mãe ou das casas das amigas dela quando ia aparar seus gramados nos finais de semana. Em seguida, ia para a matinê de cinema ao meio-dia – o ingresso custava só 99 centavos – e enchia a cara enquanto assistia qualquer filme que estivesse passando. Já era um bêbado completo quando estava no décimo ano. Arrumei um emprego de meio período no Burger King que ficava no fim da nossa rua e comecei a roubar do caixa, quando descobri um gerente que me compraria uma garrafa pequena de Jack Daniel's numa loja de bebidas. Aquele emprego durou três meses. Depois, consegui outro no Snappy Mart, do outro lado da rua. Em vez de roubar do caixa, eu comecei a dar o troco errado aos clientes para conseguir o meu dinheiro para bebida. E funcionava. Desenvolvi um ótimo talento para identificar quais eram as pessoas que conferiam seu troco e quais não o faziam. As melhores eram mães distraídas que traziam as crianças consigo ou que haviam deixado os filhos no carro, pois sempre estavam com um olho na janela. Elas nunca verificavam o troco, e, se o fizessem, quando percebessem que eu havia afanado cinco pratas, já teriam prendido os cintos de segurança ou as alças das cadeirinhas ao redor dos filhos e não iriam se dar ao trabalho de voltar para a loja.

Os piores, é claro, eram os senhores de idade. Sempre contavam o troco.

Esse emprego durou algum tempo. Quase dois anos. A cada noite eu roubava trocados para que Caleb pudesse ir até a loja de bebidas ou ao distribuidor de cerveja. Meu chefe não se importava se eu trabalhasse embriagado, e ~~Cindy~~ Sindy, minha namorada desde o primeiro ano do Ensino Médio, não se importava com o fato de que eu nunca lhe comprava presentes. Ela dizia: "Não amo você por causa do seu dinheiro".

Larguei o Ensino Médio depois do Natal, quando estava no último ano. O vice-diretor estava de olho em mim e me deixava retido todos os dias por eu não ter ficado na retenção todos os dias antes disso. Mas eu disse a ele que tinha um emprego e que não podia faltar.

– Se você se comportasse do mesmo jeito em relação à escola, não estaria nessa situação.

– Trabalho até a meia-noite e estou cansado – eu dizia.

Na realidade, eu trabalhava até a meia-noite, bebia até às quatro da manhã e depois ficava apagado até o meio-dia, quando acabava decidindo que já havia perdido a maior parte do dia de aula. Minha mãe já havia desistido de mim muito antes do vice-diretor. Nossa última conversa sobre a escola, enquanto ela assinava os formulários que o vice-diretor me entregara para oficializar a desistência, foi mais ou menos assim:

– Por que você não pode ser mais parecido com Jack?

– Não sei – eu disse. – Queria poder ser.

Jack adorava a escola. Amava dissecar rãs, destrinchar problemas com palavras, assistir aos jogos de futebol americano e namorar as líderes de torcida. Já estava na faculdade, aprendendo como ganhar pilhas de dinheiro.

– Pelo menos Caleb aprendeu um ofício. Pelo menos ele tem alguma coisa.

– Pois é. Ele teve sorte.

Caleb era marceneiro especializado em armários e trabalhava em uma oficina que fazia móveis para cozinhas.

Ela ergueu o rosto depois de assinar e bateu com a caneta na mesa.

– Que diabos, Kenny! Quando é que você vai parar de culpar as outras pessoas pelos seus problemas? Caleb não tem sorte! Ele é responsável!

O que eu quis dizer era que Caleb teve sorte de conseguir um emprego e continuar nele enquanto era um beberrão enrustido. Porque ele também herdou os genes da bebedeira do meu pai.

No fim das contas, fui para os Alcoólicos Anônimos, depois de passar uma noite cuidando de Vera quando ela tinha sete meses. Ela não parava de chorar e isso começou a me enlouquecer. E eu pensei, apenas por uma fração de segundo – uma fração de segundo que acabou mudando minha vida – que devia sacudi-la ou enfiar sua cara num travesseiro ou alguma coisa do tipo para fazê-la parar. A única razão pela qual ela estava chorando era porque eu estava bêbado demais para me lembrar de alimentá-la. Para a nossa sorte, ~~Cindy~~ Sindy voltou para casa e me encontrou, já meio ensandecido, andando de um lado para o outro, com o bebê nos braços e chorando junto com Vera.

Eu me lembro de quando ela disse:

– Ken, olhe só para você! Você é pior do que *ela!*

No dia seguinte, eu fui para a minha primeira reunião. Caleb me seguiu oito anos mais tarde, depois de perder três dedos numa serra de mesa porque andou bebendo em serviço.

Avisei Vera sobre os genes fracos para a bebida, mas ela finge que isso é engraçado. Fala sobre os genes de *stripper* também, mas é jovem demais para entender a situação em que ~~Cindy~~ Sindy estava quando ela nasceu e eu era um bêbado. Além disso, os jovens julgam muito as pessoas. Com o tempo, ela vai ter que enfrentar muita merda pra se livrar dos próprios demônios. Eu só queria poder lhe dar um ticket para que ela pudesse passar por isso mais rapidamente.

O FLUXOGRAMA DE COMPORTAMENTOS DESTRUTIVOS DE KEN DIETZ

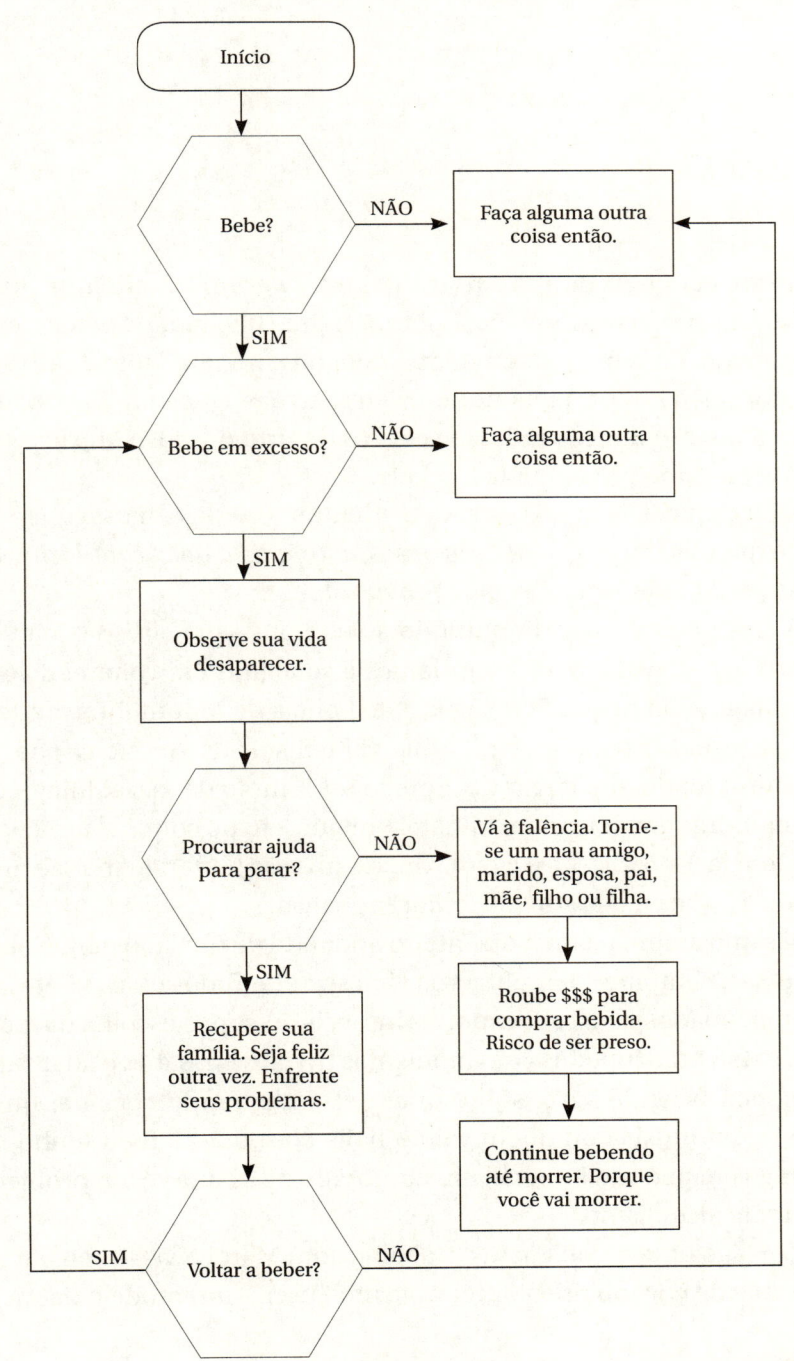

Início

Bebe? — NÃO → Faça alguma outra coisa então.

↓ SIM

Bebe em excesso? — NÃO → Faça alguma outra coisa então.

↓ SIM

Observe sua vida desaparecer.

↓

Procurar ajuda para parar? — NÃO → Vá à falência. Torne-se um mau amigo, marido, esposa, pai, mãe, filho ou filha.

↓ SIM

Recupere sua família. Seja feliz outra vez. Enfrente seus problemas.

Roube $$$ para comprar bebida. Risco de ser preso.

Continue bebendo até morrer. Porque você vai morrer.

↓

Voltar a beber? — SIM / NÃO

33 SEGUNDA-FEIRA, 2 DE JANEIRO

E cá estou eu, negando-me a usar a palavra *engrunhido* em uma frase.

Minha professora de Vocabulário, a Sra. Buchanan, parece estar preocupada. Eu reprovei. Não tentei nem mesmo um chute. Minha cabeça dói e não importa quantos chicletes eu mastigue, minha boca está tão seca quanto uma estrada que corta o deserto do Novo México.

– Vera, estou preocupada – diz ela.

– Eu esqueci. Não sei o que deu em mim – eu digo, mas o que realmente quero dizer é: *Quem diabos passa uma lista de Vocabulário para ser estudada durante as festas de fim de ano?*

– Isso pode acabar diminuindo a sua nota – diz ela. Mas não me importo. Só consigo pensar em James e se algum dia voltarei a vê-lo. Eu o imagino na pequena delegacia de polícia de Mount Pitts, onde os policiais estão tirando o retrato que vai constar na sua ficha policial. Imagino-o tendo que largar o emprego no Templo da Pizza. Imagino-o indo embora sem deixar um bilhete, um número de contato, uma palavra que seja. Como se talvez o universo estivesse tentando me salvar do destino, já que eu desistira de tentar me salvar.

Mesmo assim, passo o dia inteiro andando de um lado para o outro com o nariz empinado. Tenho uma vida secreta. Todos esses idiotas estão preocupados com seus esportes imbecis ou com a escolha da faculdade. Estão preocupados com modismos triviais, em saber e falar sobre quem está fazendo sexo, sobre quem está cheirando cocaína, quem gosta de tal música ou quem vai ao baile com quem. E eu tenho um emprego em período integral, um namorado de 23 anos e um problema secreto de alcoolismo.

Consigo uma carona para o trabalho com Matt Lewis – meu parceiro na aula de Vocabulário. Matt dirige um Fusca – um modelo daqueles mais antigos. Ele mesmo decorou o interior do veículo com desenhos em estilo mangá feitos com caneta de ponta porosa, e isso é uma das coisas mais legais que já vi.

Pouco antes de tocar o sinal do fim da aula, a secretária liga o sistema de alto-falantes e passa os avisos de sempre. Todos os alunos que fizeram algo idiota para ficarem retidos hoje (Bill Corso, Jenny Flick e seus comparsas) são chamados ao escritório do diretor-assistente. Em seguida ela diz:

– Vera Dietz, por favor, apresente-se na secretaria. Vera Dietz, apresente-se na secretaria.

Quando chego perto da secretaria envidraçada, vejo o meu pai ali, esperando, apoiado no balcão e conversando com a secretária. Quando entro, ele se vira para mim e diz:

– Está pronta para ir?

– Ir para onde?

– Para o trabalho.

– Já arranjei carona, pai. Você pode ir.

– Vá buscar as suas coisas. Vou esperar aqui. – Ele está agindo de maneira estranhamente fria e robótica.

– Mas tenho que dizer a Matt para não esperar por mim.

– Tudo bem. Estarei aqui.

Assim, vou até o armário em que Matt guarda suas coisas e digo que não preciso mais da carona. Depois sigo até o meu armário, tiro os livros dos quais preciso e volto para a secretaria. Vejo meu pai pela vidraça, ainda conversando com a secretária, e me sento no banco almofadado do lado de fora esperando até que ele termine.

Quando chegamos ao carro e eu prendo o cinto de segurança, ele diz:

– Consegui uma noite de folga para você.

Ele está me assustando. Está falando pelos cotovelos. Como se fosse um maníaco feliz.

– Do trabalho?

– Marie disse para você voltar amanhã.

Todo o meu corpo fica um pouco entorpecido quando me dou conta de que ele conversou com Marie. Quero saber se ele fez perguntas sobre James a Marie. Quero perguntar se ele sabe onde James está e se ele está bem. Mas não pergunto nada, porque ele está dirigindo com aquela expressão falsa de felicidade no rosto, como se estivesse prestes a me cortar em pedaços e servi-los a um tigre.

Quando chegamos em casa ele me dá uma vasilha de frutas secas, granola e um copo de leite. Uma coisa muito, muito estranha. Esse era o lanche preferido do meu pai quando eu era bem novinha. Antes que possa comentar sobre como ele está esquisito, ele me entrega o telefone e um número anotado num pedaço de papel azul celeste. ~~Cindy~~ *Sindy – 1-702-555-0055*. Minha mãe. Ela trocou o C do seu nome para um S quando nos deixou.

– Não vou ligar para ela.

– Vai, sim.

– Por que você acha que isso é uma boa ideia?

Ele levanta a mão, blindado contra qualquer coisa que eu dissesse.

– Vou sair para recolher os galhos do jardim. Converse com ela. Sua mãe é mais inteligente do que você imagina.

Mais inteligente do que eu imagino? Quer dizer que eu acho que ela é idiota? Aham. Certo. Talvez eu ache. Bem, vamos ver o quanto ela é inteligente, então. 1-702-555-0055. O telefone toca uma vez. Toca a segun...

– Vera?

– Oi, mãe.

– Não venha com esse "oi, mãe" pra cima de mim! Que diabos você está fazendo? Está tentando matar o seu pai?

– Ei, ei. Feliz Ano Novo pra você também.

– Deixe de chacota.

Uau, ela acabou de usar *chacota* em uma frase. Que maravilha. Agora eu não sei o que dizer. Não falo com a minha mãe há seis anos – desde o dia em que ela foi embora –, e agora ela começa a gritar comigo como se as coisas que eu faço tivessem alguma importância?

– Você ouviu o que eu disse? – pergunta ela.

– Sim.

– E então? Vamos, ande logo com isso. Não tenho o dia todo.

Não consigo direcionar o ódio que sinto, e parece que ela está com o mesmo problema. Percebo imediatamente que ela nos deixou porque nunca quis ter filhos. E também percebo imediatamente que não quero que ela volte.

Pergunto:

– O que foi que o meu pai te falou?

– Que você estava bebendo com um homem de 23 anos ontem à noite, e teve sorte de não perder sua habilitação por causa disso.

– Oh. – Então ele sabe que eu andei bebendo, e sabe quantos anos James tem.

– Ele também me disse que você estava planejando voltar para casa dirigindo. Isso é verdade?

– Pode ser – eu respondo, ainda processando a informação de que meu pai sabe muito mais do que deixa transparecer.

– Você é idiota assim mesmo?

– Você é um encanto, mãe.

– Estou falando sério, Vera. Você realmente é tão idiota assim?

Não digo nada.

– Você está aí?

Não digo nada. Percebo que estou começando a lacrimejar.

– Olhe, eu sei que foi difícil pra você quando seu namoradinho morreu, mas...

– Charlie não era meu namorado.

– Bem, chame do que quiser. Eu sei que você não conseguiu aceitar a situação.

Não digo nada. Eu a odeio. Ela nem me conhece. Não sabe do que aconteceu. Não sabe nada sobre a Zimmerman's. Ou sobre Jenny Flick. Ou sobre os periquitos que gritavam. Ou sobre qualquer coisa que esteja acontecendo.

– Você não sabe nada sobre isso, mãe.

– Eu conheci Charlie, Vera. Morei com você por 12 anos.

– Não que isso tenha alguma importância hoje em dia – eu digo.

De maneira surpreendente, ela não responde a esse argumento. Há um silêncio do outro lado da linha, e eu fico mastigando as frutas secas que meu pai me deu. Será coincidência o fato de eu estar comendo o lanche típico de uma criança de dez anos e simultaneamente me sentindo como uma criança de dez anos por estar conversando com a minha mãe?

– Você pode me odiar por dizer isso, Vera, mas não se transforme em uma putinha tão cedo em sua vida.

Eu a odeio. Eu realmente a odeio por dizer isso.

– Vegas está cheia de garotas que achavam que dar bastante para os caras era uma boa ideia, mas agora elas não são mais do que arremedos de si mesmas fazendo *pole dance* em bares de *striptease*.

Ela está me comparando com as *strippers* de Las Vegas. Quem disse a ela que estou me transformando em uma putinha? Quem disse a ela que estou fazendo alguma coisa além de tomar vodca de vez em quando?

– Algumas delas acham que essa é uma forma bem agradável de viver, sabia? Liberdade da opressão dos homens! A sexualidade personificada! Idiotas, Vera. Idiotas. Conheci uma dessas há alguns dias que estava lendo Whitman. Disse que os livros a deixavam mais inteligente, mesmo que estivesse tirando a roupa para ganhar dinheiro à noite. Transformando-se em uma piada. Transformando todas nós em uma piada. Não se transforme em uma piada.

– Está bem, mãe, já entendi. Nada de fazer *striptease* ou virar prostituta, intelectual ou não. Saquei.

– Estou falando sério. Essas garotas também pensavam que não havia nada de errado em encher a cara no Templo com um cara que largou a faculdade.

Estou irada agora. Não há outra maneira de descrever a situação. Se ela estivesse aqui comigo eu pegaria coisas pontiagudas e jogaria contra ela.

– Bem, pra mim chega – eu digo. – Não dou a mínima para o que você pensa. E obrigada pelos cinquenta dólares que me manda todos os anos no meu aniversário. Tenho certeza de que vão fazer uma diferença enorme nas economias para a faculdade. Você é a melhor mãe do mundo. – Eu desligo o telefone com força.

Antes que ela possa retornar a ligação e gritar comigo (embora eu duvide que ela o faça, porque foi tão forçada a ter essa conversa quanto eu), eu pego o telefone, espero até o sinal de discar começar a tocar e deixo-o fora do gancho.

34 | HISTÓRIA | AOS 14 ANOS

Fiquei sentada no salão principal da escola naquela manhã, pensando no que Charlie havia me dito no ônibus. Lembrei de todas as vezes que subi no Carvalho Mestre com ele e de todas as vezes em que caminhamos pela trilha azul. Subitamente, todas as ocasiões em que vi a fenda da bunda dele tomaram conta da minha mente como se fossem uma apresentação de slides que eu nunca quis assistir. Costumava achar que Charlie usava cuecas de cós baixo ou algo do tipo. Ele era magro e seus jeans ou bermudas sempre ficavam largos ao redor da cintura, apoiados nos quadris. Eu simplesmente imaginava, como acontecia com todas as outras coisas relacionadas a ele, que essa era mais uma demonstração de desleixo. Mas agora era diferente. Não era a mesma coisa que os cabelos ensebados ou as camisas de flanela rasgadas. Minha lista mental era mais ou menos assim:

- Todos os dias no refeitório enquanto almoçávamos, quando ele se inclinava para a frente.
- Todos os dias no ônibus, quando ele se inclinava para a frente.
- Quando construímos a casa na árvore e a varanda (pelo menos duzentas vezes enquanto ele subia e descia por aquela escada. Especialmente quando eu perguntei, em tom de brincadeira, se ele queria ser encanador. Ele ficou muito bravo!).
- Quando ele se inclinava para a frente na espreguiçadeira para pegar salgadinhos da festa de Ano Novo de Sherry Heller.
- Aquela vez na pizzaria Santo's quando meu pai nos levou até lá. Charlie se debruçou sobre a mesa para pegar minha bolsa e

afanar aquela foto idiota da quarta série que estava na minha carteira.
- Toda vez que nos sentávamos sobre as enormes pedras no final da trilha azul para raspar cocô de cachorro da sola dos nossos sapatos.
- Aquela vez que ele atirou num cervo atrás das nossas casas e me tirou da cama para vê-lo deitado ali, morto. Eu me lembro de pensar: *Quem diabos esquece de vestir a roupa de baixo nesse frio de sete graus abaixo de zero?*

Quanto mais eu penso nisso, mais me dou conta de que Charlie estivera sem cueca por várias vezes nos últimos anos. Tento me recordar se faltavam as meias também, mas isso me faz lembrar daquele pervertido do Chrysler branco. Não é possível que ele estivesse fazendo isso desde que tínhamos 11 anos. Ou é? Tudo aquilo enche a minha cabeça. A noite na casa na árvore, quando ele desapareceu. As vezes em que ouvi um carro dando a volta no cascalho, à noite. As vezes em que Charlie aparecia com coisas novas, e não só cigarros. O Zippo. Os óculos Ray-Ban falsos. O anel de turquesa e prata que ele usava. Na semana passada, o MP3 player novo. Não era um iPod, mas era bem parecido. Será que roupas de baixo sujas podiam realmente comprar um MP3 novo?

Quando o vi na hora do almoço naquele dia, estava com um monte de perguntas na cabeça.

– Então você simplesmente dá as suas cuecas para ele? – eu perguntei.

Charlie ria sem parar.

– Sim.

– E o que ele faz com elas?

– Não sei. Simplesmente entrego as cuecas para ele. Não me importo com o que ele faz com elas.

Ele estava constrangido e não me olhava nos olhos, mas estava rindo. Ele realmente achava aquilo engraçado.

– E aquela noite em que você me deixou sozinha na casa na árvore?

– O que tem?

– Você passou um tempão fora.

Ele riu.

– John e eu ficamos sentados fumando uns cigarros e conversando sobre o mundo – disse ele.

John. *John e eu.*

– É o mesmo cara de quando tínhamos 11 anos? O cara do carro branco que disse que as minhas trancinhas eram lindas?

Ele fez que sim com a cabeça, ainda sorrindo.

– Aham.

– Tem certeza de que ele não é, digamos… perigoso?

Ele se inclinou para perto de mim e disse:

– Ele é inofensivo, Vera. É cheio da grana. Herdou milhões dos pais. E tem uma fixação por roupas íntimas. Já estive na casa dele. Ele guarda tudo em sacos Ziploc, etiquetados por data, empilhados na sala do computador. Acho que ele vende tudo no eBay.

– No eBay?

Ele riu outra vez.

– Bem, o eBay dos pervertidos ou coisa parecida.

– Como você sabe que ele é inofensivo?

– Não sei como explicar, mas… tipo… eu confio nele.

Ele acreditava tanto – nessa confiança –, que saquei claramente o furo no raciocínio de Charlie. O que um garoto que passou pelo que Charlie passou sabe sobre confiança? Por acaso um garoto como ele é capaz de diferenciar o certo do errado?

Charlie se mudou para a casa na árvore assim que as aulas terminaram, em junho. Agora que tinha a sua varanda e que havia colocado telas nas janelas, ele estava procurando por outras maneiras de melhorar a casa. Assim, como tinha concluído a parte de introdução à eletricidade na escola, ele decidiu levar energia elétrica até lá para que pudesse usar um ventilador nas noites quentes e escutar o rádio sem a necessidade de tantas pilhas.

O verão foi insuportavelmente quente. Quando eu passava perto dos bosques, os pernilongos me cobriam inteira e tentavam entrar nos meus olhos, boca e nariz, o que me deixava louca. Meu pai finalmente abriu a carteira para comprar um sistema de ar condicionado central agora que estava trabalhando em casa, e era mais tentador ficar lá dentro, confortável, do que ajudar Charlie a passar a fiação na casa na árvore. Além disso, a eletricidade me assustava. Sempre foi assim, desde que enfiei a ponta de um garfo na torradeira a fim de tirar um *waffle* de trigo integral que havia ficado preso e levei um choque.

O restaurante Mika's fechou três meses depois que comecei a trabalhar lá, e, devido aos problemas da economia, as pessoas comuns começaram a procurar os empregos de verão que geralmente ficavam com os adolescentes. Até mesmo os estudantes universitários estavam tendo dificuldades para encontrar empregos decentes no verão daquele ano, então meu pai disse que eu poderia voltar a trabalhar como voluntária no centro de adoção às quartas e sextas. Eu esperava conversar mais vezes com o Sr. Zimmerman para que ele me conhecesse melhor e gostasse suficientemente de mim para me contratar algum dia, mas ele estava tão ocupado com a loja e cuidando da esposa, que sofria de câncer, que nós raramente o víamos. Quando conseguia tempo para vir até a loja, as senhoras do centro de adoção praticamente se atiravam aos seus pés.

Perguntei a ele, numa quarta-feira quente de julho, enquanto nos refrescávamos com picolés:

– Sabia que eu sonho em trabalhar na sua loja desde que tinha cinco anos?

Ele riu.

– Desde os cinco anos?

– Sim.

– Provavelmente isso foi na época em que tínhamos só uma unidade. Você se lembra dessa época, Elle? – A Sra. Parker, gerente dos voluntários, fez que sim com a cabeça. – Com quantos anos você está agora? – perguntou ele.

– Catorze

– Venha conversar comigo quando tiver 17, e talvez eu possa realizar o seu sonho – disse ele, piscando o olho.

A Sra. Parker me disse que ele sempre contratava alunos que estavam no último ano da escola antes que eles se formassem. Deixou claro que, se eu continuasse me oferecendo para trabalhar como voluntária, eu teria mais chances e ele "se lembraria do meu rosto". Claro, meu pai provavelmente não permitiria que eu trabalhasse lá se houvesse empregos remunerados à disposição, mas era bom poder sonhar.

Não importa o que eu fizesse no verão enquanto morasse sob o teto dele, eu sabia que, quando pudesse, iria querer trabalhar com animais, independente de o meu pai gostar ou não. Seres humanos simplesmente não eram capazes de amar incondicionalmente como os animais. Seres humanos eram complicados demais. A Sra. Parker tinha um adesivo perfeito no para-choque do seu Subaru compacto. "QUANTO MAIS EU CONHEÇO AS PESSOAS, MAIS EU AMO MEU CACHORRO". Quando eu disse a ela o quanto gostava do adesivo, ela me deu um igual, e quando eu o mostrei para Charlie, ele o colou na porta da casa na árvore antes que eu pudesse impedi-lo. Afinal, não seria uma idiotice colocar aquilo na porta quando nenhum de nós tinha um cachorro? Além disso, a casa na árvore sempre foi mais dele do que minha, e, naquele verão, embora eu ainda considerasse Charlie como meu melhor amigo em todo o mundo, eu meio que queria ter um pouco de individualidade ou algo do tipo. Queria o adesivo de para-choque para mim.

Nós dois completaríamos 15 anos no outono daquele ano. Ele estava começando a ter pelos no peito. Eu estava começando a me sentir cada vez mais atraída por ele – e completamente envergonhada por isso. Não havia a menor possibilidade, agora que iríamos para o Ensino Médio, de me permitir ter uma queda por Charlie Kahn. Especialmente se quisesse passar sem alarde pelo Ensino Médio, sem que ninguém soubesse que eu era filha de uma ex-*stripper*.

Além disso, houve um dia em agosto em que fui até a casa na árvore quando ele não estava lá e encontrei algumas revistas pornôs enfiadas embaixo da cama que ele construiu com caixotes para transportar garrafas de leite. Daquele momento em diante, não consegui mais visualizar Charlie sentado ali contemplando o espírito do Grande Caçador. Não conseguia mais vê-lo desenhando esboços para a próxima característica octogonal da casa na árvore, ou maquinando alguma ideia maluca sobre fabricar seu próprio coletor de energia solar. Daquele momento em diante, eu o via mais como um garoto de verdade do que como um super-herói.

    Havia prometido a mim mesma que evitaria o destino da minha mãe, e que faria isso ficando longe dos garotos até depois da faculdade. E sabia que, quando saísse à caça, precisaria de um homem como o meu pai – confiável e que respeitasse as mulheres, não do tipo que gostasse de pornografia ou homens velhos e endinheirados que compravam roupas íntimas de adolescentes. Mas, promessas à parte, Charlie Kahn continuava sendo o garoto mais interessante que já conheci, e uma parte de mim (aquela parte sobre a qual aprendemos nas aulas de Biologia) não queria nada além de fugir com ele assim que pudesse e deixar Mount Pitts para trás e para longe de nós, onde devia ficar.

PARTE TRES

35 | SEGUNDA-FEIRA, 2 DE JANEIRO | NOITE DE FOLGA

O receptor do telefone está fora do gancho, e está fazendo aquele ruído. Consigo ouvir aquilo da porta, onde fico observando meu pai pegar o entulho do inverno. Sinto vontade de fugir, mas lembro de que meu carro ainda está no Templo da Pizza. E, na boa, será que existe alguma maneira plausível de escapar do quanto eu odeio a minha mãe? (Qual foi o pensador Zen que disse que "a principal tarefa do Homem é dar à luz a si mesmo"?)

Meu pai me vê e ergue o rosto para mostrar que notou minha presença. A necessidade de escapar cresce exponencialmente, e os bips do telefone estão ficando irritantes. Assim, vou até lá e o desligo. Mas ainda quero saber o que aconteceu com James ontem à noite, então pego o aparelho outra vez e ligo para o Templo da Pizza. Marie atende.

– Oi, Marie. Sou eu, Vera.

Ela ri um pouco.

– Oi, Vera. Tudo bem com você? Seu pai disse que você está doente.

– Estou bem – eu digo. – James está por aí?

– Sim. Espere um pouco. Ele está lá no fundo.

Ouço quando ela grita por ele e me sinto aliviada. Ele não foi para a cadeia nem perdeu o emprego. Tudo está bem.

– Oi – diz ele.

– Oi. O que aconteceu com você ontem à noite?

– Eles me deixaram ir com uma advertência verbal. Eu só tinha duas cervejas no carro. Você vem trabalhar amanhã?

– Acho que sim. Tenho que convencer meu pai a me levar até aí para buscar meu carro.

Há um silêncio breve e estranho quando me dou conta de que essa é a primeira vez que nos falamos ao telefone. Por algum motivo isso faz com que eu me dê conta da nossa diferença de idade. Lembro-me do que minha mãe acabou de me dizer. Imagino se James acha que estou me transformando em motivo de piada.

– Eu gostei muito da noite passada – diz ele.
– Eu também.
– Espero que possamos repetir logo.
– Eu também.

Meu pai ainda está lá fora terminando de limpar o jardim, então eu subo para o andar de cima. Trinta minutos mais tarde, depois de um banho quente e uma rápida passada por metade da minha lista de vocabulário (*incandescente, contumaz, congraçar, tabaréu, prosaico*), encontro meu pai no sofá branco da sala de TV, lendo a *The New Yorker*.

– Pai?
– Só um segundo.

Vou à cozinha e preparo um prato de queijo e frutas. Isso é novidade. Mais um lanche, tempo para estudar, um banho extra. É como se eu fosse uma garota normal ou algo parecido. A vista da nossa mesa do café da manhã é uma floresta morta. Ela me faz lembrar de Charlie, então eu geralmente como de costas para a janela; mas hoje eu quero pensar nele. Olho para onde ele me mostrou o seu primeiro cervo e lembro-me do seu sorriso e de como ele olhou para mim por entre a franja desgrenhada, de como ele olhava para mim com aquela cara de flerte, e de como eu ignorava aquilo. Coloco uma uva na boca e penso na possibilidade de tudo o que ocorreu ter sido culpa minha. Talvez se eu não estivesse tão obcecada em não me tornar uma pessoa igual aos meus pais, pudesse ter salvado Charlie. Talvez eu pudesse ter me tornado a namorada dele. Talvez pudéssemos ter nos casado e sido felizes, independentemente de quem fossem nossos pais e do que eles fizessem uns com os outros.

Temos um comedouro para pássaros lá fora no qual todos os esquilos da floresta estão tentando se infiltrar, e isso deixa meu pai louco. Agora há um pica-pau de cabeça vermelha que faz a estrutura balançar, e os cardeais cobrem o chão da floresta com suas penugens vermelhas, esperando até que os pássaros maiores terminem de se alimentar.

Meu pai está sentado diante de mim e junta as mãos.

– Precisamos conversar – diz ele.

Faço que sim e continuo mastigando o queijo.

– Conversei com a sua gerente hoje e ela me disse que você e James estão trabalhando juntos há meses.

– E daí?

– Já faz todo esse tempo que vocês têm esse caso?

Putz. Que pateta.

– Não. Ontem à noite tivemos o nosso primeiro "encontro", se é isso o que você quer saber. – Eu levanto os dedos para mostrar as aspas ao redor de "encontro".

– Ele tem 23 anos.

– E eu tenho 18. E ele é um cara legal, então quem se importa com quantos anos ele tem?

– Eu me importo – diz ele. – E antes que você possa erguer o nariz e dizer com orgulho "tenho 18 anos e posso fazer o que quiser", é melhor considerar as suas opções.

Ele está tão calmo, que está começando a me assustar.

– Minhas opções?

– Você mora debaixo do meu teto. Significa que você ainda tem que fazer o que eu mandar.

– Credo. Quer dizer que você vai cortar a minha mesada e me deixar de castigo por um mês? Por eu gostar de um cara?

Afasto o prato e olho para ele. Meu pai continua sério.

– Minha principal preocupação neste momento é a sua escala de trabalho. Você é capaz de trabalhar com esse homem e parar de ter essas intimidades?

– Oh, meu Deus! Será que você pode parar de agir desse jeito tão esquisito, *por favor*?

Ele suspira.

– Não estou agindo de um jeito *esquisito*, Vera. Sou o seu pai, e é minha obrigação ter a certeza de que você... de que você...

Ele olha ao redor da cozinha, procurando pela próxima palavra.

– É minha obrigação ter a certeza de que você não vai fazer nada de errado.

Eu rio.

– Ah, pare com isso! Quem não faz coisas erradas?

– Não foi isso o que eu quis dizer. Sei que todo mundo comete erros – diz ele. – Mas você me entendeu. Os mesmos erros que nós, sua mãe e eu, cometemos.

Eu não consigo acreditar que ele disse isso.

– Não acredito que você acabou de dizer isso.

Ele dá de ombros. Há um milhão de macacos furiosos dentro da minha cabeça agora.

– Pai, sério, pense um pouco. Minha mãe estava trabalhando em período integral e economizando para pagar a faculdade quando tinha 18 anos? Estava tirando boas notas? Ou estava ocupada demais para estudar enquanto pegava a grana que os homens enfiavam na calcinha dela?

– Não...

Eu o interrompo.

– Não sou VOCÊ. Não sou a minha MÃE. Sou EU MESMA.

Ele respira fundo pelo nariz. Vejo que o diafragma dele se movimenta. Para dentro. Para fora. Para dentro. Para fora.

– Você não respondeu minha pergunta.

Olho fixamente para meu pai até que ele a repita.

– Você é capaz de continuar a trabalhar com esse homem e se controlar?

Dentro de mim, os macacos são os de Stanley Kubrick. Por dentro, estou dizendo: *Me controlar? ME CONTROLAR?* Mas quando abro a boca, ela diz:

– Tudo bem, tudo bem. Não vou mais sair com James. Não tem problema. Pelo amor de Deus, pai. Não sou uma vagabunda viciada em sexo. Ele é só um amigo e nós começamos a gostar um do outro.

– Pare de fazer com que isso pareça algo inocente.

– Mas é inocente.

– Não quando ele tem 23 anos. Não é.

Ele vai até o cabide dos casacos e tira algo do bolso da sua jaqueta – um punhado de panfletos – e os traz para a mesa. Dois cardeais se equilibram no comedouro para pássaros atrás dele.

Alcoolismo entre adolescentes. Conversando com seus filhos sobre o abuso de álcool. Direção alcoolizada. Beber e dirigir. Tomando decisões responsáveis. Pressões sociais. Adolescentes e drogas.

– Quero que você leia isso.

Ele está falando sério?

– Vera, não sei há quanto tempo você está bebendo, e não sei se você entende o quanto isso faz mal para o seu corpo, ou o quanto seus genes a tornam uma pessoa vulnerável ao alcoolismo. Mas, para mim, o mais preocupante é saber que você tinha a intenção de voltar pra casa dirigindo ontem à noite. Você nunca pode fazer isso. Nunca. Está me entendendo?

– Sim, pai.

– Você é uma garota inteligente.

– Sim, pai.

– Especialmente depois do que aconteceu com aquele garoto no ano passado. Brown.

Kyle Brown. Quinze anos. Morto por um universitário bêbado enquanto voltava da casa do vizinho.

– Sim, pai.

– Não estou criando uma filha para ser mais um desses idiotas insensíveis e irresponsáveis!

– Eu sei. Não sei no que estava pensando.

– Você *não estava* pensando. Esse é o problema – diz ele. – Você nunca mais vai poder deixar que isso aconteça.

– Não vou.

– E você não pode mais beber. Isso é óbvio. Olhe, você nem tem idade para beber legalmente, Veer.

– Eu sei. Foi uma coisa idiota.

Ele respira fundo, decepcionado, e aquilo acaba. *Graças a Deus.* Ele começa a andar pela sala de TV, arrumando as coisas, e eu leio os panfletos. Coisas que aprendi no primário, quando os policiais especializados em educar as crianças contra o consumo de drogas vinham até a escola para falar sobre a chamada "guerra contra as drogas". O álcool mata as células do cérebro. O álcool causa depressão. O álcool causa perda de memória. Nenhum dos panfletos diz "o álcool faz com que o seu amigo morto apareça na forma de alienígenas infláveis e bidimensionais".

Nenhum dos panfletos diz que "o álcool faz a dor diminuir". Mas eu sei que isso acontece.

Duas horas mais tarde, depois de memorizar o restante das minhas palavras para a aula de Vocabulário (*efêmero, exacerbar, expelir, vacuidade, argúcia*) e depois de passar o aspirador de pó no andar de cima e limpar os dois banheiros, meu pai me leva de volta ao Templo da Pizza para buscar meu carro.

– Posso dizer a Marie que voltarei ao trabalho amanhã? – eu pergunto, porque não tenho mais certeza de nada. Ele parece ser uma nova pessoa. Um pai-robô. Pergunto isso porque o carro de James não está no estacionamento, e ele pode voltar a qualquer minuto, e quero vê-lo.

– É claro que pode.

– Você já pode ir – eu digo, antes de fechar a porta.

– Não – diz ele. – Vou seguir você de volta pra casa.

Assim, digo a Marie que conversarei com ela amanhã, enquanto meu pai me observa. Depois, entro no carro e desço pelo estacionamento, entrando na avenida principal. Meu pai me segue por todo o percurso. Pergunto a Charlie:

– Se eu contar a ele agora, você vai me deixar em paz?

E não faço a menor ideia de qual será a resposta.

36 | QUATRO SEMANAS DEPOIS | NOITE DO SUPER BOWL | DAS QUATRO ATÉ O FECHAMENTO

Todos os entregadores que temos estão aqui, até alguns que eu nem sabia que existiam. Esse é o dia mais maluco das pizzarias *delivery*.

Passamos a semana inteira dobrando e montando caixas extras, mas ainda assim todos os funcionários de meio período estão de novo nas escadas, dobrando mais. Marie está suando, mas só porque Greg, o cara da BMW, está vindo para a pizzaria – para ajudar. Meu Deus. Da última vez que veio, ele atrasou metade das entregas porque não sabia que havia uma rua que ligava a alameda Butter à avenida Lisa, e ficou irritado quando derramou molho nas suas calças de veludo bege, uma peça cara, listrada e ridícula.

Quando eu o vejo acionar o botão do alarme em seu chaveiro para travar a BMW no estacionamento (de onde ela nunca seria roubada), um monte de palavras recentes da aula de Vocabulário me vêm à mente.

E aqui estou eu usando *exacerbar* em uma frase. Greg acha que nos ajuda nas noites movimentadas, mas, na realidade, ele só consegue exacerbar o problema.

E aqui estou eu usando *zé-ruela* em uma frase. Greg é um zé-ruela típico, daqueles que ligam o alarme do carro no estacionamento do Templo da Pizza. (Mentira. Essa não é uma palavra que aprendi na aula de Vocabulário)

O resto da noite é um borrão em ritmo acelerado de caixas, bolsas térmicas, troco, fardos de cerveja e refrigerante e notas de vinte dólares. Vejo homens que vencem e homens que perdem. Vejo fãs felizes, fãs tristes e fãs enlouquecidos. Já ouviu falar daquela estatística das noites do Super Bowl? Quando há um aumento drástico dos casos de violência doméstica e espancamentos de esposas? É nessa estatística que eu penso quando vejo os fãs enlouquecidos.

Lá pela meia-noite, as coisas já se acalmaram um pouco. Greg marcha para fora da loja como se fosse uma espécie de herói, mesmo tendo conseguido a façanha de derrubar duas pizzas no chão com a cobertura virada para baixo durante a correria (sem zoeira). Nunca vi ninguém fazer isso, nem mesmo as pessoas mais chapadas que já trabalharam ali.

Os telefones pararam de tocar e Marie está pagando os funcionários de meio período que vieram ajudar. Vou até meu carro, tiro o saco do Dunkin' Donuts debaixo do banco traseiro e conto as minhas gorjetas. 109 dólares. James sai da loja e senta no meu banco do passageiro.

– Sua malandra! Tem mais grana aí do que eu ganhei hoje.

– Pois é. Sempre tenho um monte de entregas nos subúrbios. Você deu azar, meu chapa.

Ele se aproxima, me beija e eu retribuo o beijo, mas somente por um segundo. Não quero que Marie nos veja. Nessas últimas semanas nós só nos beijamos em lugares escondidos. Como no banheiro nos fundos da loja ou atrás da caçamba de lixo. Fomos até o Templo outra vez, mas em vez de estacionar onde todos os outros idiotas param seus carros para se beijar, nós continuamos pela estrada até o estacionamento velho, e não levamos nenhuma bebida.

Eu preparo o meu saco de dinheiro para receber o pagamento e anoto o total num guardanapo para não esquecer. Quando voltamos e Marie começa a contar o dinheiro, ela pergunta:

– Vocês vêm para a festa de Natal?

Eu olho para ela, confusa. O Natal já passou há um mês. Ela explica que a festa anual de Natal do Templo da Pizza sempre acontece na segunda sexta-feira de fevereiro, porque a noite do Super Bowl marca o final da nossa época mais movimentada.

– Você tem que ir – diz James.

– Claro – eu digo. – Onde vai ser?

– Greg reservou a Fire Company, em Jackson – diz Marie.

– Eles têm um bar fenomenal – emenda James, sorrindo.

Marie nos observa em silêncio por um momento; depois balança a cabeça negativamente e volta a contar o dinheiro. Ela compara suas somas com os totais do computador e acrescenta um monte de números decimais para calcular nossa comissão. Ela nos paga essa quantia e acrescenta um bônus, o que faz com que meu total da noite do Super Bowl atinja os 185 dólares, mais as oito pratas por hora que virão no meu próximo contracheque. Nada mal por uma noite de trabalho.

James sai para fumar um cigarro e eu dou uma rápida passada no banheiro antes de começar as tarefas do fechamento. Coloco o rosto bem perto do espelho e tento enxergar dentro do meu cérebro. Tento fazer com que os Charlies venham e me sufoquem. Respiro em cima do espelho e imploro para que ele escreva alguma coisa. Ele não escreve. Começo a imaginar por que ele não faz isso. Será que está usando algum tipo de psicologia reversa? Será que ele acha que vou contar o que sei se parar de me assombrar? Será que ele não sabe que as coisas são mais complicadas do que isso? Que nem tudo se resume a *ele*?

Quando saio do banheiro, James está na pia, enchendo o balde.

– Jill já lavou os pratos, então tudo o que tenho que fazer é esfregar o chão. Quer ir pra casa mais cedo? Eu sei que você tem aula amanhã.

Por que o meu pai não está aqui para ouvir isso? Ele adoraria James se lhe desse uma chance. Meu Deus. Tipo, se eu for compará-lo com alguns daqueles esquisitões da escola – os que vivem ao redor de Jenny Flick como se ela fosse uma estrela do rock apenas porque ela passa o tempo todo se lamentando –, James é um anjo.

37 | SEGUNDA SEGUNDA-FEIRA DE FEVEREIRO | CINCO DIAS ANTES DA NOITE DA FESTA

Às vezes, o simples ato de pensar em Jenny Flick a traz para a minha vida, sabe? Como aquela "lei da atração" que meu pai vive comentando. Quando entro no estacionamento da escola na manhã de hoje, ela está ali, ao lado do seu carro, passando batom e esperando o resto da sua galerinha estúpida.

Ela me olha com uma expressão feroz quando passo. Acha que está me intimidando.

Quando me olha desse jeito, começo a imaginar se ela está inventando novas mentiras sobre mim, mesmo que Charlie não esteja aqui para ouvi-las. Imagino se ela está criando novas maneiras de atrair a simpatia dos seus amigos – novas doenças forjadas a fim de torná-los mais leais. Talvez ela esteja tentando me assustar para que eu desapareça. Talvez ela esteja com medo que eu vá contar a verdade sobre os animais. Talvez ela saiba que, mesmo estando morto, Charlie gosta mais de mim.

Ouço risadinhas quando estou diante do meu armário antes da aula de Pensamento Social Moderno. É Bill Corso. Ele está sussurrando alguma coisa para outros membros da Turma da Retenção e olhando para mim. Com certeza foi Jenny Flick que o mandou. Bill é uma espécie de horda de macacos voadores pertencente a ela, ou coisa parecida.

Resolvo ignorar aquilo. Hoje é o dia de a mesa número dois ler *O senhor das moscas*, e estou ansiosa para ver as dificuldades que Bill Corso terá com cada uma das palavras do livro.

Aqui estou eu usando *indolente* em uma frase.

Meus colegas da aula de PSM são tão indolentes, que não conseguem ler um livro como lição de casa. Assim, o professor nos faz ler trechos em voz alta para nos constranger.

Chegamos na sala, o sinal toca, todos pegam seus exemplares e o Sr. Shunk diz:

– Página 25. – Ele olha para o seu caderno. – Você aí, de preto. Leia.

O Sr. Shunk age como um sargento do exército, mas apenas porque isso é o que ele tem que fazer. Meu pai o conhece, e diz que ele não é assim na vida real.

Gretchen, uma das melhores amigas de Jenny Flick, começa a ler daquele ponto. Estamos no começo, no capítulo dois, em que os garotos estão começando a perceber que terão que sobreviver sozinhos. Estão conversando sobre os porcos que existem na ilha. E que terão que caçar e matar.

– Próximo – diz o Sr. Shunk, e o garoto pacato ao lado de Gretchen começa.

Enquanto ele lê a parte em que o garotinho pergunta aos mais velhos sobre o monstro assustador no meio do mato, começo a sonhar acordada. Já li *O senhor das moscas* duas vezes. Sei o que vai acontecer. (**SPOILER**: Piggy morre). Mas havia me esquecido do garotinho e da cobra na floresta. Como os outros lhe disseram que ele estava inventando aquilo, e como o fato de ser chamado de mentiroso o deixou em pânico, já que ele não estava mentindo. Conheço bem essa sensação.

– Próximo. – O garoto para de ler e Heather Wells começa. Ela é uma leitora insegura e lê com a voz muito baixa, murmurando, falando para dentro.

Bill Corso está sentado ao lado dela e tem uma expressão de preocupação no rosto. Está agitado. Em seguida, depois que Heather já leu um parágrafo, ele se dirige até a mesa do Sr. Shunk e pega um passe para ir ao banheiro. Percebe que eu o observo e olha para mim com cara de bravo. Quando está logo atrás do Sr. Shunk, ele faz um V com seus dois dedos e coloca a língua entre eles, agitando-a.

Vinte minutos se passam e Bill ainda não voltou. O sinal toca e nós guardamos as coisas para irmos ao sexto período de aulas. Vou devagar, porque o sexto período é o meu horário de almoço, e não estou a fim de correr. Com apenas quatro de nós na sala, Bill retorna e entrega um bilhete ao Sr. Shunk.

– Desculpe. O técnico do time me viu e me chamou para ajudar no ginásio – diz ele.

– Coloque o passe de volta na minha mesa – diz o Sr. Shunk, sem levantar os olhos do seu caderno.

– Tá bem, professor.

– Amanhã você vai ler o capítulo três para nós, Sr. Corso.

Bill faz que sim com a cabeça, como se aquilo não o assustasse; mas eu sei que assusta.

38 | SEGUNDA SEXTA-FEIRA DE FEVEREIRO | NOITE DA FESTA

Bill Corso faltou à aula todos os dias.

– Acho que vou ter que esperar mais um dia para ouvir o doce som da voz do Sr. Corso lendo Golding – diz o Sr. Shunk todos os dias, e não sei se Gretchen ou alguma das Flicketes contou a Bill sobre isso.

Ninguém além de mim entende aquilo, e eu sinto, mesmo que o Sr. Shunk não saiba, que ele e eu estamos no mesmo time.

Hoje é a noite da festa de Natal do Templo da Pizza no salão da Fire Company, em Jackson. Meu pai diz que esse costumava ser o tipo de lugar onde as pessoas iam para ver as garotas dançando com penduricalhos nos peitos. Ele me disse que a minha mãe morria de rir, porque sempre tinha uma novata que perdia o compasso, como uma máquina de lavar roupa carregada com uma toalha enrolada. Há muitas coisas erradas com essa descrição para que eu consiga visualizá-la. Preciso ensinar ao meu pai o conceito de "excesso de informação".

– E por que razão você acha que vou deixá-la ir a essa festa?

– Porque você confia em mim e quer que eu me divirta um pouco nessa vida?

– E você tem certeza de que pode entrar nesse lugar? Pelo que sei, você ainda é menor de idade.

– É uma festa particular. Até mesmo o filho de Barry vai estar lá. Ele tem uns 15 anos, eu acho.

Meu pai não diz nada.

– Acho que também vão servir um jantar com peru. Então você nem vai precisar me dar comida antes de eu ir.

Ele faz que sim com a cabeça e começa a ler o jornal.

Tenho três horas para esperar até o início da festa, então faço algumas lições de casa e limpo meu quarto. Estou na varanda, batendo o pó do tapete, quando percebo um movimento entre as árvores. Paro o que estou fazendo. Olho fixamente. Um reflexo ofuscante, como um espelho que reflete a luz do sol, chamando-me para a casa na árvore. Sei que os mil Charlies estão lá, me chamando para a casa na árvore. Consigo ouvir seus sussurros.

Assim, coloco o tapete sobre o corrimão da varanda e ando alguns passos em direção ao bosque. Hoje é um dia tranquilo. Os ônibus escolares que levam os alunos para casa já passaram, e a correria do fim do expediente ainda não começou. O sol está baixo no horizonte. Não há nenhum alienígena. Nenhuma guirlanda de bonecos de papel de mãos dadas me atraindo para o meio das árvores.

Coloco as mãos em concha ao redor do rosto e grito:

– Não dá para escapar do karma, não é, Charlie? – Em seguida, pego a vassoura e começo a bater no tapete para tirar a poeira.

Meu pai continua na sala de TV após um jantar frugal, e não me dá o sermão sobre responsabilidades que estou esperando. Ele simplesmente diz:

– Use a cabeça, Vera. Divirta-se.

Vou até Jackson, onde encontro James já no bar da Fire Company, e ele pede um *cooler* de vodca para mim. Ao seu lado estão duas pessoas que não reconheço imediatamente. Mas logo percebo que a mulher de cabelos castanhos é a ex-líder-de-torcida-que-virou-funcionária-de-pizzaria Jill (eu não estou acostumada a vê-la sem o uniforme de trabalho), o que significa que o cara alto com a jaqueta preta de couro ao seu lado é Mick, seu namorado neonazista *skinhead*.

39 | HISTÓRIA | AOS 15 ANOS

O nono ano passou voando. Charlie e eu fomos separados pela infinidade de novas pessoas que nunca vimos antes e que cursaram o Ensino Fundamental em outra escola. Fui colocada na turma mais avançada e tive algumas aulas na ala dos alunos do último ano, o que me ajudou a conquistar meu objetivo principal – passar pelo Ensino Médio despercebida, tirando notas boas o suficiente para não chamar a atenção de ninguém, mas não tão boas a ponto de me destacar. Eu não queria conhecer ninguém, porque eles com certeza fariam perguntas sobre os meus pais, e eu tinha que manter o passado da minha mãe em segredo ou sofrer as consequências. Gostava de fingir que não tinha mãe e que meu pai simplesmente me pegou quando a cegonha me deixou cair do bico.

Charlie e eu ainda dividíamos o banco no ônibus. Enfiávamos os fones nas orelhas e líamos ou sonhávamos acordados, ou, no caso de Charlie, escrevíamos coisas em guardanapos e depois os comíamos. Às vezes nos encontrávamos aos finais de semana, mas Charlie estava ocupado entre as viagens para caçar com o seu pai e encontros românticos. As garotas se jogaram sobre ele naquele ano, impressionadas por sua postura desgrenhada, pela franja que lhe caía sobre os olhos e pela elegância digna de um brechó. Quando o verão chegou, acho que ele já tinha namorado quatro meninas diferentes, mas Charlie mantinha tudo em segredo – e, quando eu perguntava, ele negava tudo, como se ter namoradas não fosse uma coisa legal.

Charlie mudou-se para a casa na árvore quando o ano letivo acabou, e passava boa parte do tempo folheando revistas de motociclismo. Vez ou outra, dávamos uma volta pela trilha azul e comentávamos sobre os acontecimentos da escola ou possibilidades de carreira (eu = ainda pensando em ser veterinária ou enfermeira veterinária; ele = ainda pensando em ser guarda florestal, mas começando a considerar coisas mais exóticas como ser *roadie* de banda de *heavy metal* ou piloto de motos de competição). Pensei em pedir a ele para ir comigo até a central de instrução de trânsito, quando finalmente consegui convencer meu pai a me levar até lá para pegar o livro de estudo sobre as regras da estrada, mas ele andava muito reservado; embora ainda fôssemos melhores amigos, tínhamos maturidade suficiente para nos darmos um pouco de espaço. Eu estaria mentindo se dissesse que não comecei a ter mais cautela desde que ele me falou sobre John, o amigo pervertido que gostava de comprar cuecas usadas. Naquele ano, ouvi o carro subir e descer a alameda Overlook e fazer o retorno no cascalho tantas vezes, que comecei a reconhecer o barulho do velho motor assim que ele chegava ao pé da encosta e o ruído ecoava na fachada de madeira da casa dos Millers. Era tão óbvio que eu não acreditava que o Sr. e a Sra. Kahn ainda não tivessem percebido. Houve vezes em que pensei no que aquele cara podia estar fazendo com as cuecas de Charlie, e senti calafrios. Tive também vontade de contar para o meu pai, mas não cheguei a fazê-lo.

Naquele verão eu fui trabalhar como voluntária às segundas, quartas e sextas-feiras no centro de adoção. Precisei de duas longas discussões com meu pai para convencê-lo de que essas horas de voluntariado serviriam para alguma coisa se um dia eu viesse a estudar Veterinária. Ele ainda estava com o pensamento fixo de que eu deveria trabalhar em alguma lanchonete em troca de um salário mínimo, porque dizia que guardar dinheiro para pagar a faculdade era mais importante. No fim das contas, fui salva pela economia ruim outra vez. A maioria das vagas em restaurantes de fast-food estava ocupada por universitários – ou, mais precisamente, por pessoas já graduadas.

Eu dormia até tarde nos dias em que não ia ao centro. No começo, meu pai me obrigava a levantar da cama antes do meio-dia, mas, depois de um tempo, parou de discutir comigo e me deixou fazer o que eu quisesse. Assim, comecei a dormir até a uma da tarde. Até as duas. Às vezes eu dormia até as quatro, com o ronronar baixo do ar condicionado sob a minha janela me isolando de todos os sons do mundo.

– Está tudo bem, Vera? – ele perguntou por volta do fim de julho.

– Sim.

– Você está dormindo demais.

– Acho que estou crescendo demais. – Isso era verdade. Havia crescido cinco centímetros em apenas alguns meses.

– Então você não está com depressão ou algo do tipo?

– Não.

– Tem visto Charlie com frequência?

– Claro – eu disse, tomando um gole de suco de laranja e esfregando o sono dos olhos. – Acho que ele está namorando. Não quero atrapalhar.

– Namorando?

– Acho que sim – eu disse. – Afinal, não é isso que as pessoas normais fazem?

Ele estreitou os olhos, preocupado.

– E o que me diz de você?

Ri daquilo.

– Eu não. Depois do que houve entre você e a minha mãe... ah, você sabe. Nada de namoro para mim.

Ele apoiou o queixo sobre a mão. Eu podia ver os pensamentos cheios de culpa que rolavam pela testa enrugada.

– Tem certeza?

– Absoluta. Os garotos só querem uma coisa, pai. E isso é muito chato.

– Por enquanto.

– O quê?

– Por enquanto é algo chato – disse ele. – Algum dia você vai achar isso ótimo, eu garanto.

Quem foi que mudou o canal? Que conversa era aquela? Não era esse o homem que passou toda a minha vida dizendo que eu deveria evitar o destino?

– Certo, entendi. Mas não consigo ver isso acontecendo enquanto ainda estou no Ensino Médio. Todos os garotos lá são uns cuzões.

– Vera...?

– Desculpe. Eu quis dizer bobões. Todos os garotos lá são uns bobões.

Às segundas-feiras, no centro de adoção, chegavam os novos animais que o veterinário castrara durante o fim de semana. Meu trabalho era garantir que eles se recuperassem e manter a documentação em ordem. Às sextas-feiras nós tínhamos que preparar novos animais para o procedimento e organizá-los para serem recolhidos às cinco da tarde. Em julho, no dia seguinte à conversa em que declarei que todos os garotos eram cuzões ao meu pai, havia um galgo afegão de pelos longos que fora encontrado em um parque, coberto de lama, fezes e sabe-se lá mais o quê. Sua cirurgia estava agendada para domingo. Um dos voluntários mais jovens lhe deu banho (duas vezes) e me entregou o cachorro para que eu o escovasse.

Levei duas horas para conseguir desembaraçar os nós dos pelos dele, pouco a pouco, sem machucá-lo. Ele ficou sentado, imóvel e em silêncio durante a maior parte do tempo, mas ganiu quando eu acidentalmente arranhei sua pele com os dentes de metal da escova. Lembrei-me imediatamente da minha mãe, que penteava meus cabelos todas as manhãs enquanto olhava para o vazio, nunca parando para se desculpar quando puxava com muita força ou quando me fazia chorar. Ela fazia muitas coisas com aquela expressão vazia no rosto – como se estivesse sonhando acordada, pensando em viver em outro lugar.

Na maioria dos dias eu não pensava na minha mãe. Ela já tinha ido embora há três anos, e uma parte enorme de mim estava feliz por isso ter acontecido. Quanto mais velha eu ficava, mais percebia que ela nunca esteve *realmente* por perto. Quanto mais velha eu ficava, mais percebia que as lembranças felizes que tinha da minha mãe eram artificiais, invenções para que eu pudesse me sentir melhor sobre o fato de ela ser uma pessoa cronicamente infeliz.

Estranhamente, lá pelo meio do verão, esses *insights* tristes sobre a minha mãe se transformaram numa espécie de talento. Tudo começou com uma aposta feita certo dia, quando um casal adotou um beagle que eu tinha certeza de que iriam devolver. Beagles têm muita energia e aquelas pessoas pareciam ser do tipo que gostava de uma tranquilidade constante.

Quando eles foram embora, olhei para a Sra. Parker e disse:

– Dou dois dias para eles voltarem, no máximo.

No dia seguinte, logo antes de a loja fechar, eles devolveram o cachorro e perguntaram se não teríamos um mais velho ou mais dócil.

Daquele dia em diante, quando as pessoas chegavam para adotar, a Sra. Parker os orientava com a documentação e depois os mandava conversar comigo.

Eu gostava dessa nova interação com pessoas, de fazer perguntas aparentemente inocentes sobre o quanto gostavam dos seus móveis ou dos carpetes que se estendiam de uma parede à outra. Gostava de saber que a Sra. Parker confiava nas minhas decisões (ela dizia que eu era sua arma secreta), e, embora fosse triste ver um animal sendo devolvido, eu sempre ficava contente quando os meus instintos se mostravam acertados.

No final de agosto, recebemos uma caixa cheia de filhotes de shih tzu resgatados. Estavam cheios de pulgas e cobertos de cicatrizes, cortes e arranhões por terem ficado presos em uma pequena gaiola de hamsters. Um dos filhotes havia morrido sufocado pelo peso dos outros, que foram empilhados sobre o coitado. Embora cheirassem a morte e seu pelo estivesse sujo e ensanguentado em alguns lugares, me apaixonei completamente por eles.

A Sra. Parker disse que eles precisavam de lares adotivos porque eram jovens demais para ficarem sozinhos no centro durante a noite. Eu me ofereci para levar um, mesmo sabendo que não devia. Ela encontrou duas outras casas e me deu carona até a minha. Me deixou um saco Ziploc de comida para filhotes e também a folha de instruções sobre como cuidar deles, a mesma que geralmente entregávamos às famílias adotivas.

Meu pai ficou louco com aquilo. É sério – um homem totalmente racional se transformou no Incrível Hulk. Por causa de uma cadelinha.

– Você sabe o que eu acho disso – disse ele. "Disso". Como se ela fosse uma coisa. Como se não fosse nada.

– Só por algumas semanas – eu argumentei, segurando-a nos braços, agora que estava de banho tomado e cheirando bem.

– De jeito nenhum, Vera. De jeito nenhum.

– Posso deixá-la na garagem – eu disse.

Ele fez que não com a cabeça.

– E no depósito das ferramentas? – O que mais nós guardávamos ali além de enxadas, pás e ancinhos?

– Não.

– Por que não? – perguntei, finalmente.

– Você sabe por que não.

– Porque ter um cachorro custa caro? Porque eles soltam pelos?

– Na verdade, Vera, é bem simples. Você não pode ficar com o cachorro porque eu estou dizendo que não pode.

– Minha nossa. Que ótimo. – Eu revirei os olhos.

– Essa é a minha...

– Eu sei, eu sei, eu sei – eu disse, indo para o corredor e depois para a porta da frente. – Eu sei, essa é a sua casa. Já entendi. Pode deixar.

Saí da casa e fiquei sentada na varanda com a cadelinha no meu colo durante uma hora. Percebi que a única maneira de poder cuidar dela durante a noite seria armar a nossa velha barraca e dormir fora de casa, e foi isso o que fiz. Foi uma das melhores noites da minha vida, aconchegada junto daquela coisinha, abraçando-a e escutando-a roncar. Até mesmo a respiração com odor de carne e o xixizinho que ela fez no meu saco de dormir foram maravilhosos.

Não dormi muito. Fiquei acordada pensando no meu pai e na sensação de ser como um dos vulcanos de Jornada nas Estrelas, frio e sem coração. Comecei a imaginar se ele já era assim *antes* de minha mãe nos deixar, ou se foi a partida dela que o transformou em uma pessoa assim. Se ele era daquele jeito por ela ter ido embora, o que a partida teria causado em mim? Seria possível que o fato de fazer dele uma pessoa fria me transformou simultaneamente em alguém mais afável? Eu escondia minha maior pergunta embaixo de todos esses pensamentos. Será que o meu pai se tocava de que estava tratando essa cadelinha inocente do mesmo jeito que minha mãe me tratou durante toda a minha vida? Como uma responsabilidade extra indesejada? Uma chateação? Um erro?

Por volta da meia-noite eu ouvi o barulho familiar do carro que subia a alameda Overlook e estacionava no cascalho. Uns cinco minutos depois, ouvi passos do lado de fora da barraca.

– Veer? – sussurrou ele.

Abri o zíper da barraca e deixei Charlie entrar.

– O que você está fazendo fora de casa? – Ele perguntou. Eu mostrei a cachorrinha pra ele.

Não perguntei o que ele estava fazendo fora de casa, porque nós dois sabíamos o que ele estava fazendo fora de casa.

– Você vai ficar com ela?

– Eu queria, mas não vou poder – eu disse.

– Que droga.

– Pois é.

Estava escuro e Charlie acidentalmente roçou a mão no meu quadril, o que me causou ondas de borboletas no estômago. Eu ri às escondidas.

– Acho que é melhor eu voltar a cuidar daquilo que eu estava fazendo – disse ele.

Fiz que sim com a cabeça.

– Até amanhã, então.

Na manhã seguinte, meu pai me levou, junto com a cadelinha e o saco Ziploc de comida, até o centro de adoção e me mandou devolvê-la. A Sra. Parker abriu um sorriso simpático, e eu senti a ironia me acertar como um tapa – que bela arma secreta eu demonstrei ser. Não havia conseguido nem julgar a mim mesma de forma adequada. Quando voltamos para casa, Charlie veio e me convidou para almoçar na casa na árvore.

– Acabei de pegar um pacote novinho de macarrão instantâneo – disse ele, sorrindo. – Sabor picante.

Parei no escritório do meu pai para dizer onde estava indo. Ele ainda estava funcionando no modo carrancudo, sem sorrisos e cheio de ódio, ao estilo do Hulk, por causa da cadelinha.

Não fui muitas vezes para a casa na árvore naquele verão, e, quando subi a escada, percebi que Charlie passara um bom tempo trabalhando nela. Havia instalado um sistema de roldanas para erguer um galão de sete litros de água que ele deixava na varanda. Ele havia acrescentado muitos detalhes também. Havia começado a entalhar desenhos nas vigas de pinheiro e instalado uma claraboia caseira no teto, que ficou maravilhosa.

– Puta que pariu! – eu disse. – Ficou tão legal!

Ele deu de ombros.

– Tem goteiras.

– Tenho certeza de que você pode consertá-las, Charlie. Você sabe consertar tudo.

– Nem tudo – respondeu ele. – O que acha do resto?

– Está uma maravilha, cara. A pintura. Os pôsteres. Tudo está lindo.

– E a minha cozinha? – perguntou ele, apontando para a chaleira elétrica, para um caixote virado de lado que servia para guardar achocolatado e para a caixa de macarrão instantâneo e duas caixas de cereal de vários sabores.

– Aham. Legal – eu disse.

Depois de ele encher a chaleira e colocar a água para ferver, nós nos sentamos na varanda octogonal. Percebi que as folhas estavam rareando e senti um peso no estômago. Há algo de triste em uma floresta que está morrendo, mesmo sabendo que ela vai ganhar vida outra vez na primavera. E, é claro, outono significa ir à escola. Nosso segundo ano começaria em menos de uma semana. Mais 180 dias escondendo o segredo sobre minha mãe. Mais 180 dias enviando o sinal de "POR FAVOR, IGNORE VERA DIETZ" para que ninguém perceba que eu existo.

Colocamos as pernas por entre os vãos da grade que ele fez com galhos. Tenho que admitir que meu macarrão instantâneo de sabor picante tinha um gosto muito bom ali, na copa das árvores. Charlie me falou sobre seu novo plano de fazer aulas em meio período na escola técnica, trabalhando com sistemas de aquecimento e ar condicionado, como o seu pai, ou talvez carpintaria, porque gostava de mexer com madeira.

– Além disso, não é tão chato quanto passar o dia inteiro na escola. Meu pai diz que sou um cara que gosta de botar a mão na massa, assim como ele. – Parecia que ele estava tentando convencer mais a si mesmo do que a mim.

– É mesmo, é?

– Eu gosto da ideia de ter uma Harley, uma caminhonete e uma casa legal algum dia. Trabalhar para ganhar a vida, sabe? Não como se fosse algum contador e... ah, desculpe.

– Não me importo – eu disse. – Não sou a contadora da família.

– Você entendeu o que eu quis dizer, né?

– Sim. – Ele se referia ao destino, e eu o odiei por dizer aquilo. Porque, se todos nós tivéssemos que ser fotocópias dos nossos pais, então eu acabaria como uma vagabunda sem nada na cabeça que foge com um podólogo, ou uma calculadora Zen com dificuldades para pagar as contas. Eu estava me afastando muito bem do meu próprio destino, obrigada.

– De qualquer maneira, meu pai disse que me compraria uma moto se eu fosse estudar na escola técnica.

– Uma moto?

– Estou de olho numa moto de corrida japonesa que está à venda na The Corner.

A The Corner era uma mistura meio assustadora entre loja de veículos usados e loja de armas, com uma pequena placa luminosa sobre rodas que exibia um versículo diferente da Bíblia a cada mês.

Eu queria perguntar se aquilo era uma escolha própria ou se foi o pai dele quem a fez. Não parecia ser justo que ninguém conversasse com ele sobre a faculdade ou alguma outra opção. Não parecia justo ganhar uma moto de presente por fazer o que lhe mandavam em vez de pensar por si mesmo. Não parecia certo o fato de ser recompensado por se transformar em um macaco treinado aos 15 anos de idade.

40 | A FESTA DE NATAL DO TEMPLO DA PIZZA | PARTE 1

– Hoje vocês vão experimentar a mordida de cobra – diz Mick, e paga uma rodada de bebida para todos. Tem gosto de suco de limão adoçado, e desce redondo. Exceto pelo fato de que quem está me pagando a bebida é um neonazista *skinhead*.

Mas estou tentando aceitar isso. É uma coisa típica do lugar onde eu moro. Deus abençoe os Estados Unidos, onde você pode amar ou odiar qualquer pessoa, desde que não a mate fazendo nem uma coisa nem outra. Estou tentando enxergar Mick como uma *pessoa*, saca? Com uma mãe e um pai. Como um bebê, muito antes de mandar tatuar a palavra SKIN no interior do lábio inferior.

A música começa a tocar depois do segundo copo. Mick e Jill desaparecem na sala de bilhar e James e eu ficamos sentados no bar, observando Marie e o marido, que se parece com ela, dançarem uma coreografia ao som de música country. Barry Balofo, o gerente do turno do dia da filial que fica do outro lado da cidade, junta-se a eles e, antes que a música termine, já está com o rosto vermelho e suado.

James fuma alguns cigarros e pede uma cerveja pra mim.

– Não gosto de cerveja.

– Você não pode misturar mordida de cobra com *cooler* de vodca, Veer. Vai vomitar se fizer isso.

– Mas…

– Experimente. Não é uma cerveja ruim. Ele vai colocar uma rodela de limão no copo, para que o gosto fique bom depois dessas doses.

O barman me traz uma Corona com limão e eu imito o que James faz com a dele. Empurro o limão pelo gargalo da garrafa, fazendo-o mergulhar no líquido dourado.

– O que você acha de Mick? – eu pergunto.

– Você sabe.
– Pois é. Ele me assusta – eu digo.
– Sim. Mas ele está acompanhando Jill. E parece estar querendo fazer de conta que é amiguinho. Por que não?
– Bebida de graça, não é mesmo?
Ele ri.
– É isso aí.

Uma hora depois, estamos sentados ao redor das longas mesas cobertas por toalhas plásticas, comendo o peru assado que é servido para o jantar. Graças a Deus. Mick pagou duas outras rodadas na última meia hora, então já tomei quatro doses de mordida de cobra, duas cervejas e um *cooler* de vodca, e estava me sentindo meio tonta até começar a comer esse peru. James fica o tempo todo dizendo para eu comer mais devagar.

A música começa a tocar de novo quando os pratos são retirados, e eu vou até a pista de dança e balanço a cabeça para a frente e para trás ao som de "Black Dog", o que faz James rir. Marie pega sua câmera e tira algumas fotos de mim. Tenho certeza de que já estou um pouco alta, e fico tonta quando mexo a cabeça, os cabelos batendo no rosto; no entanto, ainda não perdi o equilíbrio. Mesmo assim, o peru está dançando de um lado para o outro no meu estômago, e eu resolvo sair da pista de dança antes que a música termine e retorno ao bar, onde James está se esforçando bastante para encher o cinzeiro com pontas de cigarro.

– Mais uma rodada para os meus amigos! – diz Mick, com a voz arrastada.

Eu levanto a mão e sorrio.

– Não, cara, valeu. Dessa vez eu vou passar.

Ele se aproxima do meu rosto, rapidamente e falando em voz alta.

– Ei! O que você está tentando dizer? Não quer a bebida que eu tô te pagando? – Sinto o hálito dele. Está a poucos centímetros de distância, com a cara mais raivosa e agressiva que já vi. Dez vezes pior do que a da Sra. Kahn.

Estou me borrando, totalmente assustada. Em seguida, ele ri e se afasta, dizendo algo como "era só zoeira", "só tava brincando" ou "não leve a sério", mas não ouço direito porque meu nível de adrenalina acabara de triplicar, e tudo o que consigo ouvir é o sangue pulsando nas minhas orelhas.

– Não se preocupe com isso, cara. Tomo a dose de Vera desta vez se ela não quiser.

– É sério, velho. Eu só tava tirando uma com a cara dela.

– Tô ligada – digo. Mas todos sabem que estou mentindo.

– Mande duas para a mina assustada, Keith! – grita Mick, e o barman pisca o olho para ele, o que me assusta ainda mais. De repente, me dou conta de que não sei o que estão colocando nas coisas que estou bebendo. Não sei se eles têm algum plano neonazista e cruel. Não sei de nada. Sou uma garota ingênua de 18 anos que nem deveria estar nesse bar.

Olho ao redor e vejo Marie e o marido se abraçando na mesa, fumando seus cigarros e ocasionalmente encostando seus dentes tortos e manchados de nicotina. Barry Balofo trouxe o seu filho, a única pessoa nesse salão que é mais nova do que eu. Ele parece ser um garoto idiota, sentado ali entre a mãe e o pai com seu boné de beisebol na cabeça. Acho que ele passou a noite inteira no mesmo lugar, exceto no momento em que as sobremesas foram servidas. Sua mãe era a monitora do playground quando estávamos no pré-primário, e eu sei que ela é uma fofoqueira incurável. Subitamente, sinto vontade de passar o resto da noite exercitando minha cautela.

Na verdade, estou com vontade de ir embora.

Uma hora mais tarde, James me convenceu a dançar uma música lenta com ele, e pediu "Stairway to Heaven". Estamos agindo como se fôssemos um casal, e todos que chegam para falar conosco tratam a situação como se fosse a coisa mais legal do mundo. Barry Balofo até diz que formamos um casal bonito – o tipo de coisa que meu pai diria se desse uma chance a James. Mas é claro que isso não vai acontecer. Porque, com cinco anos a mais do que eu, James é um cara muito mais velho, e ainda por cima largou a faculdade.

Depois de dançar com ele ao som da música lenta – a primeira vez na vida que faço isso – vou até o banheiro sujo. Olho meu reflexo no espelho e retoco o delineador marrom. Estou me sentindo mais tranquila do que há uma hora, porque essas pessoas conseguem me aceitar do jeito que sou. Elas conseguem aceitar o que sinto por James.

Estou até mesmo começando a gostar de Mick, o neonazista *skinhead*. Ele conta piadas engraçadas e tem uma atitude bastante inteligente. Melhor ainda, sabe imitar Greg Calça de Veludo porque já trabalhou para ele, e, definitivamente, o detesta. Quando percebe um público maior ao redor do bar, ele aumenta o tom de voz.

– O que é que um ginecologista e um entregador de pizzas têm em comum?

– Não sei – digo, com a voz arrastada. Aceito a última mordida de cobra de Mick porque ele já se desculpou umas dez vezes por me assustar daquele jeito. E parecia estar sendo sincero.

– Os dois conseguem cheirar a mercadoria, mas nenhum deles pode cair de boca.

Embora isso nem seja tão engraçado, começo a rir incontrolavelmente e cambaleio, o suficiente para que James tenha que estender o braço e me segurar.

– Veer? Você está bem? – ele sussurra na minha orelha.

– Quero ir embora daqui logo – eu respondo, e ele acha que eu estou insinuando que quero sair dali para dar uns beijos. Percebo isso porque ele pisca para mim e não leva nem trinta segundos para pegar os cigarros e o isqueiro do bar e vestir o seu casaco.

Mick vê o que está acontecendo e rapidamente se aproxima, com cara de poucos amigos.

– Para onde vocês pensam que estão indo?

– Vera precisa voltar pra casa, cara.

– Mas a festa só tá começando!

– Sim, mas estamos de saída – diz James.

– Mas eu te paguei todas aquelas bebidas!

– E daí?

– Daí que você devia pagar a próxima rodada, seu cuzão.

James puxa a carteira, coloca trinta dólares no balcão e faz um sinal para o barman.

– Isso aqui deve ser o bastante para pagar as bebidas dele e da garota pelo resto da noite.

Mick chega perto de mim com os braços abertos, como se quisesse me abraçar, e eu recuo para perto de James. Não quero abraçar um neonazista *skinhead*. Mesmo que ele seja uma boa pessoa. Mesmo que conte piadas engraçadas. Mesmo se for um cara legal e incompreendido que detesta certas "raças" de pessoas.

– Ora, pare com isso. Não está com medo do bom e velho Mick, está?

Eu rio porque ele está rindo. Ele tem um sorriso enorme. Um sorriso que faz seu lábio inferior se recurvar um pouco, e eu posso até ver o alto da palavra SKIN tatuada ali.

Ele se afasta como um pai de família em alguma comédia dos anos 1950 e inclina a cabeça, estendendo os braços na linguagem universal para "Ah, o que é isso, me dá um abraço!".

Assim, eu timidamente me afasto de James e chego perto dele.

Mick está com uma expressão empolgada no rosto e me levanta do chão antes que eu possa abraçá-lo, forçando seus braços ao redor dos meus, e com meus seios no nível da testa dele. E é nesse momento que as pernas dele começam a fraquejar.

– Uh... uh... uh... – ele grunhe. Eu balanço de um lado para o outro e tento livrar as mãos, mas a pegada dele é muito forte. Começo a espernear. Sinto que ele está perdendo o equilíbrio e tento me desvencilhar com mais força para evitar a queda.

Mas não dá certo.

Ele cai para trás e eu vejo o piso de madeira se aproximando do meu rosto tão rapidamente, que não tenho nem tempo de soltar um palavrão. Em seguida, tudo fica escuro.

41 | HISTÓRIA | AOS 16 ANOS

A primeira vez que Charlie ficou retido depois da aula no Ensino Médio aconteceu porque ele havia fumado. Estávamos no segundo ano. Eu era uma aluna invisível e ele era da turma do Ensino Técnico, e a única coisa que ele ainda não tinha era a jaqueta de couro. Eu disse mais de cem vezes que ele devia esperar para fumar até descermos do ônibus, mas ele não conseguiu evitar. Tinha que dar umas tragadas no banheiro depois do almoço.

– Este lugar não entende o que é o vício – disse ele. – Deviam ter pena de mim, e não me castigar.

"A retenção era uma chatice", dizia ele, e voltava com histórias sobre os alunos que ficavam retidos com frequência, pessoas que ele chamava de Turma da Retenção, e tirava sarro deles. Havia Bill Corso, um aluno do segundo ano como nós, um *quarterback* em ascensão, com uma bela carreira pela frente. Havia também Frank Hellerman, aluno do último ano do curso técnico, que tunava carros no fim de semana e, de acordo com os boatos, disputava rachas na Rota 422. E, finalmente, Justin Miller, um aluno do terceiro ano – o irmão mais novo de Tim Miller – que, pelo que Charlie dizia, era pior do que Tim.

– Um bando de babacas – dizia ele. – E as garotas são piores, porque a única razão pela qual elas estão lá é para seguir os babacas.

Ele fez uma lista de nomes. Jenny Flick, Gretchen Nada a Ver ("ela é tão idiota, que Corso disse a ela que humanos acasalaram com gorilas e geraram uma criatura que era meio humana e meio macaco, e ela acreditou, Vera"), e uma garota chamada Michelle, que estava no último ano e sempre usava camisetas do Deep Purple. E disse que todos o ignoravam.

Ele ficou retido duas vezes naquele mês, até comprar um pacote de chicletes com nicotina e começar a mascá-los em vez de fumar. Isso porque seu pai disse que, se pegasse a retenção outra vez, nada de moto.

Enquanto isso, eu estava ocupada insistindo com meu pai para que me deixasse usar o carro da minha mãe, que já estava trancado na garagem havia quatro anos e só era tirado de lá para um ou outro percurso ocasional. Não fazia sentido para um homem tão preocupado em economizar dinheiro deixar um carro apodrecer daquele jeito. Além disso, eu tinha 16 anos e já era hora de tomar posse dele. Meu pai ainda estava reticente, e eu argumentei que esse era um passo rumo à verdadeira autossuficiência para mim. Emendei:

– Algum dia você vai ter que me deixar ir embora, não é?

Ele estava sentado sob a lâmpada de leitura, ainda fingindo que lia, e olhou para mim.

– Quem vai pagar pela gasolina?

– Eu.

– Com que dinheiro?

– Vou arrumar um emprego.

Trocamos olhares.

O olhar dele dizia: "Ser voluntário no centro de adoção de animais não é um emprego".

O meu olhar dizia: "Aff, quem é que não sabe disso?".

– Vou pensar – disse ele.

– Posso fazer o teste para tirar a habilitação neste final de semana? – pedi. Passei o verão inteiro estudando as regras de trânsito, e o meu décimo sexto aniversário já havia passado há duas semanas. (Recebi um título financeiro de poupança do meu pai e um vale-presente, e os mesmos cinquenta dólares idiotas que a minha mãe sempre mandava)

Charlie ganhou sua moto algumas semanas antes do Natal. Eu consegui tirar a habilitação e arrumei um emprego numa lanchonete de *fast-food*, mas meu pai ainda não me deixava usar o carro. Mesmo tendo conseguido a vaga no Arby's para cumprir o turno da manhã, e tendo que estar lá às 5h50 nas manhãs de domingo, ele se levantava e me levava. Era uma droga e não fazia o menor sentido. Além disso, eu ainda tinha que pegar o ônibus escolar – e agora sozinha, porque Charlie ia para a escola de moto, independentemente de como estivesse o tempo. Não sei como ele descia pela alameda Overlook, que era tão cheia de pedriscos e areia – meu pai sempre tinha que diminuir a velocidade –, mas ele o fazia, e isso significava que eu tinha que ficar sozinha no ônibus com o resto do povo. A maioria deles ficava sentada com seus celulares e uma expressão de zumbi no rosto, mandando mensagens de texto para os amigos que estavam nos bancos próximos.

Durante a semana de festas de fim de ano, Charlie parou diante da minha casa vestido com um macacão completo de corrida em couro azul e vermelho. Até aquele dia eu costumava pensar em ser a namorada dele, mesmo sabendo que meu pai não deixaria. Mas quando eu o vi naquele macacão de couro pela primeira vez, senti que estava derretendo. Eu era uma poça de Vera. Tive que me apoiar no balcão da cozinha quando ele tirou o capacete que lhe cobria todo o rosto, colocou a franja para a esquerda, por cima dos olhos, veio até a porta e bateu.

– Oi – eu consegui dizer. Quanto mais ele se aproximava, mais eu derretia.

– Oi.

– Quer entrar? Meu pai deixou um chocolate quente dos bons.

Entramos e nos sentamos diante do balcão do café da manhã, observamos o comedouro de pássaros pela janela e conversamos.

– Faz algum tempo que não nos vemos. Está gostando da escola? – perguntou ele.

– Aham. Ainda sou invisível – eu disse. – E isso é legal.

– Eu também – mentiu ele. Eu sabia que ele ficou mais popular do que nunca desde que ganhara a moto. Os outros alunos ficavam ao redor dele no estacionamento depois que a aula terminava, e tentavam ter a mesma aparência e o jeito dele. Eu os via todos os dias de dentro do ônibus da escola quando ia para Mount Pitts, e, após algum tempo, para a alameda Overlook.

– Ah, você não precisa dizer isso. Sei que você arrumou um monte de amigos novos. Não acho ruim.

– Mas você ainda é a minha melhor amiga, Veer. E sempre vai ser.

– Isso está se transformando numa rasgação de seda – eu ri. – E com chocolate quente, ainda por cima.

– Bom, mas é verdade. Não sei o que teria acontecido comigo se você não fosse a minha melhor amiga.

– Eu também não.

Ficamos em silêncio, tomando nosso chocolate quente, e eu decidi perguntar sobre o pervertido que costumava comprar as cuecas usadas dele. Tinha certeza de que ele havia parado de vendê-las, porque já estava mais esperto agora.

– Posso perguntar uma coisa?

– O quê?

– Você ainda... ah, você sabe. Ainda conversa com... aquele cara?

Ele abriu aquele sorriso malandro. Era por isso que os professores o aprovavam nas matérias quando ele tirava notas baixas, e era por isso que o professor de Educação Física o deixava vestir o que quisesse durante suas aulas.

– Quer vender algumas peças também? – perguntou ele.

– Ah... não! – eu disse, rindo.

– É dinheiro fácil, cara. Tudo o que você tem que fazer é tirar à noite e colocar em um saco – disse ele. – Sei que parece meio nojento, mas... pô, pelo menos ele não está molestando criancinhas nem nada do tipo.

– Tem certeza disso?

– Não – disse ele, hesitando. – Acho que não.

Meu pai entrou na casa naquele momento, trazendo a árvore de Natal que havia acabado de comprar.

– Ei, aí estão minhas duas crianças favoritas!

– Aff, deixa de palhaçada, pai.

– Oi, Sr. Dietz.

– Estou percebendo que você ainda é completamente insano, Sr. Kahn, por pilotar uma moto nesse clima.

– Preciso manter a minha reputação, o senhor sabe como é. – Charlie olhou para mim. – Obrigado pelo chocolate quente, Veer. Vai querer aquele livro?

– Livro?

Ele fez um sinal com os olhos.

– Ah, sim. *Aquele* livro.

– Até mais, Sr. Dietz. Tenham um bom Natal.

– Você também, Charlie. Mande lembranças para a sua mãe – disse ele, provavelmente a coisa mais óbvia que já disse em toda sua vida chata de contador.

Quando chegamos até a moto, Charlie me abraçou com força (me transformando na poça de Vera outra vez) e me segurou perto de si.

– Está tudo bem entre nós?

– Claro – eu disse.

– É mesmo? Tipo, você não vai dar com a língua nos dentes?

– Sobre o... ah, não. Não vou, não.

– É só uma diversão inocente – disse ele, colocando o capacete na cabeça e prendendo a correia sob o queixo.

– Feliz Natal – eu disse.

– Pra você também.

Se alguém o observasse descendo a rua, jamais perceberia que ele era um rapaz imprudente. Nunca pensaria que um garoto que conhecia os sinais de braço para indicar que iria fazer uma curva, e os usava mesmo quando a rua estava vazia, seria o mesmo tipo de pessoa que vendia suas cuecas sujas para um completo desconhecido. Mesmo assim, Charlie era desse jeito. Era por isso que todos nós nos apaixonávamos por ele. Ele era o garoto mais empolgante do mundo.

– Espero que não pense que eu estava espionando – disse meu pai quando entrei na casa. – Mas vocês dois realmente formam um casal fofinho.

Uma raiva inesperada começou a ferver dentro de mim, borbulhando pela minha boca.

– Meu Deus, pai. Por que você iria querer me ver namorando um garoto que você *sabe* que vai me bater algum dia? Que diabos você tem na cabeça?

Ele ficou ali, embasbacado, enquanto eu esfregava as canecas de chocolate quente e as colocava no lava-louças, ao mesmo tempo em que pensava que Charlie e eu realmente formávamos um belo casal.

A primavera demorou para chegar naquele ano. Nevou em abril. Charlie arrumou um emprego no APlus, o que meu pai disse que era "estranho demais", já que ele também trabalhou em uma loja de conveniência quando estava no Ensino Médio. Continuei com meu emprego no Arby's e esperava fazer muitas horas extras no verão para economizar e poder comprar meu próprio celular – algo pelo qual meu pai se opunha totalmente a pagar, pois estava preso em algum ponto da Idade Média. (A melhor parte da discussão: "Não me importa quem diz que isso deixa a vida mais segura. Até onde sei, é uma estratégia de marketing focada em crianças que não sabem como se proteger". Lindo.) Além disso, ele ainda não me deixava dirigir o carro da minha mãe, o que estava ficando cada vez mais irritante conforme passava o tempo.

Naquele verão, Charlie e eu fomos juntos a pé até o Templo e subimos no Carvalho Mestre só por diversão. Eu ainda adorava percorrer a trilha azul com ele. Ele usava a sua bandana vermelha e a bermuda de combate, a mesma que eu conseguia sentir o cheiro a um metro de distância, mas não chegamos a fazer isso muitas vezes. Tanto ele quanto eu estávamos trabalhando demais, e Charlie teve mais algumas namoradas. Ele não comentava sobre elas, mas eu ouvia as pessoas falarem a respeito.

Conheci Mitch, um aluno de escola particular que trabalhava comigo no Arby's no turno do café da manhã aos finais de semana, e que me convidou duas vezes para ir ao cinema. Ele trouxe sua irmã mais nova, então não cheguei a considerar essas saídas como encontros românticos. Era algo mais parecido como trabalhar de babá. Mas eu tentei agir normalmente e passar algum tempo com um garoto normal. Ficamos de mãos dadas. Ele cheirava a cebola. No final, percebi que ele não era descolado nem ousado, e eu detestava a mania que ele tinha de se vestir bem o tempo todo. Assim, depois dos dois filmes, entrei discretamente no escritório do meu gerente e pedi para ser transferida para o turno da noite nos finais de semana.

Sentia saudades da Sra. Parker e do Sr. Zimmerman e de cuidar dos animais, mas levar um salário para casa era algo muito bom. Passei algumas vezes no centro de adoção e mandei um cartão ao Sr. Zimmerman quando soube que a sua esposa falecera. Embora tivesse feito isso de coração, havia também o fato de que eu *realmente* queria trabalhar na loja dele no verão seguinte.

As aulas começaram de novo. Terceiro ano. Eu era uma aluna invisível e Charlie era um aluno bastante descolado e popular do curso técnico que pilotava uma moto. Ocasionalmente, nos víamos fora da escola, mas ele largou o emprego no APlus e começou a participar de um programa de trabalho para estudantes na empresa de sistemas de aquecimento e ar condicionado em que seu pai trabalhava, e sempre chegava tarde em casa. Comprei um celular pré-pago barato e começamos a trocar torpedos, fazendo comentários sarcásticos sobre as pessoas das nossas vidas. Ele me dizia que os outros alunos da escola técnica eram uns chatos, e eu falava sobre os nerds patéticos da minha turma de trigonometria, e sobre como eles passavam muito tempo assistindo *Red Dwarf* na internet.

O outono foi bastante atribulado para meu pai, porque ele precisou fazer dois cursos para se atualizar em procedimentos esquisitos sobre restituição de impostos para empresas, e pediu que eu começasse a trabalhar menos, porque não iria mais poder me levar para a lanchonete. Eu não conseguia acreditar que ele chegaria ao ponto de me negar a permissão para dirigir um carro em perfeito estado que estava parado na garagem.

Antes que eu pudesse responder, ele levantou a mão e disse:
– Não diga o que está pensando em dizer.
– Mas eu...
– Não.
Suspirei e esperei um minuto, mas não consegui me conter.
– Isso é uma palhaçada! – eu disse, embora não fosse o que eu teria dito se ele tivesse me deixado falar no começo. Depois, subi para o meu quarto. Peguei o celular e mandei uma mensagem para Charlie dizendo o quanto eu odiava a minha vida. Um minuto mais tarde, ouvi o barulho da moto dele na rua. Quando olhei pela janela, ele estava estacionando diante da calçada e olhando na minha direção. Embora estivesse escurecendo, subimos pela trilha azul até o Carvalho Mestre e

escalamos até um ponto suficientemente alto para ver o neon vermelho brilhando por entre a floresta desfolhada.

Charlie não disse muita coisa e fumou bastante. Eu também não falei muito. Queria pegar o celular e enviar uma mensagem de texto: *Me beije*. Mas, antes que eu pudesse fazer isso, Charlie começou a descer da árvore.

Na semana seguinte, completei 17 anos.

42 | LUGAR INDEFINIDO, TEMPO INDEFINIDO

Estou na floresta escura e não consigo me mexer. Estou deitada de costas no chão da floresta. Há insetos aqui. Sinto-me úmida. Sinto cheiro de gás. Acima de mim está o Carvalho Mestre. Ele larga suas sementes sobre mim, como uma chuva de granizo.

A árvore explode em chamas. Ainda não consigo me mover. As sementes do carvalho agora estão pegando fogo, e eu estou encharcada de gasolina, fadada a morrer. As *strippers* chegam.

Dançarinas com roupas de lantejoulas, tangas fio-dental, meias de rede de arrastão e cintas-ligas dançam ao meu redor. Penduricalhos em seus seios giram em círculos e abanam as chamas para mais perto de mim. Uma das garotas parece ser novata. Os penduricalhos dela não estão sincronizados. Minha atenção se concentra na *stripper* principal. Minha mãe está tirando um cachecol de penas e girando-o de um lado para o outro com os lábios franzidos num biquinho. Ela olha para alguém na plateia, mas não consigo mover a cabeça para descobrir quem é.

Estou em um balanço, movendo-me bem alto sobre um rio. Sou uma menininha outra vez, segurando com tanta força, que minhas mãos doem e a corrente fria do balanço começa a roer meus dedos. Balanço as pernas. Grito:

– Pare!

Mas o balanço não para.

Meu pai diz:

– Mas isso é divertido!

Começo a chorar e gritar como se alguém estivesse me esfaqueando. Espero que ele entenda. Em vez disso, ele ri, e o balanço continua a se mover com força.

– Pare! – eu choro. – Pare! Pare! Pare!

Há um aviãozinho de papel voando em uma corrente de ar. Estou nele, enfiada na dobra central, com os braços abertos sobre as asas. Estou voando sobre a cidade e subindo na direção do Templo. Passo rapidamente pela rua Pitt e depois pela rua Cotton, cheias de motocicletas Harley-Davidson e caminhonetes de fabricação americana. Me seguro conforme o avião percorre as curvas em S e minhas mãos ficam cheias de cortes provocados pela beirada da folha de papel. Quando chegamos ao Templo, meus dedos estão sangrando, mas estou muito feliz. A paisagem é linda daqui de cima. Voar é lindo. Até que eu sou arremessada do avião, caindo sobre as pedras para morrer.

As *strippers* são nazistas agora. Aliás, elas estão usando uniformes nazistas bem sexy – algo que poderia ter saído de um filme de Mel Brooks. Meias de rede de arrastão e suásticas. Os penduricalhos nos seios das dançarinas são pretos e vermelhos, e eu vejo cruzes em chamas atrás delas. Olho ao meu redor e não vejo ninguém. Olho para baixo e percebo que estou novamente no avião de papel. Que está pousado. Alguém colocou ataduras em minhas mãos ensanguentadas. Minha mãe foi substituída por Charlie, que está girando uma cueca branca acima da cabeça. Ele a joga para a plateia inexistente e, quando eu olho para ver onde ela cai, o pervertido da alameda Overlook aparece a poucos centímetros do meu rosto.
– Que trancinhas lindas.

Charlie está me conduzindo pela floresta escura. Estamos no tempo real – de algum modo eu sei disso. Charlie segura minha mão firmemente e puxa. Faz isso com tanta força, que minhas mãos estão começando a sangrar outra vez. Chegamos a uma clareira e ele para, erguendo os olhos.
– Olhe lá, Vera.
Inclino a cabeça para trás e vejo um céu cheio de estrelas.
– Sabe qual delas sou eu? – ele pergunta.

Aponto para a mais brilhante de todas.

Ele segura a minha mão outra vez e chegamos ao pé da escada da casa na árvore. Em seguida, estamos na casa na árvore e Charlie me mostra o compartimento secreto sob as tábuas do colchão.

Ele diz:

– Você tem que fazer isso.

– Eu sei.

– Desculpe.

– Eu sei.

– Você me perdoa?

– Ainda não.

– Não resta muito tempo.

– Para quem?

– Algumas pessoas vão se machucar

Fico irritada.

Ele diz:

– O que houve?

– Estou com medo – respondo.

– Vá lá e faça. É simples.

Ele me entrega uma velha caixa de charutos.

– Por que eu, Charlie? – pergunto a ele.

Ele diz:

– Você é a pessoa mais corajosa de todas.

43 | HISTÓRIA | AOS 17 ANOS

Na primeira vez que andei de moto na vida, meu pai demonstrou uma faceta de medo que eu nunca vira antes e disse:
– Charlie Kahn, essa garota na sua moto é minha única filha.
– Fique tranquilo, Sr. Dietz. Vou cuidar bem dela.

Fomos até o Templo. Ao chegarmos lá, eu me senti como se fosse uma nova pessoa – uma mulher adulta de 17 anos. Quando tirei o capacete da cabeça eu me senti, pela primeira vez na vida, tão descolada quanto Charlie. Quando ele se virou para trás e me beijou nos lábios, gentilmente, senti o rosto corar e ordenei que ele parasse.

Mas eu não queria que ele parasse.

Colocamos nossos capacetes outra vez e descemos pela encosta. Quando coloquei os braços ao redor da cintura de Charlie, segurei-me com força, como uma namorada faria. Já estávamos quase no Halloween. Eu havia acabado de completar 17 anos.

Fazíamos uma noite de filmes todas as sextas-feiras naquele inverno. Meu pai preparava uma tigela de pipoca e depois nos deixava sozinhos. Nossa amizade não havia sofrido com as lacunas do Ensino Médio, como acontece com tantas outras. Embora tivéssemos nossas próprias vidas, Charlie e eu conseguimos voltar até o ponto em que tudo começou – quando éramos somente nós dois.

Às vezes ele estendia o braço para segurar minha mão, o que fazia meu cérebro se agitar de tal maneira que eu não conseguia mais me concentrar no filme. Tudo o que sei sobre *Apocalypse Now* é que se passa no Vietnã. Não me lembro nem de quem eram os atores. O que me lembro é da mão de Charlie e do quanto ela era forte, de como ele esfregava a minha palma com o polegar e de como ele cheirava a pipoca amanteigada.

Perdi o emprego no Arby's em janeiro porque, como havia passado a trabalhar somente em meio período, me tornara uma inútil. Culpei meu pai e sua resistência em ceder o carro da minha mãe, mas ele não demonstrou nenhum sinal de culpa.

Foi então que chegou o Dia dos Namorados. Houve um baile, e também balões, flores, anéis baratos e todo tipo de ursinhos e outros bichos de pelúcia idiotas, como se adolescentes pudessem ser cortejadas com as mesmas porcarias que se dá de presente para crianças de cinco anos. Era também o feriado mais detestado pela família Dietz no ano, porque transformava algo sagrado em mero consumismo. Minha mãe e meu pai concordaram que nunca trocariam presentes nessa data. Era um feriado falso, criado exclusivamente por lojas de presentes como a Hallmark. Um embuste. Um espetáculo fajuto para casais inseguros que não tinham o verdadeiro amor. (Entretanto, eu discordava de que meu pai e minha mãe formassem o retrato fiel do verdadeiro amor. Por razões óbvias)

Assim, quando cheguei em casa depois do fim das aulas e havia uma dúzia de rosas vermelhas para mim na mesa da cozinha, me esforcei bastante para não ser cínica. Meu pai as havia colocado em um velho vaso de cristal que tínhamos, e deixou o envelope lacrado diante do vaso, ao lado de um bilhete que dizia *Volto às cinco. Tive que ir ao cartório.* Abri o cartão e a letra bagunçada de Charlie dizia: *Vamos sair hoje. Te pego às oito. Com amor, Charlie.*

Com amor? Com amor, Charlie? Sair? Sair para onde? Talvez as pessoas pudessem pensar que eu já estivesse acostumada com Charlie e àquela maldita espontaneidade a essa altura da vida, mas não estava. Não quando ela se transformava em um buquê de mais de cem dólares e um encontro dali a três horas. Embora ele tivesse a intenção de ser doce e carinhoso, tudo o que eu conseguia ver era uma tentativa de controlar e manipular.

Durante o jantar meu pai disse:

– Belas flores. Quem as mandou?

Enrubesci. Suspirei.

– Charlie. – E acrescentei: – Mas não sei por que ele as mandou.

Ele olhou para mim por cima dos óculos.

– É a lâmina de Occam, Veer.

Meu pai era obcecado pela lâmina de Occam, que, em resumo, diz que a solução mais simples é a melhor solução (o que significava que Charlie tinha me mandado flores porque me amava).

– Vamos sair esta noite, eu acho.

Por trás dos olhos dele eu vi mil macacos preocupados juntando suas sobrancelhas em uma expressão séria de indecisão. Já havia dito há muito tempo que não me daria permissão para namorar Charlie, mas, nos anos seguintes, ele disse várias vezes que formávamos um casalzinho fofo. Acho que ele não sabia mais o que queria – e eu também não tinha certeza do que queria.

Desci às 20h05, sentei em uma banqueta na cozinha e fiquei olhando para o meu reflexo na porta do terraço até as 20h15. Havia vestido meu jeans favorito e um par de botas Doc Marten que ainda não tinha calçado.

Eu devia suspeitar de que Charlie se atrasaria. Às 20h30 liguei para a casa dele, me sentindo tão idiota, que nem consigo descrever a sensação. A Sra. Kahn atendeu da maneira costumeira, com uma alegria forçada para ocultar os hematomas, e quando eu pedi se podia falar com Charlie, ela me disse que ele havia saído.

Ela não parecia estar surpresa por eu estar procurando por seu filho. Ou pelo fato de não ter saído com ele.

– É bom saber que Charlie está fazendo algo sociável, né, Vera? Depois de todos esses anos tentando ser tão diferente.

Tive vontade de dizer a ela que não havia problema em ser diferente. Que *diferente* fazia Charlie ser quem ele era. Mas ela nunca entenderia. Para ela, qualquer coisa esquisita era assustadora ou idiota. Alguma coisa que a faria revirar os olhos. Se Charlie fosse o próximo Einstein, ela lhe diria para não ser esquisito, para pentear os cabelos e parar de pensar em Física, enquanto seu pai o obrigaria a ir para a escola técnica aprender sobre sistemas de aquecimento e ar condicionado.

– Pode dizer a ele que eu liguei?

– Claro. Mas não vamos estragar a diversão dele, está bem?
Ela desligou. Eu queria matá-la. E queria matá-lo também.

– Está tudo bem? – meu pai perguntou.
– Sim – eu disse. Assim que falei aquilo, ouvi a moto de Charlie subindo a rua. Quando chegou, ele parecia estar distraído e irritado com alguma coisa. Imaginei que essa era apenas a maneira de Charlie demonstrar que era intenso.

Não sabia como me sentir, com os braços ao redor de Charlie, subindo a alameda Overlook. Enquanto sacolejava na garupa da moto, me sentia uma otária por não perguntar a ele para onde estávamos indo – por permitir que ele me conduzisse como se eu fosse alguma discípula cega e idiota hipnotizada pelo seu espírito livre, como todas as outras pessoas. Quando eu falava no interior do capacete, minha voz ecoava.

– Aonde estamos indo? – perguntei, em voz baixa. E o eco perguntou: – Aonde estamos indo?

Ele virou à esquerda rumo ao Templo e manobrou cuidadosamente pelas curvas em S até chegarmos à parte reta da estrada, a cerca de cem metros da área de estacionamento. Ele tirou a mão do guidão e deu palmadinhas no meu joelho direito. Como estava diminuindo a velocidade, imaginei que aquilo indicava que a nossa primeira parada seria o Templo, o que achei bastante romântico.

Pensei no bilhete que ele mandou com as flores. Eu disse:
– Com amor. Com amor, Charlie. – Meu capacete disse: – Com amor. Com amor, Charlie.

O lugar estava deserto, com exceção de dois carros, e eu não conseguia ver ninguém por perto.

Charlie freou a moto e parou na primeira vaga de estacionamento, aquela que ficava bem diante do Templo, e colocou o pé no chão para nos equilibrar. Desci da moto, e ele a apoiou no estribo lateral, descendo dela em seguida. Tiramos nossos capacetes e eu baguncei meus cabelos para me sentir melhor. Charlie sorriu e abriu a boca para dizer alguma coisa, mas antes que pudesse fazê-lo, alguém gritou:
– Ei, Charlie! Aqui!

Era um dos seus colegas do curso técnico. Estava sobre as pedras, acenando para nós. Charlie acenou de volta, virou-se para mim e disse:
– Vamos até lá.

Fiz uma cara óbvia de brava, mas ele não percebeu. Enquanto caminhávamos, eu o vi estender o braço para trás para pegar na minha mão, mas diminuí o passo e mantive os dois braços ao lado do corpo.

Havia seis deles. Dois casais agarradinhos e dois outros caras se divertindo nas pedras. Tinham cerveja.
– Vocês todos conhecem Vera?

Respostas vieram em diferentes resmungos. Sim. Não. Oi, Vera. Bem-vinda. Legal te conhecer. Você não estava na minha turma de Educação Física no ano passado? Você está no curso técnico? Não foi ela que...

Consegui dizer:
– Oi. – O que eu realmente queria dizer era: *Leve-me de volta para casa.*

– Quer uma cerveja?

Charlie apanhou no ar uma lata de cerveja que lhe atiraram. Depois, mais uma. Recusei, e ele guardou a minha no bolso do seu macacão de couro. Eu estava começando a sentir frio. O vento estava cortante. Isso não parecia ser um encontro romântico.

– Tudo bem com você?

Eu não sabia como dizer o que eu queria dizer, então eu respondi:
– Sim.

Os dois casais estavam sentados nas pedras mais distantes. Eles davam risadinhas e atiravam suas latas de cerveja vazias no ar, escutando-as quicar nas pedras até caírem num ponto mais distante da encosta. Charlie engoliu sua cerveja bem rápido; depois, pegou de seu bolso aquela que deram para mim e a abriu.

– Quer sentar? – perguntou Charlie.

– Estou congelando – eu disse. O que eu realmente queria dizer era: *Odeio você.*

Dez minutos mais tarde, os dois casais que estavam sobre as pedras se levantaram e vieram até onde estávamos. Eram Jenny Flick e

Bill Corso, e também Gretchen e seu namorado beberrão, que, pelo que ouvi dizer, estava na faculdade.

– Ela não vai beber? – perguntou Jenny a Charlie. Eu estava bem diante dela, mas ela perguntou a Charlie.

– Eu não bebo – eu disse.

Isso causou uma reação em cadeia de risadinhas e sorrisos tortos. Alguém distribuiu mais cervejas. Dois rapazes foram até a beirada das pedras para fazer xixi.

– Tudo bem com você?

– Aham – eu disse. Mas o que eu queria dizer era: *Não*.

Bill Corso enfiou a mão no bolso traseiro e tirou um baseado. O restante das pessoas fez um círculo ao redor dele para bloquear o vento. Meu cérebro estava processando aceleradamente um trilhão de pensamentos. Nada fazia sentido. Passaram a maconha de mão em mão rapidamente, dando tragadas ruidosas, e quando chegou a minha vez, Charlie me poupou daquilo pegando o baseado da mão da pessoa que o estendia. Quando terminou de exalar, Jenny disse:

– E ela também não fuma.

Charlie parecia irritado.

– E daí?

Jenny deu de ombros e moveu o olhar de mim para Charlie, depois de volta para mim, e depois de volta para Charlie. Eu podia ver o cérebro dela trabalhando. Em seguida, enquanto os outros passavam o baseado de mão em mão outra vez, os olhos dela despiram Charlie enquanto eu observava. Era tão óbvio o que ela fazia, que chegava a me embrulhar o estômago.

Charlie deve ter percebido que eu estava tremendo, porque colocou o braço ao redor de mim e me protegeu com sua jaqueta de couro, perto do peito quente. Isso fez com que Jenny abrisse uma careta e colocasse o braço ao redor de Corso, e me deixou suficientemente quente para perceber que eu tinha que ir ao banheiro – o que seria um problema, porque o Templo estava fechado há um bom tempo e não havia banheiros disponíveis.

Quando o círculo de maconheiros se desfez, Charlie acendeu um Marlboro e os casais voltaram a se beijar sobre as pernas. Sussurrei na orelha de Charlie sobre estar com vontade de fazer xixi.

– Há um lugar ótimo perto do muro, que Jenny usa às vezes. Vou ficar de vigia.

– Obrigada – eu disse. Mas o que eu queria dizer era: *Você já esteve aqui com Jenny?*

Desci sob a luz vermelha do neon, com a mão direita no muro para não perder o equilíbrio. Charlie parou no alto da trilha. Quando alcancei um lugar escuro o suficiente, alguns passos adentro da folhagem, baixei o jeans, e quando meu corpo se ajustou àquele frio congelante, finalmente urinei. Acima do som do líquido batendo no chão gelado, ouvi Jenny dizer:

– Por que você trouxe *essa aí*?

Charlie disse:

– Vera é legal, Jenny.

– Você acha? – perguntou um dos rapazes.

Peguei um lenço de papel no meu bolso para me limpar.

– Cale a boca. Ela não é surda, sabe?

– Ela não é daquelas nerds?

– Não – disse Charlie, irritado.

– Ouvi dizer que era.

– Ouvi dizer que a mãe dela dava pra outros caras.

– Opa, isso é legal – disse um dos rapazes.

– É coisa de puta – disse Jenny Flick.

Meu coração pulava no peito enquanto eu subia o zíper da calça e seguia o muro até voltar para a cena, sob o brilho vermelho do neon. Charlie estendeu a mão, mas, novamente, eu não a peguei. Achei que ele pudesse ver as coisas da mesma maneira que eu estava vendo, e pensei que iríamos nos despedir e ir para qualquer outro lugar. Mas, quando voltamos para as pedras, ele foi até os dois caras da escola técnica, tirou uma pequena garrafa de bebida do bolso da jaqueta de couro, tomou um gole e passou a garrafa para os outros.

Os dois beberam, e quando a garrafa voltou para Charlie e ele inclinou a cabeça para trás para beber, um deles disse:

– Ei! Kahn trouxe um goró dos bons!

Charlie olhou para mim.

– Vai um pouco?

– Não – eu disse. O que eu queria dizer era: *Quem é você?*

Ele pegou o maço para tirar um cigarro, mas estava vazio. Ele tateou a jaqueta e depois se virou para mim.

– Veer? Pode ir buscar o pacote de cigarros embaixo do assento da moto?

– Claro – eu respondi.

Jenny Flick disse:

– E, já que vai até lá, pode parar em algum lugar e procurar uma personalidade?

– Jenny – disse Charlie.

– O que foi? Tô brincando.

– Não tem graça – disse ele, e virou-se para me dizer alguma coisa, mas eu já estava subindo para o estacionamento. Peguei o maço de Marlboro de Charlie que estava embaixo do assento e enfiei-o no bolso. Parei e sentei-me sobre o muro, encarando o Templo e apreciando sua beleza bizarra e deslocada. Pensei que, se ficasse ali por um minuto ou dois, Charlie viria procurar por mim, mas, em vez disso, senti o cheiro de maconha outra vez e percebi que ninguém dava a menor importância.

Dei um sermão ao estilo Ken Dietz em mim mesma. "Vera, isso é o que as pessoas fazem no Ensino Médio. Você não devia estar aqui em cima, amuada. Devia voltar lá e ser você mesma. A Vera Dietz cínica, divertida e que não faz rodeios quando fala".

Não funcionou. Não funcionou porque eu sabia que não devia dar o melhor de mim para as piores pessoas. Assim, resolvi pedir a Charlie que me levasse embora. Mas quando dei a volta no Templo e o vi mostrando a Jenny Flick, Bill Corso e o resto dos seus novos amigos como os aviões de papel (que eram três relatórios da coordenação entregues a Bill Corso advertindo-o de que estava prestes a ser reprovado) voavam na corrente de ar veloz e gelada, dei meia-volta e fui pra casa.

Caminhei a passos largos pela alameda Overlook no escuro, pensando em Charlie, espumando de raiva. Charlie que se foda. Cuzão maldito. Malditas rosas. Maldito Templo. Malditos fracassados. Malditas botas que me davam aquelas malditas bolhas nos pés. Maldita Vera Dietz.

Quando entrei pela porta, subi as escadas e entrei no meu quarto de boca fechada, meu pai percebeu. Ele disse, da escada:

– Por que não desce e pedimos uma pizza daquele novo lugar que faz *delivery* e enchemos a pança?

Foi o que fizemos – ele não me disse uma palavra sobre Charlie. Enquanto eu vestia meu pijama de flanela, ele colocou as rosas no beiral da janela, ao lado da pia, o que foi bom, porque nosso triturador de lixo estava com algum problema, e as flores ajudaram a disfarçar o cheiro da água velha e dos legumes apodrecidos.

A pizzaria trouxe um pequeno cupom colado no alto da caixa. Dois dólares de desconto na compra de duas pizzas e uma Coca-Cola. Enquanto meu pai o recortava para juntar à sua coleção de cupons no alto da geladeira, avistou o anúncio que dizia que estavam contratando entregadores.

– Deve ser para maiores de 18 anos – disse ele. – O que acha? Pode ser um emprego divertido.

– Só faço 18 em outubro. E, de qualquer maneira, quero trabalhar na Zimmerman's neste verão, agora que tenho idade.

Claro, meu pai não gostou dessa ideia, mas sabia que era um cargo assalariado, porque eu não parava de mencionar aquilo desde o primeiro verão em que trabalhei como voluntária no centro de adoção.

Após pensar um pouco, acrescentei:

– Espere. Está dizendo que você vai me dar o carro da minha mãe se eu conseguir esse emprego? Porque posso ficar lá em meio período e ainda trabalhar na Zimmerman's se isso significar que posso ficar com o carro.

– Eu calculo os impostos de um entregador de pizza – disse ele. – O salário não é ruim, e ele diz que as gorjetas são ótimas. Você não vai ganhar gorjetas se trabalhar com animais de estimação.

– É verdade. Mas não posso dar amor e carinho a uma pizza.

Aquela conversa afastou Charlie da minha cabeça. Foi bem legal. Ele recortou a parte na qual se lia "precisa-se de entregadores", prendeu-a à porta da geladeira com um ímã e disse:

– Ei, talvez eu mesmo peça um emprego lá. Poderia ser um bom trabalho para se fazer tarde da noite. Além disso, vou me sentir sozinho aqui se você começar a namorar... ou, sei lá, a fazer sei-lá-o-que-seja que você está fazendo.

Contei tudo a ele. Sobre o Templo, os amigos, a bebida e a maconha. Não contei sobre os aviões de papel, porque sabia que ele iria ficar muito magoado se descobrisse que um bando de babacas roubou algo sagrado dos Dietz.

Ele suspirou e estalou a língua.

– Bem, isso é decepcionante.

– E olhe que você está sendo gentil.

Ele olhou para as flores e depois para mim.

– Veer, deve haver alguma explicação. Ele gastou uma fortuna com essas flores. Não faz sentido.

– Esse é o tipo de coisa que eu teria que tolerar se ele fosse meu namorado – eu disse. – E, de qualquer forma, Charlie é o meu melhor amigo. Não quero estragar isso. É melhor assim.

Ele assentiu e pegou minha mão.

– Você é uma garota muito esperta, sabia disso?

Estava bem claro que eu estava mentindo para nós dois.

44 | UM BREVE COMENTÁRIO DO GAROTO MORTO

Jenny Flick e eu nos conhecemos oficialmente durante uma retenção em janeiro, quando estávamos no terceiro ano do Ensino Médio. Fui visto fumando do lado de fora das portas de carga da marcenaria, e, embora o Sr. Smith gostasse de mim, ele teve que me colocar na retenção porque o professor de trabalhos em metal estava com ele, e o cara é um dos maiores cuzões que conheço.

Quando cheguei na sala, a Turma da Retenção estava por ali, falando sobre uma briga que iria acontecer depois da aula no dia seguinte. Não reconheci a maioria daquelas pessoas porque passava metade dos meus dias com a turma do Ensino Técnico, mas reconheci Bill Corso e seus dois melhores amigos do time de futebol americano, que pareciam uma dupla de gêmeos caipiras retardados; e Jenny Flick, das vezes em que fiquei retido no ano passado. Jenny Flick estava recostada em sua cadeira com os pés sobre a mesa. Usava um par de botas de construção de couro macio, jeans justos e uma camiseta preta do Led Zeppelin. Estava mascando chiclete e fazendo bolas. Sentei-me no canto direito, no fundo, e ignorei todo mundo, como sempre fazia quando ficava retido.

O professor de Educação Especial, o Sr. Oberman, era o encarregado de supervisionar a retenção naquele dia. Ele escreveu uma citação na lousa e, enquanto escrevia, dizia:

– Vamos ficar aqui por uma hora, senhoras e senhores. Se decidirem usar esta hora de maneira inteligente e fazer suas lições ou ler o material que seus professores lhes passaram, será uma sábia decisão. No entanto... – ele olhou para Bill Corso – ... se decidirem que vão simplesmente ficar sentados como um gorila entediado no meio da floresta, terão que copiar esta citação o máximo de vezes que puderem durante a próxima hora. Tenho papel e lápis na minha mesa para os que chegaram de mãos vazias.

Não havia dúvidas de que o Sr. Oberman era gay. Ele não escondia. Imagino até mesmo que ele agia de maneira ultragay porque isso irritava demais a Turma da Retenção. Bill Corso não aceitava receber ordens de uma bicha qualquer – e, assim, Oberman aumentava a sua bichice só para deixar alunos como Corso espumando de raiva.

A citação era a seguinte: "Quanto apreço uma pessoa perde quando decide não ser alguma coisa, mas alguém?".

– Mas que diabos isso significa? – perguntou Corso.

– O que você acha que essa frase significa, Sr. Corso?

– Não sei.

Corso estava sentado na carteira, as pernas escancaradas, quase abraçando a cadeira como se a sua virilha fosse a boca de uma baleia gigante, e mantinha os braços cruzados diante do peito. Não havia trazido nenhum livro, nenhum lápis e nenhum pedaço de papel.

– Bem, talvez, se encher esta folha com a citação algumas vezes, você acabe descobrindo – disse Oberman, largando uma folha de papel pautado e um lápis diante de Bill.

Bill jogou as coisas que estavam sobre a carteira no chão.

– Não vou escrever essa merda. Heller e Frisk não nos obrigam a escrever.

O Sr. Oberman permaneceu calmo e sorriu.

– Mas eu não sou o Sr. Heller nem o Sr. Frisk. Sou o Sr. Oberman, e se você não recolher o lápis e o papel do chão, vou deixá-lo retido por mais um mês.

Os dois se entreolharam. O restante de nós observou em silêncio. Eu já estava com a lição de Matemática sobre a mesa e tentei fingir que não estava prestando atenção, porque esses moleques eram um bando de babacas e não importava de onde eu viesse, não iria me tornar um imbecil da Turma da Retenção.

– Vou te dar um minuto para pegar o que jogou no chão, Sr. Corso. Depois disso, você vai sair da sala e provavelmente terá uma suspensão pela frente.

Bill não se moveu.

Depois de cinquenta segundos, ele olhou para Jenny Flick por cima do ombro direito e ergueu as sobrancelhas. Ela deu de ombros.

Ao final do minuto, Oberman ergueu os olhos dos papeis que tinha à sua frente e apontou para a porta.

– Adeus, Sr. Corso. Você vai conversar com o coordenador amanhã de manhã.

Quando Bill já havia andado uns três metros pelo corredor, gritou:
– VIADO!

Jenny Flick riu, o que fez com o que o resto da Turma da Retenção risse também. Oberman continuou a cuidar da sua papelada e eu voltei a dar atenção para a lição de Matemática. Depois de mais um minuto, era como se Corso nunca tivesse estado ali.

Aquela hora demorou a passar. Quando saí pela porta da escola, peguei um cigarro e o acendi.

– Gosto de rebeldes – disse Jenny. Não fazia ideia de que ela estava atrás de mim, e foi por isso que ela me pegou completamente desprevenido. Além disso, como é que se responde a um comentário desses?

– É mesmo?

– Sim. Tem fogo?

Acendi o cigarro fino e feminino que ela tinha na mão, guardei o isqueiro no bolso e não disse mais nada.

– Quer vir até a minha casa?

– Nem.

– Minha mãe trabalha à noite e meu padrasto só volta depois das oito.

Fiz que não com a cabeça.

– Não quero, obrigada.

– Tenho erva.

Eu insisti:

– Tenho que ir pra casa. – Quando vi que ela não disse nada, emendei com um pouco de conversa fiada. – O que ele faz da vida pra chegar em casa tão tarde?

– Ele é gerente. Passa o dia dizendo às pessoas o que elas devem fazer. Depois, volta pra casa e fica me dizendo o que tenho que fazer.

– Ah – eu disse. – Como assim?

– O quê?

– Tipo... o que ele te manda fazer?

– As merdas de sempre. Limpar a casa. Cozinhar. Lavar as roupas. Passear com o cachorro. Passar camisas. Engraxar sapatos. Tudo o que ele tem preguiça demais para fazer.

No minuto em que ela disse aquilo, fiquei com pena. Eu achava que o *meu* pai era um babaca, mas não me lembro de uma única vez em que ele tenha mandado a minha mãe engraxar seus sapatos.

– Que saco – eu disse.

– Pois é. As merdas de sempre em dias diferentes, eu acho. – Ela arrumou o cabelo depois que o vento o soprou por sobre seu rosto. – Tem certeza de que não quer vir comigo?

– Não posso.

– Posso te pagar um boquete.

Recebi aquela oferta com uma expressão no rosto que dizia: "É mesmo?".

– Posso, sim – disse ela, tragando com força o cigarro e exalando a fumaça dos pulmões.

Não sei descrever ao certo o que eu estava sentindo. Eu tinha 17 anos – e isso era algo que havia saído de um devaneio pornô dos mais safados. E, mesmo assim, consegui traduzir a linguagem dela. No mundo de Jenny, "posso te pagar um boquete" significa "gosto muito de você". Assim, considerei aquilo um elogio. Quem não gosta de ter o ego massageado?

Ao mesmo tempo, aquilo emanava uma espécie de desespero, o que me incomodava.

Eu perguntei:

– O que faz você pensar que eu quero um boquete?

Ela riu alto, um riso forçado e exagerado.

– *Todos* os garotos querem um boquete!

– Está dizendo que você paga boquete pra todo cara que quer um?

Admito que não foi a melhor coisa a dizer naquela situação, mas eu queria que ela dissesse o que realmente pretendia. Que ela dissesse algo como "Eu gosto de você, Charlie", ou algo normal. Algo com classe.

Ela me encarou com uma expressão dura.

– É melhor tomar cuidado, Charlie Kahn. Conheço algumas pessoas muito importantes.

– Beleza. Vou tomar cuidado – respondi, mas ela não me ouviu porque já havia virado as costas e começado a voltar para a escola. Eu não havia percebido, mas a Turma da Retenção estava a um quarteirão de distância o tempo todo, inclusive Corso (o namorado de Jenny).

Depois daquela conversa, Jenny começou a aparecer por toda parte, e passou a agir de um jeito bem legal comigo. Quando eu estava com meus amigos do curso técnico, falando sobre motos, carros e coisas do tipo no estacionamento dos alunos enquanto esperávamos os ônibus saírem, ela entrava no meio da turma e sorria pra mim. Deve ter entendido que eu não reagi à fachada de durona depois que saímos daquela tarde na retenção. Agora, em vez de bancar a piranha, resolveu se fazer de fofa e sorrir como uma garota tímida. Pelos corredores, nos intervalos das aulas da tarde, ela esbarrava em mim e pedia desculpas, ou acenava discretamente ao longe e seus lábios formavam a palavra "oi". Quando fiquei retido novamente, me sentei no fundo da sala e a ignorei, mas quanto mais o fazia, mais ela aumentava a pressão. Quanto mais ela pressionava, mais eu a admirava, mais atraente ela parecia ficar, e mais vezes eu "acidentalmente" ia para a retenção. Não consigo explicar, mas é preciso lembrar que eu morava com um casal formado por um valentão e um capacho. Além disso, eu tinha 17 anos e meus hormônios haviam percebido que Jenny era:

- Fácil;
- Relativamente bonita;
- Bastante interessada em mim.

Agora que estou aqui, percebo que Jenny Flick era como Darth Vader, e que o Lado Negro da Força é bastante sedutor. Mas por que acabei me voltando contra Vera? Não sei. Porque não queria que ela visse a coisa na qual eu estava me tornando – uma pessoa sorrateira que não conseguia parar de fazer merda. Talvez porque eu soubesse que Vera estava se apaixonando por mim, e soubesse que eu estava me apaixonando por ela. Talvez porque soubesse que ela era uma boa pessoa e que não precisava ser salva, diferente de Jenny e de mim. Por que as pessoas acham que existem respostas claras para tudo, hein? Não existem. Por que meu pai bate na minha mãe? Por que John tem esse desejo por cuecas usadas de garotos? Está me entendendo?

45 | UM BREVE COMENTÁRIO DO TEMPLO

Você faz ideia do quanto eu estou cansado de observar adolescentes idiotas enchendo a cara e se drogando nas pedras? A parte mais engraçada é que todos eles acham que são mais descolados do que os seus pais, e os pais deles faziam exatamente a mesma coisa. Além disso… jogar latas de cerveja das pedras? Isso dá uma multa de 300 dólares. Vocês têm sorte por eu ser um objeto inanimado.

46 | A FESTA DE NATAL DO TEMPLO DA PIZZA | PARTE 2

A primeira pessoa que vejo é o filho de Barry Balofo, que está olhando para a minha cabeça com os olhos arregalados. Ele pergunta:

– Você viu a sua cabeça?

Ainda estou no chão. Acabei de recobrar os sentidos. É claro que não vi a minha cabeça.

James está aqui.

– Vera? Vera? Você está bem?

Tudo é um borrão indefinido, com exceção do calor latejante na minha testa. Olho para James e para o garoto. Não vejo Mick. Não vejo Marie nem seu marido, nem Barry Balofo.

– Você precisa dar uma olhada na sua cabeça – diz o garoto outra vez.

Assim, levanto-me lentamente e vou até o banheiro. James está com a mão sob o meu cotovelo para me apoiar, tagarelando alguma espécie de preocupação embolada.

– Vou levar você pra casa. Oh, meu Deus. Vou matar aquele cara. Puta que pariu. Tem certeza de que está bem? Oh, meu Deus. Consegue andar? Consegue enxergar direito?

A dois passos da porta do banheiro, ergo a mão e toco a cabeça. Parece que uma bola de pingue-pongue acabou de brotar na minha testa. E tem sangue, mas não muito. Somente aquela sensação pegajosa familiar.

Quando me vejo no espelho velho e descascado, fico instantaneamente sóbria. Quando saio do banheiro, James não está perto da porta, e eu caminho, como um fantasma, até o estacionamento.

Embora saiba que estou dirigindo bêbada, não me sinto como se estivesse. Parece que faço isso sem precisar pensar ou gastar energia. Não faço a menor ideia de como consegui chegar na estrada. Não me lembro de sair do estacionamento do Fire Company. Não me lembro de me despedir de James ou de qualquer outra pessoa.

Não sou eu quem está dirigindo o carro. Alguma outra pessoa está mudando as marchas para mim. Alguém acabou de ligar a luz de seta para virar à direita e me fez entrar na rodovia Pitts. Subo a colina até chegar ao campo de Jenkins e estaciono no local onde tradicionalmente paro para observar as estrelas.

Alguém acende a luz interna do carro e eu olho para o meu calombo no retrovisor. Está enorme, e está me matando. Pode ser por causa da pouca luz, mas parece que há hematomas se formando embaixo dos meus olhos também. Isso me faz lacrimejar – a percepção de que terei que me explicar ao meu pai, que certamente vai ter um ataque de raiva quando eu lhe contar o que aconteceu. Desligo a luz.

Em seguida, eles estão aqui. Todos os mil. Talvez um milhão. O campo está abarrotado de Charlies. Estão brilhando, uma luz branco-azulada, e consigo ouvir sua respiração. Exalam uma palavra. *Descanse*.

Não posso dormir aqui. Não sei nem mesmo se posso dormir. Talvez eu esteja com uma concussão. Talvez entre em coma se dormir. Talvez eu morra. *Descanse*.

Pisco os olhos. Um bilhão de Charlies brilhando cada vez mais forte. Um trilhão. Inspirando. Expirando. *Descanse*.

Minha cabeça se apoia no encosto e eu me encolho um pouco, virando para a direita, aconchegando-me no meu casaco. Certifico-me de que as minhas portas estão trancadas e fecho os olhos, e eles estão dentro das minhas pálpebras também. Os Charlies. Infinitos Charlies. Sorrindo, acariciando minha cabeça, brilhando naquela luz branco-azulada e exalando suavemente. *Descanse*.

Quando o dia amanhece, acordo com frio. Lembro-me de ter sido acordada durante a noite. De hora em hora. Lembro-me de sentir Charlie cuidando de mim, me protegendo, certificando-se de que eu não estava morta. Fico deitada ali por um minuto ou dois e levo a mão até a cabeça, e agora parece que uma bola de beisebol nasceu ali.

Meu pai vai acabar comigo.

Antes que a estrada comece a se encher com os carros que levam as pessoas para fazer compras e trabalhar naquele sábado, giro a chave na ignição e aumento o aquecedor até descobrir o que vou dizer ao meu pai. Há um lado bom: eu não passei a noite inteira fazendo sexo com James. Nem sei onde ele está! E há um lado ruim: estou com uma concussão e provavelmente vou precisar ir ao médico. Não sei direito quantas bebidas eu tomei ontem à noite, foram muitas.

Em ocasiões como esta, gostaria que meu pai fosse um caminhoneiro que trabalha fazendo entregas por todo o país, ou que trabalhasse na Estação Espacial Internacional. Saio do campo com um suspiro, sabendo que mereço qualquer castigo que ele me der. O fato é que sinto que tenho sorte por não ter morrido. Sinto que tenho sorte por não ter sido agredida, estuprada e largada inconsciente ao lado de uma caçamba de lixo na Fire Company, em Jackson.

E aqui está o meu pai usando *puta que pariu* e *merda* em uma frase.

– Puta que pariu! Que merda aconteceu com você?

Nunca o ouvi dizer palavrões antes. Ele se aproxima, vê as lágrimas nos meus olhos e a sua raiva rapidamente se mistura com preocupação.

– Você está bem, Vera?

– Estou, sim – eu respondo.

– Hmmm, eu... eu... ah... – Ele está em pânico. Nunca foi capaz de lidar com problemas médicos.

– É sério, pai. Estou bem.

Ele está todo confuso. Consigo ver isso. Antes de chegar em casa, ele queria me dar uma surra. Queria me passar um sermão de fazer arder as orelhas e me obrigar a ligar para a minha mãe outra vez, me internar em alguma casa para garotas que amam homens de 23 anos e que gostam de beber. Mas, quando eu entrei desse jeito, seu plano desmoronou. Agora ele está andando de um lado para o outro e murmurando consigo mesmo, tamborilando as pontas dos dedos umas nas outras.

Pego um copo d'água e engulo três comprimidos de Advil. Depois de dois minutos, ele dá uma olhada mais de perto na minha cabeça e diz:

– Vista seu casaco. Vou levá-la para o hospital.

– Não quer saber onde eu estava ontem à noite?
– Não.
– Não quer saber se eu estava bebendo?
Ele olha para mim, impaciente, e revira os olhos.
– Posso pelo menos trocar de roupa?
– Vou dar a partida no carro – diz ele, escondendo a preocupação.

Eu me tranco no banheiro do andar de cima e acendo as duas lâmpadas. Cara... parece que levei uma surra. Será que levei? Enquanto lavo o rosto e escovo os dentes, penso em Mick, o neonazista *skinhead*, e em como ele era legal quando não estava intimidando os outros com aquela baboseira de nazismo. Com certeza foi um acidente. Ele não me jogou de cabeça no chão de propósito. Ninguém faria isso de propósito – especialmente numa festa de Natal tão legal com cinquenta pessoas ao redor que poderiam servir de testemunhas. É nisso que eu penso, aqui e agora. Não. Mick simplesmente caiu, por acidente. Ele estava bêbado – assim como eu. Não podia culpá-lo.

Mas minha memória traz uma informação extra. Um fragmento de som. O fragmento de som que ficou registrado quando eu estava desmaiada no piso de madeira. Talvez eu estivesse sonhando. Talvez eu fosse capaz de ouvir enquanto meu cérebro se esforçava para recobrar a consciência. Mas o fragmento de som não me deixa esquecer.

JAMES: Por que diabos você fez isso?
MICK: Essa mina é louca!
JILL: Meu Deus, Mick!
PESSOA 1: Ela está bem?
PESSOA 2: Apagou.
JAMES: Vera? Vera?
MICK: (De longe.) (Risadas.) Quem está cheirando pó?
JAMES: Veer? Vera?

Ouço meu pai acelerar o carro algumas vezes e abrir a porta da frente.
– Vera! Ande logo! – Ele parece estar muito assustado.

PARTE QUATRO

47 | DE CASTIGO, COMPLETAMENTE, TOTALMENTE | PARTE 1

Certo. Aqui estou eu, utilizando *esmorecer* em uma frase.

Meu pai, que não me deixa ir à escola com uma contusão do tamanho de uma bola de beisebol na cabeça, me deixou de castigo e me proibiu de trabalhar para fazer a minha vida esmorecer. Nem sei se usei essa palavra direito, mas quem se importa? Passar o tempo todo dentro de casa está me deixando puta.

Além disso, graças ao consultor idiota do hospital – que ligou para um cara de jaleco de uma unidade chamada "Crise" após chegarem o meu raio-X e os exames de sangue –, temos quatro "reuniões de família" com um terapeuta local cobertas (por ora) por nosso plano de saúde.

Meu pai achava que essa era uma ótima ideia até a metade da segunda consulta, quando percebeu que iríamos participar de uma dinâmica teatral e que ele não poderia se esconder atrás daquela fachada de mestre Zen tranquilo e comedido.

DR. B.: Sr. Dietz, por que o senhor não nos mostra realmente como Vera se porta? Tenho certeza de que ela não é tão discreta quanto o senhor a descreve.
PAI: Não quero magoá-la.
EU: Por favor, pai. Acho que me obrigar a pedir demissão e me trancar em casa já deu conta disso. Não precisa poupar os meus sentimentos. Tô falando sério.
DR. B.: Está vendo? Por que não começa por aí? Consegue reproduzir esse sarcasmo?
PAI: É sério, pai. Você é um BABACA por se importar comigo.

Eu rio.

DR. B.: Perfeito. Faça isso mais um pouco.

PAI: Tipo, agora eu tenho que passar o dia inteiro sem nada pra fazer, e meu namorado de 23 anos não pode me visitar nem me trazer bebidas?

DR. B.: Vera? Quer entrar no jogo?

EU: (Sentando-me com as costas retas, eliminando toda a emoção do rosto) Você vai me agradecer, Vera, daqui a alguns anos, quando perceber o quanto está sendo idiota.

PAI: Eu nunca te chamei de idiota!

DR. B.: Sr. Dietz. (Ele ergue a mão espalmada)

EU: Como eu estava dizendo, algum dia você vai perceber o quanto isso é idiota e bobo. É simples.

PAI: O que há de simples em ter que trabalhar em período integral quando estou no último ano da escola?

EU: Você vai me agradecer por esse emprego quando for mais velha. (Sobrancelhas unidas numa expressão séria, esforçando-me ao máximo para imitar o que ele faz)

PAI: (Com uma voz irritante de menininha) A única razão pela qual eu gosto do meu emprego é porque James está lá! Eu o amo!

EU: (Revirando os olhos) Você ainda não sabe nada sobre o amor, Vera. Se soubesse, veria que eu te coloquei de castigo por um mês inteiro porque realmente te amo. Estou preocupado com o fato de você estar jogando a sua vida fora.

PAI: A culpa é toda sua, pai. Jamais faria as coisas que faço se você realmente se importasse comigo.

EU: Você tem que aprender a se importar consigo mesma, Vera. Você tem 18 anos. Logo vai morar sozinha. Estou apenas te ensinando o que é ter responsabilidades.

PAI: Eu *já sei* o que é responsabilidade, pai! Lembra? A menina que tira notas altas e trabalha em período integral? Aquela que sempre ajuda com as tarefas domésticas? Aquela que o ajudou a superar o que minha mãe te fez?

EU: (percebendo um pequeno espasmo no olho do meu pai quando ele diz "mãe") Você nunca me ajudou a superar o que a sua mãe me fez, Vera. Ainda não consegui superar isso.

A sala fica em silêncio e o Dr. B. nota que eu e meu pai estamos nos dando conta de uma coisa. Estamos percebendo, simultaneamente, que nunca lidamos com a partida da minha mãe. Fingimos – como naquele jogo teatral – mas nunca realmente fizemos algo a respeito.

PAI: Bem, eu superei o fato de ela ter ido embora. Completamente.
EU: Superou mesmo?
PAI: Você não superou?
EU: (Confusa) Espere. Estamos interpretando um ao outro agora, ou não?

Silêncio. O olho do meu pai ainda tem aqueles espasmos.

PAI: Não sei.
DR. B.: Que tal, para a consulta da próxima semana, vocês dois escreverem sobre a Sra. Dietz? Acho que isso pode ser algo que precisamos trabalhar melhor.

Nós dois concordamos em silêncio e não dizemos nada. Porque sabemos que ele tem razão.

Quando saímos do consultório, uma parte de mim tem vontade de segurar na mão do meu pai e agir como se eu tivesse dez anos outra vez. Como se voltar no tempo e lembrar do amor e carinho que costumávamos ter pudesse nos ajudar. Mas aí eu me lembro que neste momento eu o odeio.

48 | UM BREVE COMENTÁRIO DE KEN DIETZ (O ODIOSO PAI DE VERA)

Vera acha que eu sou um livro de autoajuda e uma sala cheia de cristais. Acha que eu sou um colchonete de ioga e uma tigela de granola e frutas frescas. Está tentando descobrir se sou alguém a quem vale a pena dar atenção ou não – um adulto digno de confiança, não apenas algum alcoólatra velho e desgastado que não era bom o suficiente para a mãe dela. Ou o responsável por sua mãe ter nos abandonado. Ou qualquer coisa do tipo. Tudo acontece por causa de ~~Cindy~~ Sindy. Mas acho que isso é justo. Perder a mãe aos 12 anos não é fácil. Mas quem tem um relacionamento fácil com a própria mãe?

Eu só descobri a verdade sobre a minha mãe durante o funeral dela.

Estávamos alinhados para receber os cumprimentos – Caleb à minha esquerda, Jack à direita – e as pessoas começaram a chegar. A maioria nos conhecia desde que éramos crianças, mas havia um grupo que chegou do Arkansas, onde minha mãe viveu em uma comunidade para pessoas idosas até morrer. Elas diziam a Caleb o quanto lamentavam. Iam até Jack, cumprimentavam-no, diziam algo gentil para a minha mãe, e depois se dirigiam para o bufê. Passavam por mim como se eu fosse um espaço entre duas palavras.

Foi somente quando sua melhor amiga e vizinha do complexo para idosos no Arkansas se aproximou, que nós descobrimos o que estava se passando.

– Caleb – disse ela. – Meus pêsames pelo falecimento da sua mãe. Você era um garoto muito bom para ela.

Era nada. Até o mês anterior, ele afanava uma quantia dos cheques que ela recebia do seguro social.

Ela passou direto por mim e foi até Jack.

– Ouvi falar muito bem de você. Ela tinha muito orgulho.

É verdade. Jack mora em Londres. É um banqueiro internacional. Ela tinha muito orgulho. Aproveitava todas as ocasiões para falar de Jack para outras pessoas. Era o queridinho da família – mesmo que não desse as caras desde 1986.

Caleb fez um sinal gentil na minha direção, e ela me olhou da cabeça aos pés.

– E quem é esse rapaz?

– Este é Ken – disse Caleb.

– Ken?

– Nosso irmão caçula.

– Ela tinha dois filhos. Você e Jack.

– Não. Tinha três. Eu, Jack e Ken.

– Ora, garotos, vocês devem ter enlouquecido por causa do luto. Kitty tinha dois filhos, e eu sei disso porque conversávamos o tempo todo. Por que vocês estão tentando me confundir bem no dia do funeral dela?

Jack foi o primeiro a perceber. Vi que o coração dele se despedaçou por mim.

– Senhora... ah... olhe – disse ele, discretamente. – Acho que é melhor a senhora ir em frente. A fila está aumentando.

Caleb foi o próximo a perceber, e, embora sempre agisse como um cara durão, colocou a mão sobre meu ombro e apertou carinhosamente. Minha mãe havia me renegado. O fizera durante todos esses anos, enquanto eu pagava suas despesas médicas, fazia suas declarações de imposto de renda e a ajudava com a papelada do plano de saúde e com o seu testamento. Enquanto eu lhe comprava um leito hospitalar, uma máquina de oxigênio e pagava o salário da enfermeira que a ajudou até o fim. Mesmo cuidando de todos os preparativos para que ela fosse cremada – seu último desejo –, ela me renegou.

Posso dizer com segurança que descobrir que minha mãe nunca falara sobre mim para os seus amigos do Arkansas foi pior do que sua morte. Provavelmente, foi pior do que quando ~~Cindy~~ Sindy nos deixou, o que, coincidentemente, aconteceu naquele mesmo ano, algum tempo antes. Fiquei na fila distribuindo apertos de mão ocasionais por mais 15 minutos, observando Vera enquanto ela conversava com a filha de Caleb nas cadeiras do salão da funerária, percebendo que, se minha mãe havia me renegado, então havia renegado Vera também.

As pessoas, em sua maioria, não pensam para além de si mesmas. Eu sei disso. Mas quero que Vera enxergue as outras pessoas. Que respeite as outras pessoas. Que perceba que o mundo inteiro não está aqui apenas por causa dela. Quero que ela perceba seu dever para com o mundo, não o contrário. Caleb deixa sua filha fazer o que quiser com ele, e passou a vida toda lhe dando coisas a troco de nada. Agora ela espera que ele pague sua faculdade, quando tudo o que ele tem é uma pequena empresa familiar, e Kate trabalha como recepcionista em uma loja de autopeças.

Quando eu era adolescente, minha mãe me deixava fazer tudo o que eu quisesse. Deixava que eu passasse a noite inteira fora de casa. Deixava que eu fumasse maconha dentro de casa. Deixava que eu bebesse abertamente desde os 12 anos porque imaginava que eu enjoaria daquilo, o que não aconteceu. Mas, quando percebeu que eu estava com problemas, em vez de me ajudar outra vez, minha mãe me chutou de casa e me forçou a cuidar dos meus próprios problemas. Agora, por mais que pareça estranho, percebo que isso foi a melhor coisa que aconteceu na minha vida. Isso, as reuniões dos Alcoólicos Anônimos e Vera.

O FLUXOGRAMA DE KEN DIETZ SOBRE FILHOS MIMADOS

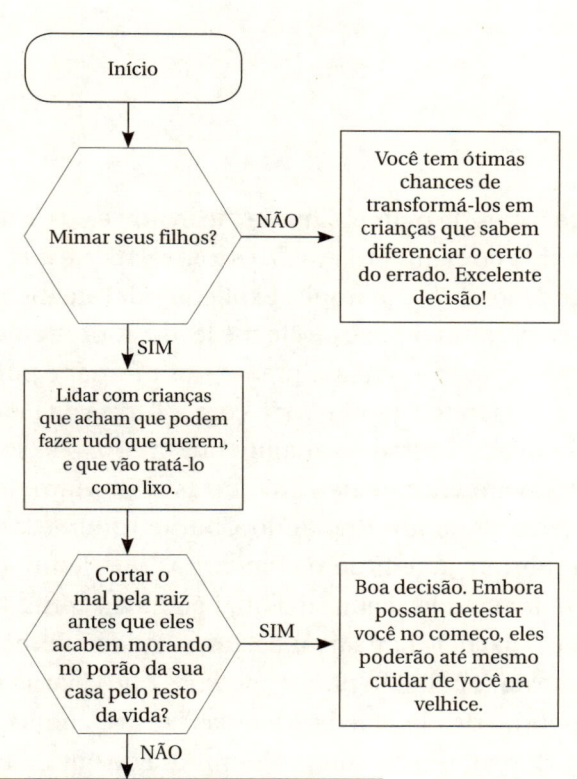

Início

Mimar seus filhos?

NÃO → Você tem ótimas chances de transformá-los em crianças que sabem diferenciar o certo do errado. Excelente decisão!

SIM ↓

Lidar com crianças que acham que podem fazer tudo que querem, e que vão tratá-lo como lixo.

Cortar o mal pela raiz antes que eles acabem morando no porão da sua casa pelo resto da vida?

SIM → Boa decisão. Embora possam detestar você no começo, eles poderão até mesmo cuidar de você na velhice.

NÃO ↓

É melhor começar a estabelecer relações com seu agiota local especialista em fianças, com seu delegado e com o segurança do Walmart. Transforme aquele porão em um apartamento para os seus filhos, para as pessoas com quem eles se casarão e também para os filhos deles. Não se esqueça de abastecer a geladeira deles, pagar o plano de saúde deles e cuidar da sua própria aposentadoria. Sabe como é, para o caso de haver algo bom passando na TV bem na hora em que você precisar da sua medicação ou de algo importante.

49 | A HISTÓRIA QUE EU GOSTARIA DE ESQUECER | AOS 17 ANOS | NA PRIMAVERA

Durante o mês de março, Charlie me evitou e eu evitei Charlie. Ele estava entretido com um projeto da escola técnica e eu estava determinada a deixar de amá-lo. Ele nunca explicou por que me mandou as flores e eu nunca perguntei por que ele me levou ao Templo. Ele estava ficando retido novamente – semanalmente – por fumar e por outros atos de rebeldia, e passando o tempo todo com a Turma da Retenção quando não estava ocupado se transformando numa cópia do seu pai.

A primeira vez que percebi que as coisas iam ficar feias foi na primeira semana de abril, quando Charlie rompeu a nossa amizade no Templo porque acreditou nas mentiras que Jenny Flick lhe contou. A primeira foi aquela segundo a qual eu havia contado para a escola inteira que o pai dele batia na mãe. Em seguida, uns dias depois, ela falou que eu havia espalhado para as pessoas que Charlie tinha pinto pequeno. O porquê de ele acreditar nessas coisas, eu não sei. Se ele parasse para pensar por um minuto, se lembraria de que eu nunca sequer havia visto o seu pinto. Mas imagino que, quando você acredita na palavra de uma mentirosa compulsiva, a lógica perde totalmente a importância.

Como eu não havia dito nada daquilo, não me defendi. Simplesmente esperei até que as coisas esfriassem, o que eu tinha certeza de que iria acontecer, porque Charlie tinha um cérebro. Mesmo assim, já no fim de abril, Jenny disse a ele que eu havia contado pra toda a sala do terceiro ano que ele era gay, e ele finalmente retaliou com a munição mais óbvia: o fato de que a minha mãe já tinha sido *stripper*. Que maravilha. Em um minuto eu era Vera Dietz, aluna invisível do terceiro ano. No minuto seguinte eu era Vera Dietz, aluna do terceiro ano cuja mãe trabalhava como *stripper*. As pessoas adoraram saber disso.

Senti que morri um pouco por dentro. Não sabia o que sentir. Por um lado eu odiava meus pais por serem quem eram. Por outro, eu odiava Charlie. Acima de tudo, eu odiava Jenny Flick. Mas nada daquilo importava, porque tinha que encarar a dura realidade de que o maior segredo que já tive havia sido revelado, e tinha que continuar a ir para a escola, assistir às aulas de Química e almoçar na cantina. Por dentro eu estava tão envergonhada, que mal conseguia levantar os olhos, fixos nos meus sapatos. Era como andar nua pela escola.

Alguém escreveu "MEXE QUE EU GOSTO" no meu armário, o que fazia meu rosto arder toda vez que eu olhava para aquilo, antes que o faxineiro limpasse a frase. Eu era empurrada ou beliscada entre as aulas por mãos invisíveis nos corredores abarrotados; algumas vezes pela própria Jenny, mas, outras vezes, olhava para trás e não via nenhum rosto familiar. No ônibus, os alunos que me conheciam cantavam aquela música sexy que as pessoas cantam quando estão simulando um *striptease*. O irmão de Tim Miller chegou até mesmo a tirar a camisa, girou-a por cima da cabeça e depois começou a desabotoar as calças, até que o motorista do ônibus o mandou parar. Passei a sentar no primeiro banco do ônibus daquele dia em diante, com os fones enfiados nos ouvidos, ignorando todos eles.

Enquanto eu esperava em silêncio que tudo aquilo desaparecesse e enviasse meus velhos sinais de "POR FAVOR, IGNORE VERA DIETZ" pelos ares, os boatos cresceram. No começo, disseram que eu também trabalhava como *stripper* no centro da cidade, à noite. Dois alunos do último ano disseram para a sua turma de Educação Física que haviam me visto e colocado dinheiro no elástico da minha tanga. Depois, o boato de que minha mãe também havia sido prostituta começou a se espalhar. E também um rumor que dizia que minha mãe *ainda* era prostituta em Las Vegas. Ah, e o que mais? Vera Dietz era prostituta também. Por mais que isso tudo parecesse loucura, as pessoas *acreditavam*. Em uma semana, Vera Dietz já era atriz pornô e havia estrelado filmes junto com sua mãe – outra atriz pornô –, que também era prostituta em Las Vegas. (Se pelo menos ela tivesse se mudado para cidades como Salt Lake City ou Boise...)

Eu enfrentava cada dia com uma mistura de pavor, lágrimas e decepção. Não conseguia entender por que as pessoas (Charlie) tinham que ser tão cruéis e por que outras eram tão idiotas a ponto de simplesmente acreditar no que lhes contavam e repetir aquilo para os amigos, que contavam aos seus amigos, até que todos conhecessem dez versões da história, mas não soubessem em qual delas acreditar. Cheguei a pensar em fugir e mudar de escola. Cheguei até mesmo a pensar, certa vez, que seria mais fácil simplesmente morrer. Era como se ser vizinha da pessoa que fez isso comigo fosse um tormento do qual eu jamais conseguiria me livrar. Não creio que a palavra *traição* seja suficiente para descrever a sensação. Estaria mais para *alta traição*, *deserção* ou *iscariotismo*.

Mas, depois de duas semanas, percebi que estava enxergando tudo aquilo do jeito errado. Primeiro, quem acreditaria que uma nerd como eu era realmente uma prostituta ou atriz pornô? Em segundo lugar, as únicas pessoas que diziam essas coisas eram as piores da escola, aquelas que têm fama de estar no fundo do poço. Todos os outros continuaram levando a vida normalmente. Depois daquelas duas semanas, *eu* era praticamente a única pessoa que continuava a pensar no caso. E, pouco a pouco, comecei a perceber que aquilo não era o fim do mundo.

Sem dúvida, era difícil aceitar publicamente o emprego que minha mãe teve no Joe's, o bar de *striptease*, mas confrontar aquilo fez com que eu experimentasse certa sensação de liberdade. Eu não era a minha mãe. Minha mãe fez o que precisou fazer. Qualquer pessoa que não entendesse aquilo poderia acreditar no que quisesse, e eu não daria a mínima.

E, dentro de algum tempo, qualquer pessoa que acreditasse em alguma parte daquilo passaria a assediar a próxima vítima de Jenny e se esqueceria de mim.

Sim, tive alguns desejos bem malignos de espalhar o verdadeiro segredo de Charlie – aquele pervertido do Chrysler branco – mas procurava lembrar a mim mesma de que a estrada para a paz de espírito é pavimentada com a positividade. Respirei fundo. Fiz minhas lições de casa. Ignorei. Em seguida, começava a pensar sobre como fazer as pessoas odiarem

Jenny Flick, expondo suas mentiras sobre a leucemia e todo o resto. Mas continuava a respirar fundo. Fazia mais lição de casa. Lembrava a mim mesma de que a única coisa que Jenny Flick não podia comprar, não importa de quanto dinheiro dispusesse, era um ingresso para dirigir na estrada rumo à paz de espírito ao lado de pessoas como eu.

E foi então que a primavera floriu. Eu sentia falta de estar ao ar livre, então comecei a caminhar pela trilha azul. Como Charlie estava ocupado com os trabalhos para a escola técnica, não tinha qualquer receio de encontrá-lo por ali. E, de qualquer maneira, se não estivesse trabalhando, ele estaria em algum lugar bebendo e fumando maconha com seus novos amigos, bem longe do seu carvalho sagrado, onde o Grande Caçador podia vê-lo. Comprei um novo par de botas de trilha e percorria o circuito de cinco quilômetros todos os dias. Quando meu pai disse que se preocupava com o fato de eu ir sozinha para o meio do mato, mostrei meu celular e disse:

– Você está na minha lista de números de emergência. Além disso, conheço aquela trilha melhor do que qualquer pessoa.

Ele respondeu:

– Ah. Bem, acho que celulares são bons para alguma coisa.

Num dia quente no começo de maio, enquanto caminhava, ouvi vozes que vinham de um ponto mais adiante de onde eu estava na trilha. Antes que pudesse dar meia-volta, vi Charlie, Jenny Flick e Bill Corso, com algumas outras pessoas, ao redor do Carvalho Mestre. Bill Corso estava com um canivete na mão, entalhando suas iniciais no tronco.

– Ei! Olhem quem está aqui!

Dei meia-volta e comecei a recuar pela trilha, irritada demais por eles estarem na minha floresta. Na minha trilha. Subindo na minha árvore.

Jenny gritou:

– Corra para casa, Verinha!

Um dos rapazes gritou:

– Puta!

Virei-me e olhei para trás, e alguma coisa que cheirava a cocô de cachorro (porque era cocô de cachorro) bateu no meu cabelo. No fundo, eu sabia que tinha sido Charlie quem atirou aquilo, porque ele era o único que estava de frente para mim, mas não pude admitir o fato para mim mesma. Como eu podia fazer isso? Como poderia admitir que o garoto que passou a vida inteira sendo o meu melhor amigo havia acabado de jogar cocô de cachorro em mim? Era como se ele tivesse sido abduzido por alienígenas. Aquele *não era* Charlie. Charlie *nunca* deixaria *ninguém* entalhar iniciais no tronco da árvore. Charlie *nunca* vestiria roupas novas que lhe caíssem bem nem exibiria aquele corte de cabelo. Charlie *nunca* usaria gel no cabelo. (Charlie *nunca* jogaria cocô de cachorro em mim, não importa quem tivesse lhe mandado fazer aquilo)

Parei de caminhar pela trilha depois daquele dia. Passava o tempo livre dentro de casa, lendo. Conforme as noites ficavam mais quentes e as folhas enchiam as brechas na floresta, comecei a me sentar na varanda dos fundos da casa e observar as estrelas durante a noite. Certa vez, mais ou menos duas semanas depois do episódio do Carvalho Mestre e do cocô de cachorro, vi a luz se acender na casa na árvore de Charlie. Ouvi vozes. Mais de uma pessoa. Em seguida, ouvi risadinhas. O risinho típico de uma garota.

Não importava o quanto tentasse não pensar naquilo. Sabia que ele estava fazendo sexo com Jenny Flick na casa na árvore. Isso acabou comigo, porque aquela era a *nossa* casa na árvore. (Porque era *comigo* que ele devia estar fazendo sexo)

Eu me senti malvada por um segundo. Tive vontade de contar a todo mundo que ele vendia suas cuecas sujas. Mas como eu conseguiria ter respeito por mim mesma se me rebaixasse ao nível deles?

Na metade de maio, já era óbvio que eu precisava de um emprego.

Meu pai pegou um formulário de cadastro na Zimmerman's e deixou-o na mesa junto com dois outros. Um era da Martin's, a loja de departamentos do Shopping do Templo, onde, na melhor das hipóteses, eu ficaria enfurnada atrás de uma caixa registradora durante o dia inteiro, passando cartões e dizendo: " Débito ou crédito?". O outro era da pizzaria *delivery* onde pedimos a pizza no Dia dos Namorados.

– Por que pegou esses aqui? – perguntei, mostrando os dois outros. Eu já estava de saco cheio daquelas tentativas de manipulação disfarçadas de sugestões tranquilas e inocentes.

– Imaginei que seria melhor ter mais de uma opção – disse ele.

– Não vou trabalhar na Martin's – respondi.

– Tudo bem.

Por que ele não discutia como um pai normal?

– Se eu preencher a proposta de emprego da pizzaria, você vai me dar o carro da minha mãe?

Valia a pena tentar. Eu faria 18 anos dali a cinco meses. Ele disse que pensaria no caso na última vez que tocamos no assunto. Além disso, nos esforçamos bastante para que eu pudesse cumprir todas as horas de aulas de direção das quais eu precisava para conseguir a minha habilitação, e eu passei no teste com todas as honras.

– Vamos ver se eles a aceitam primeiro.

– Mas isso faz diferença no formulário, pai. – Eu agitei o papel diante dele, de maneira bem grosseira. – Tenho que dizer a eles qual é a marca, o modelo e a seguradora.

Ele parecia estar surpreso e confuso, e foi até o escritório para buscar o manual do carro.

– É um Sentra 1999.

– Marca?

– Nissan.

– Cor?

– Que pergunta, Vera. Você sabe qual é a cor do carro – disse ele.

– Seguradora?

– Escreva "não se aplica", por enquanto.

Não importa o quanto eu tentasse irritá-lo, não funcionava. De qualquer maneira, eu queria trabalhar no pet shop Zimmerman's. *Sempre* quis trabalhar no pet shop Zimmerman's. Não queria um emprego idiota entregando pizzas, e me ressentia do fato de que, assim como o pai de Charlie, meu próprio pai me daria uma recompensa por fazer o que ele queria que eu fizesse. *Isso* era inaceitável.

– E então, o que devo escrever na parte em que perguntam por que eu quero o emprego?

Ele suspirou e sentou-se diante da mesa.

– Vera, estou apenas tentando te ajudar – disse ele. – Se não quiser preencher nenhum formulário que não seja o do Zimmerman's, está tudo bem.

– Tudo bem, então – eu disse, empurrando os outros formulários para ele.

– Não precisa agir com essa ironia.

– Então pare de tentar me manipular.

Percebi pela expressão no rosto dele que eu o havia magoado, porque ele realmente estava apenas tentando ajudar. Me lembrei de que isso era o tipo de coisa que a minha mãe teria dito. Na verdade, era exatamente o que a minha mãe *realmente* dizia. Um milhão de vezes.

Na manhã seguinte, enquanto esperava o ônibus, vi Charlie tirar a moto da garagem e dar a partida. Deixou o motor ligado por alguns minutos, entrou na casa, depois voltou e foi para a garagem outra vez. Quando saiu com um capacete extra, aquele que eu costumava usar, me lembrei do nosso passeio até o Templo em janeiro. Como ele me beijou e a força com que me segurei na cintura dele no caminho de volta para casa.

Em seguida Jenny Flick apareceu, na borda da floresta, com os cabelos ainda embaraçados depois de dormir, colocou o capacete e montou na moto. Quando passaram por mim – subindo a encosta em vez de descer, um caminho que não era o da escola –, ela me mostrou o dedo do meio.

50 | DE CASTIGO, COMPLETAMENTE, TOTALMENTE | PARTE 2

Terceira sessão de terapia familiar das quatro que marcamos. Minha mãe surge novamente, embora nenhum de nós tenha feito a lição de casa que envolvia "Escrever alguma coisa sobre a minha mãe".

PAI: A única coisa que desejo é que você não cometa os mesmos erros que eu cometi.
EU: Você quer dizer *ela*, não é? Está dizendo que não quer que eu cometa os mesmos erros que *ela* cometeu.
PAI: (Mexendo no zíper do seu moletom favorito de Cape Cod) Eu quero que você tenha uma chance de ser feliz, Vera.
EU: Olhe para mim, pai. Por acaso eu me pareço com ela, em *qualquer* aspecto? Você realmente acha que eu ficaria tão desesperada a ponto de tirar a roupa por dinheiro?
PAI: Espero que não.
EU: Espera? Você espera?
DR. B.: Ela é uma jovem bastante responsável.
PAI: (ainda mexendo no zíper) Não quero fracassar com ela.
EU: Fracassar comigo?
PAI: A mãe da sua mãe fracassou com ela. O pai dela também. E todas as outras pessoas na sua vida.

Isso se refere a ele mesmo. Significa *Eu fracassei com a sua mãe*, o que não é verdade.

EU: Você, não.
PAI: (Fica em silêncio)

EU: Ela foi embora e deixou *nós dois* para trás, lembra? Porque nunca conseguiu superar sua própria bagagem, não por sua causa e nem por minha. Não foi?

Ele continua em silêncio.

EU: É sério. Venho lendo os seus livros de autoajuda, você sabe. Aquele no balcão do café da manhã, *O poder de possuir*, ou seja lá qual é o título. Lembra desse? Da parte sobre intelectualizar tudo? Como as pessoas que não conseguem enfrentar suas próprias emoções negativas tendem a intelectualizar tudo?
DR. B.: (ergue as sobrancelhas)
EU: Você não tem culpa.
PAI: (suspira) Como diabos eu saberia criar uma filha sozinho? Como poderia ensiná-la a ser... a ser...
EU: Respeitável?
PAI: Sim. E segura de si.
EU: Eu sou.
PAI: (fica em silêncio)
EU: Você conseguiu.
DR. B.: Ela é uma jovem inteligente e confiante, Ken.
PAI: Então por que ela está bebendo e dando para um homem de 23 anos?

Estou furiosa. Sou um tigre. Quero arrancar os olhos dele com as unhas. Sou um tubarão e quero mordê-lo com as minhas cinco fileiras de dentes afiados e torcê-lo de um lado para o outro na água.

EU: (tentando demonstrar com o tom de voz o máximo de asco que consigo) NÃO ESTOU *dando* PRA NINGUÉM, pai.

Meu pai revira os olhos.

DR. B.: Ken?
PAI: (revira os olhos e range os dentes) Não está, hein?

EU: Não.
PAI: (revira os olhos e abre um sorriso torto)
EU: Sabe, pensava que você era diferente. Mas agora vejo que você é igual a todas as outras pessoas cansadas da vida que se dizem adultos que já conheci. Você acha que é esperto pra caralho.
PAI: Olhe essa linguagem, Vera.
EU: Ah, vá à merda, pai. Você diz que eu estou dando para um cara de 23 anos e agora está preocupado com minha linguagem?

O silêncio toma conta da sala, até eu perceber que, sim, acabei de mandar meu pai à merda.

EU: Desculpe. Não quis mandar você realmente "à merda". Eu só queria dizer que... isso é uma besteira enorme.
PAI: (tentando parecer inocente, mas sem conseguir) Não sei o que você está querendo dizer.

Peço licença e vou até o pequeno banheiro no canto do consultório para fazer xixi. Dou uma olhada no galo que tenho na cabeça, e ainda está dolorido. Os hematomas ao redor dos meus olhos já não estão tão escuros, então agora simplesmente pareço estar cansada, e imagino que estarei em condições de voltar à escola na semana que vem.

Dou a descarga, lavo as mãos e volto para aquela cena patética. Meu pai e o Dr. B. estão conversando sobre alcoolismo entre adolescentes.

DR. B.: Por que você acha que os adolescentes bebem, Vera?

Direto.

EU: Porque a bebida está *lá*, sabia?
PAI: Não na nossa casa. Não temos álcool lá.
EU: Não estou falando de estar *lá em casa*. Quero dizer que ela existe. Assim como todas as outras coisas que os adolescentes experimentam. Não é um mistério tão grande, ou é?

PAI: Então você bebe porque o álcool *existe*?
EU: Acho que sim. (Estou mentindo)

Meu pai parece estar triste. Dá para notar que ele tem algo a dizer.

DR. B.: Como se sente em relação a isso, Ken?
PAI: Triste.
EU: (ergo as sobrancelhas)
PAI: Naquela primeira noite em que você voltou pra casa bêbada, passei a noite toda chorando.
EU: Você chorou?
PAI: Você é minha filha, pelo amor de Deus.
EU: Mas por que você chorou?

Ficamos nos olhando até ele falar novamente.

PAI: Fracassei com você.
EU: Fracassou nada.
PAI: Eu deveria ter te alertado mais. Mais do que só mostrado panfletos. Devia ter trazido você comigo para uma das reuniões para saber como as coisas são. Para que você entendesse sua responsabilidade.
EU: Bom… olhe, não sei se você já percebeu, mas não sou uma alcoólatra. Só tomei umas bebidas, como qualquer adolescente normal.
PAI: Mas você não é uma adolescente normal.
EU: Claro que sou.
PAI: Eu sou um alcoólatra regenerado. Meus pais eram alcoólatras, os dois. É diferente para pessoas como nós.
EU: Isso ainda não faz com que eu seja diferente de uma adolescente normal.
PAI: Faz com que você seja uma adolescente com genes propensos à dependência.
EU: Mas não sou apenas os meus genes, pai.

Ele olha para mim e finalmente para de dedilhar o zíper da blusa.

PAI: Posso dizer o que penso?

Faço que sim com a cabeça.

PAI: Acho que você ainda não superou o que houve com Charlie.

O Dr. B. concorda com um aceno de cabeça.

PAI: Acho que você nunca aceitou que ele morreu, ou que havia encontrado novos amigos. Lamento por seu amigo ter morrido, Vera, mas você precisa encontrar um tempo pra superar isso e parar de se torturar.

Estou imaginando se mais alguém está captando a ironia disso tudo. Superar? Parar de me torturar?

EU: Acho que nós dois podemos nos beneficiar dos seus conselhos, pai.
PAI: (depois de dedilhar o zíper mais um pouco) Certo. Mas pelo menos você *sabe* que estou me esforçando. Tenho uma casa cheia de livros de autoajuda e fitas para meditação. Ainda não tirei as roupas da sua mãe do armário. Mas você? Você continua a viver como se nada tivesse acontecido. Você precisa extravasar, Vera. Confie no que eu digo. Beber só serve para esconder as merdas que você devia estar encarando de frente.

Enquanto tento acompanhar a cadência morosa do expurgo emocional do meu pai, minha boca agora é controlada pelos mil Charlies que estão amontoados na pequena sala branca com nós três. Mordo os meus lábios por dentro, mas não funciona. Ele vomita os meus segredos.

CHARLIES, FALANDO ATRAVÉS DE MIM: Sei quem ateou fogo no pet shop Zimmerman's. E sei que não foi Charlie quem fez aquilo.

Há uma pausa. Eles olham para mim como se fossem capazes de enxergar os Charlies também.

PAI: Por que você não disse isso quando o incêndio aconteceu?
EU: Era uma situação complicada.

Será que não sabem que arrependimentos geram arrependimentos que geram arrependimentos?

DR. B.: Vera, você precisa responder à pergunta.
EU: Porque eu amava Charlie demais.
PAI: Você o amava?
DR. B.: Isso é tudo?
EU: Porque eu odiava Charlie demais.

As abróteas estão florindo nos canteiros. A vista do meu quarto ainda é marrom e morta, mas logo ela vai se renovar, como se esse inverno idiota nunca tivesse existido.

Meu pai disse que posso voltar para a escola na semana que vem e começar a trabalhar em meio período no Templo da Pizza outra vez, mas somente depois da nossa última visita ao Dr. B., de quem ficamos tirando sarro no caminho para casa, como uma espécie de piada familiar. Além disso, meu pai já aceitou que eu falo palavrão, e acho que o convenci de que esta é uma troca justa. Palavrões por beber. Ele não me perguntou outra vez sobre limpar o nome de Charlie, e eu espero que me deixe fazer isso no momento em que eu achar adequado. Porque limpar o nome de Charlie é muito mais complicado do que ele pensa.

– Podemos parar no McDonald's? Estou a fim de um Big Mac.

Meu pai faz aquele som miúdo que parece dizer *Oh, por favor, Vera, não me obrigue a ir contra todas as fibras do meu corpo hippie me pedindo para dar meu dinheiro para esses horríveis fritadores de carne corporativos*. Em seguida, ele respira fundo e diz:

– Eu adoraria um Quarterão. Meu Deus, eu era doido por esse lanche.

Saímos do *drive-thru* e paramos em uma das vagas do estacionamento. Observamos o trânsito ir de um lado para o outro na avenida principal enquanto comemos. Antes de morder, sussurro "Desculpe, Charlie", bem baixinho, para que meu pai não escute enquanto mastiga.

51 | UM BREVE COMENTÁRIO DO GAROTO MORTO

O que Vera não sabe é o seguinte: eu faria qualquer coisa para ser um pedaço de picles em seu Big Mac, triturado até virar uma polpa de pepino e vinagre entre seus dentes brancos e perfeitos.

Faria qualquer coisa para ser um inseto que ela esmaga com sua velha bota de combate do exército.

Mas ela é boa demais para mim. Sempre foi.

Os pais dela eram muito legais. Diziam "por favor" e "obrigado". Tinham fotos nas paredes. Quadros com molduras. Tinham mobília de gente civilizada em cores neutras nos canteiros. Tinham comedouros de pássaros. E Vera tinha responsabilidades, algo que meu pai não achava que eu devia ter porque minha mãe devia fazer tudo por nós.

Houve uma noite em que tentei levar meu prato para a pia.

– O que você acha que está fazendo? – gritou ele.

– Só... eu... só ajudando.

– Não aja como uma mulher, garoto! Traga isso de volta.

– Está tudo bem. Quero ajudar.

– AGORA! – Ele se levantou da cadeira tão rápido, que ela tombou por trás dele e bateu no chão, fazendo com que eu e minha mãe pulássemos com o susto. Ele pegou o meu braço e me levou até a pia.

– Leve de volta – ordenou.

Assim, peguei o meu prato e o copo, que ainda tinha uns dois dedos de leite, e levei-os de volta para a mesa. Quando o fiz, ele me soltou, deu um tapa no copo com as costas da mão, derramando o leite sobre a toalha de mesa favorita da minha mãe, e ergueu a cadeira outra vez.

– Filho, se algum dia eu vir você agindo como uma menininha de novo, te arrebento.

Nunca mais tentei fazer aquilo.

Daqui, do outro lado, a verdade sempre vence. Eu consigo perceber o que Vera e sua família pensavam de nós. Vejo que nunca falaram nada pra ninguém. Nunca ligaram para a polícia. Nunca interferiram. Porque não tínhamos como escapar. Meu pai trazia o dinheiro do nosso sustento para casa, e nós éramos seus prisioneiros. E foi por essa razão que passei a maior parte dos meus verões morando na casa na árvore depois que a construí.

Eu me lembro de pensar: *Se eu me distanciar, essa loucura de merda nunca vai me contaminar. Não vou me transformar num cuzão que bate na esposa.* Lembro das fantasias que eu tinha. *Algum dia vou ganhar dinheiro suficiente para resgatar minha mãe. Algum dia vou voltar e fazê-lo se arrepender de ser meu pai. Algum dia vou mostrar a ele o que é um homem de verdade.*

Mas então eu fiquei confuso.

E cometi alguns erros.

Pelos quais não me perdoei.

E isso deixou as coisas piores.

Porque, depois disso, cometi mais erros.

Vera e eu brigamos duas vezes antes que ela finalmente parasse de falar comigo. A primeira foi sobre algo que Jenny Flick me contou – uma mentira – sobre Vera estar espalhando pra todo mundo que meu pai era um cuzão que batia na esposa.

A segunda vez foi na noite de Primeiro de Maio, quando ela me encontrou sozinho nas arquibancadas com uma garrafa de Jack Daniel's num saco de papel pardo.

Eu disse a ela que ela era boa demais para mim.

– Que besteira. Você é o meu melhor amigo.

– Besteira é isso que o você está dizendo. Sou o rei dos fracassados.

– Não. Bill Corso é o rei dos fracassados. Ele nem sabe ler.

– Ei. Não fale mal do Bill – eu disse, tentando jogar a isca. Como meu pai faria.

– Desculpe. Eu sei que ele é o seu novo amiguinho.

– Por que você se importa tanto com quem é o meu amigo, porra? O que eles te fizeram?

– Não é o que eles fizeram comigo – disse ela. – É o que estão fazendo com você.

– E o que é? – Tomei um gole da garrafa para ampliar o efeito, mas sabia ao que ela se referia. Fazia um mês que eu bebia todas as noites.

– Por quem você está fazendo isso? Por Jenny? Tá agindo assim porque está transando com ela ou o quê?

Ah, sim. Eu faria qualquer coisa para ser um pedaço de picles no Big Mac de Vera. Porque Vera se importava.

E ela sabia como contar a verdade.

E ela me amava.

E então eu bati nela. Bem quando ela falou aquilo, bati nela.

52 | TRÊS SEMANAS DE PALAVRAS DA AULA DE VOCABULÁRIO E OUTRAS LIÇÕES ATRASADAS

Aqui estou eu usando *dissociar* em uma frase.

Na noite em que Charlie me bateu, eu me dissociei. Metade de mim nunca confiará em outra alma viva novamente. A outra metade já não confiava.

Vicário. Na Noite em que Charlie me bateu, eu me tornei a Sra. Kahn por uma fração de segundo, em uma mudança vicária de corpos que eu sempre temi.

Zoomórfico. Na noite em que Charlie me bateu, ele demonstrou seus poderes zoomórficos quando se transformou num tigre carniceiro.

Altruísmo. Na noite em que Charlie me bateu, todo o altruísmo que eu tinha por ele, por considerá-lo uma alma perdida em uma trilha ruim, se dissolveu.

53 | DE CASTIGO, COMPLETAMENTE E TOTALMENTE | PARTE 3

Depois da nossa quarta e última consulta com o Dr. B, meu pai e eu saímos para tomar sorvete e jogar minigolfe. Quando chegamos ao terceiro buraco (com quatro tacadas abaixo do par após passar pela ponte do moinho), vejo um novo grupo de jogadores atrás de nós. Ali estão Bill Corso e Jenny Flick, junto com mais dois membros da Turma da Retenção.

– Ande logo, pai – eu digo.

Ele olha para mim, dá de ombros e dá uma tacada feia, errando completamente o moinho. Ele vê que eu passo a jogar apressadamente e que fico olhando para a Turma da Retenção, e sussurra:

– Quer voltar pra casa?

Confirmo com um aceno de cabeça.

É somente quando voltamos pra casa, tentando descobrir o que cairia bem no jantar depois de termos enchido a cara de sorvete, que ele pergunta quem eram aquelas pessoas.

– Uns cuzões da escola.

– Você geralmente não dá muita bola para os cuzões da escola.

A possibilidade de falar palavrões para extravasar está funcionando muito bem.

– Jenny Flick é a garota que fez Charlie se virar contra mim – eu digo, sentando na banqueta diante do balcão do café da manhã.

– Você nunca me falou sobre isso.

– Tem muitas coisas sobre as quais nunca falei.

Naquela noite nós trocamos a posição dos móveis na sala de estar e meu pai jogou as roupas da minha mãe em alguns sacos de lixo para doar para a caridade. Eu recolho a coleção de cristais dela, que não serviu pra nada além de juntar poeira nos últimos seis anos, guardo numa caixa e a levo para o sótão. Estamos dando um passo muito importante – tirando minha mãe de dentro da casa. Ficar em paz com ela faz com que eu chegue um pouco mais perto de ficar em paz com Charlie. (O que, por sua vez, faz com que eu me aproxime um pouco mais de ficar em paz comigo mesma)

54 | O PRIMEIRO DIA APÓS VOLTAR À ESCOLA | SEGUNDA-FEIRA

Já fazia quase um mês que eu não vinha à escola, e Bill Corso *ainda* está pegando retenção por matar as aulas de Pensamento Social Moderno. O Sr. Shunk deve saber que ele não é capaz de ler, mas, embora tenhamos um professor que dá aulas de reforço de leitura, já estamos perto demais da formatura para poder ajudar o rapaz. É uma situação bem triste, na verdade.

Na mesa dois, três alunos estão escutando alguma coisa em seus fones de ouvido. Dois outros estão desenhando em seus cadernos. Rob Jones está fazendo a lição passada pelo professor de cálculo. Três garotas da equipe de líderes de torcida estão dando risadinhas e conversando aos sussurros. Tenho certeza de que se o Sr. Shunk não estivesse na frente da sala e batesse palmas para indicar que a aula havia começado, essas pessoas continuariam a fazer exatamente o que estavam fazendo até que o sinal tocasse, e depois iriam para a próxima aula.

Basicamente, isso transforma o Sr. Shunk em um professor de jardim de infância.

E isso também serve para dar razão ao meu pai. Como posso voar com as águias se estou cercada por perus?

Depois que terminamos de ler *O senhor das moscas*, capítulo dez, o sinal toca, e, quando estou a caminho do refeitório, encontro Jenny Flick e Bill diante do meu armário.

– Como está a sua mãe?

Como está a minha mãe? PUTA QUE O PARIU! Esse assunto já não deu o que tinha que dar?

– Bem – eu digo, atirando meus livros no armário rapidamente.

– Ela abandonou você, não foi?

– Abandonou o meu pai, sim.

– Onde ela está agora? Você foi visitá-la nesse mês em que não veio às aulas?

Bato a porta do armário para fechá-la e dou as costas aos dois para ir ao refeitório. Mas Bill estende a mão e segura o meu braço.

– Onde ela está? – pergunta ele. É como se ele achasse que faz parte da porra da máfia ou algo do tipo.

– Las Vegas. Não que isso seja da sua conta.

– O que ela está fazendo em Vegas? – diz ele. – Trabalhando de novo?

– Ouvi dizer que a prostituição é legalizada lá – diz Jenny, ainda diante dos armários.

Abro caminho por entre as portas de vidro reforçado e desço as escadas. Consigo ouvi-los rindo diante do meu armário, e não consigo imaginar por que eles acham que podem me atingir falando da minha mãe. Essa notícia já é velha. Jenny não devia estar me evitando e esperando que eu não conte a verdade sobre o que aconteceu na Zimmerman's? Será que criou toda essa coragem porque já faz tempo que aquilo aconteceu e eu não disse a verdade a ninguém? Será que ela é tão louca a ponto de ter esquecido que eu *sei*?

Aqui estou eu usando *encalistrado* em uma frase.

Há uma mesa de alunos encalistrados no fundo do refeitório, e eu sou um deles. Não têm lugares cativos e não puxam assunto se você se sentar com eles, e pra mim está ótimo, porque não quero falar com ninguém enquanto como o meu sanduíche de queijo tostado gorduroso, ensopado e velho que custou dois dólares ganhos com muito custo. Vou me lembrar de trazer meu próprio almoço amanhã.

Até o ano passado, quando a merda bateu no ventilador, eu almoçava com Charlie na última mesa do lado leste do refeitório. Às vezes, deixávamos que outros alunos deslocados se juntassem a nós, mas, de maneira geral, comíamos a sós, apenas nós dois.

E agora ele é uma série de moléculas. Ele é o vento. Ele é o meu sapato. É o seu telefone e os seus óculos. Agora ele é um pedaço de picles no meu prato ao lado do sanduíche molenga de queijo tostado. Assim, quando Jenny e Bill entram no refeitório, eu o pego e o mordo, esperando que pelo menos uma fração de mim possa ser tão descolada quanto Charlie era há apenas um ano.

Daqui a pouco eu vou a uma reunião com meu orientador, que está me monitorando para o meu pai. Ele é a única pessoa na escola (que eu saiba) que tem noção do que realmente aconteceu comigo durante o mês de fevereiro. Dissemos ao resto do Departamento Pedagógico que eu estava com mononucleose. O médico da família até mesmo escreveu um atestado cheio de mentiras. Aquilo significava que eu não teria que ir à escola com o galo na cabeça e os olhos roxos. E também significava que ninguém havia descoberto sobre minha queda por *coolers* de vodca e homens mais velhos.

55 | A HISTÓRIA QUE EU GOSTARIA DE ESQUECER | AOS 17 ANOS | EM JUNHO

Quando voltei a ver Charlie Kahn, depois da noite em que ele me bateu, eu havia parado no APlus para comprar uma barra de chocolate. Meu pai havia me emprestado seu carro (com um CD do Earth, Wind & Fire que coloquei para tocar no volume máximo) para que eu pudesse ir até a loja do Exército da Salvação comprar roupas novas para o verão. Quando saí do APlus, já comendo o chocolate, não vi mais ninguém no estacionamento, até que ouço a voz de Charlie.

– Ei, Vera! Como está indo o trabalho de *stripper*?

Ele estava bêbado e falando com a voz arrastada. Cambaleando. Estava ao lado da moto, agora equipada com vários acessórios caros, diante das portas dos banheiros. Queria estapeá-lo até ele voltar a viver. Estapeá-lo até ele criar bom senso. Estapeá-lo para que ele soubesse qual era a sensação de levar um tapa. Para que ele soubesse qual era a sensação de ser um nada.

– Cale a boca, Charlie.

– Não mande meu namorado calar a boca – disse Jenny Flick, saindo das sombras, os seios empinados por dentro do decote da blusinha que usava. Charlie deu uma longa tragada no que devia ser um baseado. Ouvi pessoas comentando na escola que agora ele era oficialmente um dos drogados, mas não sabia no que acreditar até que o visse.

Dei de ombros e voltei para o carro. Não sei quem foi que jogou a lata de cerveja – ainda metade cheia – em mim, mas ela só raspou na minha cabeça e acertou o carro, deixando um pequeno amassado embaixo da janela do lado do motorista.

Meu pai sentiu o cheiro da cerveja. Eu nem notara que a manga da minha blusa estava molhada. Havia voltado para casa num estado de transe, com o rádio desligado, tentando não chorar.

– Andou bebendo hoje?

– Não.

– Então por que está com esse cheiro? – disse ele, parando para olhar para o meu rosto.

– Alguém jogou cerveja em mim.

– Alguém?

– Estou cansada, pai. Podemos falar sobre isso amanhã?

Ele voltou a se concentrar na leitura do seu exemplar da *Utne Reader*.

Por volta das duas da manhã, ouvi o barulho do motor tunado do carro de Jenny quando ela trouxe Charlie de volta à sua casa. Ele abriu a porta, e uma mistura de risos, palavras altas e ininteligíveis e *trash metal* invadiu a nossa floresta e a infectou com *eles*.

Fiz uma entrevista no pet shop Zimmerman's numa segunda-feira à tarde. Achei que havia conseguido. O Sr. Zimmerman, um homem que eu conhecia desde os meus cinco anos e que me conhecia por ter trabalhado como voluntária no centro de adoção durante três verões, foi muito gentil e até piscou pra mim quando saí.

Voltei para casa num êxtase prematuro.

Estacionei o carro do meu pai e ele veio me receber na porta.

– Como foi a entrevista? – perguntou ele, olhando para o carro que estava atrás de mim. Ele tentava esconder, mas toda vez que eu saía para dirigir sozinha, depois daquela noite em que a lata de cerveja amassou a porta do motorista, meu pai esquadrinhava a lataria em busca de arranhões ou marcas de batida.

– Ele disse que vai me ligar na semana que vem – eu contei.

– Mas foi tudo bem na entrevista?

– Acho que sim. Afinal, não matei nenhum dos animais dos quais cuidei. – Ele me fez tocar em quase todos eles. Até naquela iguana velha e rabugenta e num papagaio cinzento que me bicou seis vezes. – E, de qualquer maneira, a Sra. Parker vai acrescentar uma recomendação.

Quando a sexta-feira chegou, estava ficando nervosa. Meu pai fez questão de colocar o formulário de emprego da pizzaria no balcão da cozinha e sugeriu que eu o preenchesse.

– Assim você evita colocar todos os ovos na mesma cesta – disse ele.

No sábado, como não recebi nenhuma ligação da Zimmerman's, preenchi o formulário. Meu pai emprestou o carro para que eu fosse até a pizzaria, enfiada na lateral de um conjunto de lojas na avenida principal de Mount Pitts. O lugar era limpo e as pessoas que trabalhavam lá pareciam legais. Mas não fazia sentido pensar naquilo. Eu ia trabalhar na Zimmerman's.

Voltando para casa pela avenida principal, parei em um semáforo vermelho e ouvi o ronco familiar da moto de Charlie. Olhei ao redor e o vi, com Jenny na garupa, virando uma das esquinas no quarteirão seguinte. Assim, quando cheguei lá, virei à direita e tentei fazer com que meu instinto me levasse até onde ele estava. Tentei convencer a mim mesma de que isso era um trabalho de detetive ou simples curiosidade, mas, na realidade, era uma mistura entre ciúme e vontade de dar o troco nele, como se ter alguma informação sobre eles pudesse me dar mais poder. Acho que eu me importava, mesmo que tentasse não me importar. Cerca de três quarteirões adiante, na rua 23, havia uma casa de aparência suja, com as cortinas da fachada fechadas e o velho Chrysler branco estacionado do lado de fora. 2301.

Quando liguei para a Zimmerman's e descobri que não havia sido selecionada, senti vontade de gritar. Ainda estava na escola e liguei para o meu pai. Era a semana das provas finais.

– Não consegui o emprego – eu disse.
– Lamento por isso.
– Não vai dizer "eu te disse"?

Após alguns segundos, ele respondeu:
– Não esquente a cabeça, Vera. Sempre existe uma razão pela qual as coisas acontecem.

A verdadeira razão era a seguinte: o Sr. Zimmerman não mandava mais em nada. As despesas médicas do tratamento do câncer da Sra. Zimmerman acabaram com o dinheiro dele. Sua loja foi comprada por um grupo corporativo que lhe permitia dar a impressão de que o pet shop parecia ser uma empresa familiar, quando na verdade não era. A outra verdadeira razão: eles não estavam contratando ninguém com menos de 18 anos no momento, devido a um novo convênio, um programa de serviços comunitários em parceria com a escola.

No início do verão eu comecei a trabalhar (fazendo pizzas no turno do dia) no Templo da Pizza ao meio-dia, enquanto Charlie e Jenny ainda estavam dormindo na casa na árvore da luxúria, e não voltava para casa antes das seis, quando já haviam ido para a rua 23 para fazer sabe-se-lá-o-quê. Meu pai *finalmente* me deu o velho Nissan da minha mãe. Até mesmo colocou um CD player decente nele. (E mesmo que eu achasse muito hipócrita o fato de minha mãe ter um adesivo no para-choque dizendo PRATIQUE ATOS ALEATÓRIOS DE GENTILEZA, eu o deixei ali para lembrar a mim mesma de que eu não era um zero à esquerda que se rebaixava ao nível das outras pessoas)

Meu emprego no Templo da Pizza era legal. Depois de três semanas já não conseguia nem sentir o cheiro de pizza.

Certa noite, após o trabalho, fui até a Zimmerman's para cumprimentar a Sra. Parker e o Sr. Zimmerman, caso ele estivesse na loja. Mas quando entrei pela porta, vi um mar de rostos novos. Finalmente, encontrei a Sra. Parker no fundo da loja, na área reservada para as raças de cachorro de maior porte.

– Vera!

– Oi, Sra. Parker.

Ela me disse que soube que eu não fora selecionada para o emprego e que havia ficado triste.

– As coisas mudaram bastante por aqui – disse ela.

– Está tudo bem – eu disse. – Eu achava que poderia trabalhar como voluntária por algumas horas na semana, mas meu novo emprego está me deixando muito ocupada.

– De qualquer maneira, eles vão nos tirar daqui – disse ela. – O novo chefe não acha que seja uma boa ideia misturar negócios com... você sabe. Caridade.

– Ah, que triste! É o fim de uma era... – eu disse, fazendo carinho debaixo do queixo de uma labradora preta mestiça até sua patinha começar a se agitar incontrolavelmente.

– Vamos voltar para o velho prédio no centro. No final do verão, provavelmente. Acho que em setembro.

Enquanto ela dizia isso, duas garotas que cuidavam de um cachorro atrás do vidro na área de adoção atraíram a minha atenção. Uma delas se parecia com Jenny Flick. Ela vestia a camiseta do uniforme dos voluntários e estava com o cabelo preso num rabo-de-cavalo.

A Sra. Parker deu de ombros.

– Não consigo guardar os nomes. Eles nos mandam garotos e garotas novos o tempo todo. O programa de serviços comunitários com a escola é uma bagunça – disse ela. – Passam a maior parte do tempo sem fazer nada de útil e acham que vão conseguir créditos por isso. É um desperdício.

– Sei – eu disse, vendo a grossa camada de delineador ao redor dos olhos quando ela se virou.

– É bem diferente de como as coisas funcionavam antes – disse a Sra. Parker. – Metade dessa molecada sequer gosta de animais.

Embora o Zimmerman's não fosse mais o meu lugar favorito no mundo depois de haver negado o emprego dos meus sonhos, fiquei louca de raiva com aquilo. Com tudo. Depois de tantos anos de apoio do Sr. Zimmerman, o centro de adoção teria que voltar para a região central, onde menos pessoas teriam a chance de adotar animais que precisavam de bons lares. A simples ideia de que alunos apáticos do Ensino Médio estariam se aproveitando da Sra. Parker me fazia ranger os dentes. Mas, é claro, era um problema bastante pessoal, porque Jenny estava trabalhando ali – na minha loja, para a minha antiga chefe. O único lugar em Mount Pitts que não havia sido tocado por ela agora lhe pertencia. Mas, enquanto a Vera de 12 anos andava de um lado para o outro dentro da minha cabeça, pisando duro e dizendo coisas como "provavelmente foi Charlie quem a mandou fazer isso", ou "eu devia dizer à Sra. Parker que ela é uma drogada", tentei enxergar as coisas como um adulto (tipo o meu pai) enxergaria. *Racionalizei* a situação e *usei a cabeça*. Quando terminei, encontrei uma *solução*. Eu *ignoraria* aquilo. Não viria mais ao Shopping do Templo. Não voltaria mais ao pet shop Zimmerman's. Desistiria de ser veterinária.

Talvez meu pai tivesse razão. Talvez fosse cruel manter pássaros presos em gaiolas. Talvez gatos não tivessem nascido para cagar em caixas de areia. Ele sempre dizia que seres humanos gastavam mais dinheiro alimentando animais de estimação do que alimentando o mundo. Dizia que havia crianças – algumas a poucos quilômetros de onde eu morava – que passavam fome e sofriam com a subnutrição enquanto nós gastávamos nosso dinheiro com ossos de borracha vermelhos e azuis, bolas para exercícios, camundongos de brinquedo e pedras térmicas para iguanas que jamais viriam morar na Pensilvânia se pudessem escolher seu próprio destino.

56 | UM BREVE COMENTÁRIO DO TEMPLO

É verdade. 47% das crianças desta cidade vivem abaixo da linha da pobreza. Muitas delas estão sentindo fome neste momento, enquanto você está lendo este livro. Algumas delas ficariam felizes se tivessem a oportunidade de comer uma lata daquela comida de cachorro que você serve aos seus bichos duas vezes por dia.

57 | SEGUNDA-FEIRA | DAS QUATRO ÀS OITO

Quando liguei para Marie e disse a ela que iria voltar ao trabalho em meio período, ela me disse que James havia concordado em voltar a fazer entregas no turno do dia, de modo que meu pai não entrasse em pânico. Para um entregador de pizzas, esse é o maior de todos os sacrifícios. Ele vai perder aproximadamente vinte dólares por dia em gorjetas, provavelmente quarenta às sextas-feiras. Isso significa que James estava fazendo um esforço que lhe custaria 120 dólares por semana para deixar o meu pai (um homem que nunca abriria mão de 120 dólares por pessoa nenhuma) mais tranquilo.

Voltar ao trabalho sem que James estivesse por perto é estranho. Marie encontrou um cara de meia-idade chamado Larry para trabalhar das quatro até o fechamento nas noites de semana, e ele é normal, eu acho. Não consegue esfregar o chão sem deixar manchas pretas e sujas e poças por todos os lados. Monta cerca de duas caixas por minuto (para não se cortar com as bordas do papelão) e cheira a alho.

Jill, a ex-líder-de-torcida-que-virou-funcionária-de-fast-food pediu demissão enquanto eu estive fora, o que foi uma surpresa. Marie disse que ela virou uma das chefes de cozinha no restaurante local, com os gregos. Aposto que seu namorado neonazista *skinhead* está amando isso.

Marie me passa quase todas as entregas nos subúrbios, porque, enquanto eu estava de castigo, dois entregadores de pizza foram assaltados na região central. Nenhum deles trabalhava no Templo da Pizza, mas mesmo assim ela está tentando me proteger, e isso me deixa feliz. De qualquer forma, Larry, o Homem-Alho, pode cuidar das entregas na região central. Não parece se importar.

– Você vai para algum lugar próximo do Bar do Fred? – pergunta Larry, agachando-se um pouco para ver todas as tortas e descobrir quais delas vão em cada pilha.

– Eu odeio aquele lugar.

– Bem, eu tenho uma entrega na zona leste – diz ele, com aquela expressão que somente a zona leste da cidade consegue colocar no rosto de uma pessoa.

– Certo, tudo bem. Eu pego essa entrega – eu digo, embora saiba que não devo ir ao Bar do Fred.

Minha última e mais distante entrega fica nos conjuntos habitacionais recém-construídos do governo, na alameda Hammer. Um lugar legal – paredes novas em tons de bege e um projeto paisagístico com cobertura granulada nos canteiros. Uma ótima maneira de arrastar sua família para longe do centro fedido e criá-la em meio ao ar fresco, mantendo a renda conseguida por meio de programas sociais e permanecendo desempregado. (Você devia ouvir o que meu pai fala sobre lugares como esses)

Só estive ali uma vez, então não conheço muito bem os números das casas. Diminuo a velocidade, identifico o lado par da rua e, após algum tempo, encontro o número 224.

Estou tão distraída quando o cara abre a porta com as calças abaixadas, que lhe entrego quatro latas de refrigerante antes de perceber o que está acontecendo. Em seguida, meu instinto manda ignorá-lo. Manter o contato visual. Não olhar para baixo.

Entrego as tortas.

– Dez dólares e cinco centavos, por favor.

Ele continua ali, com as calças nos tornozelos, equilibrando duas pizzas grandes na mão direita e quatro Sprites na esquerda. Olha para mim como se eu tivesse a obrigação de fazer alguma coisa.

Está excitado. E eu me pergunto se isso vai me traumatizar pelo resto da vida.

Ele vai até a mesa do corredor arrastando os pés e coloca os refrigerantes sobre ela. Quando volta, *ele* balança para cima e para baixo como um trampolim. Este está se tornando um dos momentos mais engraçados na história da entrega de pizzas.

Ele leva a mão ao bolso traseiro, que está no chão junto com o resto das calças, e pergunta:

– Quanto era mesmo?

– Dez – eu digo, dando-me conta de que as mãos dele estão livres e que eu só quero dar o fora dali.

Ele me entrega uma nota de dez e duas de um, e fica na porta com as calças ao redor dos tornozelos, mantendo a ereção. Quando afasto o carro da calçada, ele acena. Falo para o ar: "Tá vendo? É por isso que precisamos de placas".

PARTE CINCO

58 | O SEGUNDO DIA APÓS VOLTAR À ESCOLA | TERÇA-FEIRA

Pergunto ao meu pai durante o café da manhã:

– Você acha que minha mãe deixou de amar você antes ou depois de conhecer o careca?

Ele mastiga sua granola lentamente. Aquilo me incomoda. Talvez incomodasse a minha mãe também.

– Não sei – responde ele. – Não sei nem mesmo se ela deixou de me amar – emenda ele.

Conheço aquela sensação. Também não acho que Charlie tenha deixado de me amar.

Agora Charlie está morto e eu estou aqui na cozinha – indo para a escola e depois para o trabalho. Estou no último ano e ainda não faço a menor ideia do que quero da vida. Não tenho mãe e, nesse ano que passou, perdi meu melhor amigo duas vezes, apaixonei-me (duas vezes) por quem não devia, apanhei de um neonazista *skinhead* e fui atingida por coisas que atiraram em mim, incluindo latas de cerveja, dinheiro e cocô de cachorro.

Ah. Pois é. Falta considerar a noite passada.

– Teve um cara na alameda Hammer ontem à noite que me atendeu com as calças abaixadas – digo para meu pai, que ainda parece estar mastigando a mesma porção de granola.

– De cuecas? – pergunta ele, por entre as mastigadas.

– Não – eu digo, um pouco constrangida ao descrever os detalhes. – Tipo, completamente... você sabe. Sem cueca.

Ele olha para mim e seus olhos parecem saltar do rosto. Mastiga rápido e engole.

– Você chamou a polícia?

Dou de ombros.

– O que iriam fazer?

– Vera! O que há de errado com você? – Ele agora está despejando o que sobrou da sua tigela de cereais no triturador do ralo e lavando a pia.

– Eu nem pensaria em chamar a polícia. Era só um cara esquisito. Certo? Não é mesmo? Inofensivo?

– Percebe? *Esse* é o tipo de coisa a que me refiro quando falamos sobre responsabilidade. Você precisa desenvolver um senso de *comunidade*, Veer. E se esse cara... e se... e se ele fizer isso quando as meninas do grupo de escoteiros forem até aquela casa para vender biscoitos?

Dou de ombros outra vez. Não esperava que ele surtasse desse jeito. Ficamos nos entreolhando por um minuto inteiro.

– Você se lembra do endereço? – pergunta ele.

– Sim. Mas que importância isso tem? O que a polícia pode fazer?

Ele me observa, bastante decepcionado.

– Quer que *eu* ligue para eles?

– Não.

– Bem, um de nós vai ligar.

Certo. Preciso admitir. A única razão pela qual mencionei isso foi para fazer com que ele se sentisse mal por me obrigar a aceitar esse emprego. Não fazia ideia de que ele iria surtar. Mas agora estou olhando para meu pai e pensando no quanto ele é hipócrita. Pensando em como os meus instintos me instigaram um milhão de vezes a ajudar Charlie. Estou pensando nas milhões de vezes em que meu pai me mandou ignorar.

– Deixe-me ver se estou entendendo direito – eu digo. – Você quer que eu denuncie um idiota que atendeu à porta para uma entregadora de pizza estando com as calças nos tornozelos, mas passou a vida toda me mandando ignorar a luta de boxe... – estou tão raivosa que sinto minha mão tremer enquanto aponto para a casa de Charlie – ... dos vizinhos? Que tipo de pessoa você acha que eu sou?

– Eu...

– O que me diz das meninas do grupo de escoteiros que foram até a casa dos Kahns para vender *drops* de menta para a mulher com o braço quebrado? Que tipo de noções sobre o *senso de comunidade* elas aprenderam com *isso*, pai?

Esse tipo de abordagem está destinado a explodir de volta na minha cara, então decido esvaziar o resto da tigela de cereal na pia e falar sem parar enquanto sigo na direção da porta.

– Tudo o que você sempre disse foi "ignore, Vera", e agora você acha que o paspalho da noite passada é uma pessoa sobre a qual vale a pena conversar? Caia na real, pai. Isso é a coisa mais hipócrita que eu já ouvi. E aquele cuzão *ainda* bate na mulher. Ele continua impune. Você *ainda* o está deixando sair impune dessa situação.

Bato a porta e ando rapidamente até o carro. Vejo o ônibus subindo a alameda Overlook e lembro-me de como Charlie e eu costumávamos esperar juntos, e como ele fumava dois cigarros, acendendo o segundo no primeiro, entre as 7h00 e 7h14, quando o ônibus parava no ponto. Como ele sempre fazia questão de exalar a última baforada dentro do ônibus, enquanto subia a escada.

Começo a imaginar se, caso tivesse chamado a polícia quando tinha 10, 13 ou 15 anos, Charlie estaria vivo agora. E me arrependo. Arrependo-me de cada minuto que vivi guardando aquele segredo. Arrependo-me de todas as vezes que não conversei com Charlie sobre aquilo. Arrependo-me de ter pais que não pudessem tentar ajudar ou que ao menos parecessem se importar com o que acontecia. Arrependo-me de não ser um motivo suficientemente importante para *fazer* com que se importassem mais. Arrependo-me por nunca dizer o que estava pensando, por nunca dizer "E se fosse comigo? E se eu me casasse com um idiota que gostasse de bater em mim? Vocês se importariam? Vocês ajudariam?". E me arrependo de não ter ligado para a polícia naquele primeiro dia em que vimos o pervertido do Chrysler branco. Porque eu tenho certeza de que aquele sujeito tinha algo a ver com o comportamento de Charlie no final.

Eu percebo, sentada no meu carro, observando o meu bairro acordar, que não posso deixar que o meu arrependimento continue a me conter. Eu digo, tanto para Charlie quanto para mim mesma: "Me desculpe. Prometo que vou mudar isso de alguma forma".

Quando saio da frente da minha casa, vejo meu pai olhando para mim pela janela da frente. Ele acena, o que significa uma trégua, o que significa que ele ainda não consegue falar sobre nada que seja remotamente difícil e que prefere simplesmente ignorar o que se passa. Penso no *post-it* que ele grudou perto da pia. "Fundamentalmente, o pistoleiro mira contra si mesmo".

Fundamentalmente, meu pai está ignorando a si mesmo.

Fundamentalmente, o Sr. Kahn está batendo em si mesmo.

Fundamentalmente, então, estou entregando a mim mesma. Imagino se vou querer um fardo de latas de Coca comigo. Ou pão de alho. Será?

59 | A HISTÓRIA QUE EU GOSTARIA DE ESQUECER | AOS 17 ANOS | AGOSTO

O verão acabou arrefecendo. Desenvolvi meu talento para ignorar Charlie e Jenny ou seja lá quem ele trouxesse ao bosque para festinhas regadas a maconha e sexo, ou seja lá o que ele estivesse curtindo no momento. Desenvolvi também o talento para ignorar o Shopping do Templo e quaisquer desejos que eu ainda tivesse de trabalhar na Zimmerman's, agora que eu sabia que o centro de adoção seria transferido, e especialmente agora que Jenny Flick havia começado a aparecer por lá para cumprir as horas de serviço comunitário que lhe dariam os créditos para a formatura.

Eu gostava de trabalhar no Templo da Pizza, e embora estivesse louca para passar para o turno da noite assim que completasse 18 anos, eu me dava muito bem com Nate, o gerente do turno do dia, que dizia que o meu amor por Al Green me tornava uma "irmã honorária". Gostava tanto de trabalhar, que cheguei a ficar triste por ter que voltar à escola e me tornar Vera Dietz, aluna do último ano e vítima das mentiras que Jenny Flick contava às pessoas. Ainda faltava uma semana para o início das aulas e eu não havia comprado os materiais. Nem roupas. Não havia nem aberto o envelope com a minha tabela de horários, que recebi pelo correio duas semanas antes. Estava pensando em todas essas coisas enquanto parava o carro diante de casa após trabalhar das dez às quatro. Quando percebi algo se aproximar da janela do carro e levantei os olhos, vi que era Charlie. Fiquei assustada.

– Temos que conversar – disse ele.
– Por favor, Charlie. Vá embora.
– Estou com problemas.
Olhei nos olhos dele. Ele parecia estar com problemas.
– Por que eu deveria me importar?

– Vamos dar uma caminhada?

– Não.

Ele parou enquanto eu continuei a caminho da minha casa. Meu pai estava lá, e isso fez com que eu me sentisse segura.

– Só até o carvalho?

– Vá pra casa, Charlie.

– Vera, estou falando sério. Preciso da sua ajuda.

– Eu também estou falando sério, Charlie.

Trocamos um olhar.

– Jenny é louca. Ela vai machucar os animais – disse ele.

– Problema seu, não meu – eu disse, mas meu coração se retorceu quando pensei naquilo. Que tipo de pessoa machuca animais?

– Ela vai mesmo.

– Apenas volte para a sua casa, Charlie. Deixe-me em paz.

– Você não pode ligar para alguma daquelas pessoas que cuidam dos cachorros para avisar?

– Por que você mesmo não liga?

Nós nos entreolhamos por alguns segundos, silenciosamente, e eu fui para a porta da frente.

– Ela vai me matar – disse ele, totalmente sério.

– Problema seu – eu respondi, revirando os olhos. É claro. Ela vai matar você, Charlie. Com certeza.

– Mas eu achei que você fosse minha amiga – disse ele, com a voz trêmula.

Pensei no Primeiro de Maio, quando ele me bateu.

– Eu *era* sua amiga, Charlie. Não sou mais.

– Quando foi que você se transformou nesse monstro? – gritou ele.

Meu pai abriu a porta da frente naquele momento.

Charlie ainda estava em pé ao lado do carro, trêmulo, quando passei pelo meu pai e entrei na casa. Meu pai ficou sob o vão da porta até Charlie voltar para o bosque, resmungando consigo mesmo.

Enquanto eu tomava um banho para tirar o cheiro de gordura e pepperoni dos cabelos e da pele, tive devaneios horríveis. Imaginei Charlie voltando com uma das armas do pai dele e nos matando a tiros.

Ou matando a si mesmo. Pensei em que tipo de problema ele poderia estar envolvido e esperei que não fosse nada muito ruim. Em seguida, me lembrei de que agora ele era um cuzão. Provavelmente eu tinha razão em duvidar dele. Jenny, Bill Corso e Gretchen-cérebro-de-esquilo provavelmente estariam esperando no bosque, tristes por eu não ter acreditado naquela baboseira.

E, pensando bem, aquela história sobre Jenny Flick machucando animais? Que coisa mais estapafúrdia. Imaginei se aqueles quatro tiveram que pensar muito para inventar aquilo. Imbecis.

Meu pai preparou o jantar. Fettuccine Alfredo.
– O que Charlie queria?
Senti vontade de contar tudo a ele. Mas a família Dietz não gosta de drama.
– Nada de importante – eu respondi. – O macarrão ficou bom.
– Obrigado. Encontrei a receita no jornal.
Eu não falava com o meu pai sobre o que estava acontecendo com Charlie desde o Dia dos Namorados. Ele também não perguntou, e parecia que o assunto estava resolvido.
Ficamos sentados no balcão do café da manhã, eu de frente para a porta que dava para o bosque, e ele de frente para mim. Eu observava a luz do sol poente, que estava se pondo cada vez mais cedo atualmente.
Olhei para o calendário na geladeira.
– Falta menos de uma semana – eu disse.
– Pois é. Fui até o shopping hoje para comprar grampos, e o lugar estava lotado.
– Ugh. Compras.
Meu pai riu.
– Tudo está custando bem mais caro do que realmente vale.
– Estou orgulhoso de você, Veer – disse o meu pai.
Eu realmente o deixava orgulhoso. Havia me tornado o "mini-mim" dele: uma vulcana parcimoniosa e autossuficiente que fingia que tudo estava ótimo, quando, na realidade, não estava.

60 UM BREVE COMENTÁRIO DE KEN DIETZ (O PAI ORGULHOSO DE VERA)

~~Cindy~~ Sindy sempre disse que eu economizava a mim mesmo da mesma maneira que economizava dinheiro. Dizia que, emocionalmente, eu era um pão-duro. Costumava dizer que era uma droga passar o dia inteiro sem ir a lugar algum, e quando eu sugeri que ela levasse Vera para alguns passeios, ela disse:

– Não posso levar Vera aos lugares onde quero ir.

Nunca cheguei a perguntar, mas na noite em que ela partiu, ocorreu-me que ela poderia estar se referindo ao supermercado, ao cinema ou ao cabeleireiro, ou apenas a um passeio de carro sem um destino específico em mente. Queria passar algum tempo sozinha. Estava dizendo que precisava de um tempo. Não tinha nem vinte anos ainda. O mínimo que eu podia ter feito era lhe dar um tempo após engravidá-la e me casar com ela quando ainda éramos tão jovens.

Dizer que nos casamos sob a mira de uma arma de fogo não estaria de todo errado. O pai dela tinha várias escopetas e mencionou-as duas vezes na noite em que fomos até a casa dele para dar as más notícias. ~~Cindy~~ Sindy me disse que não queria abortar, então, antes que qualquer escopeta fosse mencionada, eu já estava preparado para me casar com ela.

– Você acha que os contracheques que recebe daquele posto de gasolina podem sustentar uma esposa e um bebê?

– Sim, senhor.

– Quanto você ganha por semana?

– Cento e noventa e oito.

A mãe dela parou de chorar por um segundo para dizer:

– Cento e noventa e oito? Por mês?

– Por semana, Janet – disse o pai dela, e depois voltou a olhar para mim. – Como exatamente você acha que vai criar o meu neto com menos de oitocentos dólares por mês? Onde você vai alugar um lugar para morar com esse salário de merda?

– Vamos morar na casa da minha mãe – eu disse.

Depois de um silêncio considerável e do alívio visível por não termos escolhido a *eles* para parasitar, ele disse:

– E como a sua mãe recebeu essa notícia?

– Ela ficou tão chocada quanto vocês, mas aceitou.

A Sra. Lutz começou a chorar ainda mais alto. O Sr. Lutz disse:

– Aposto que sim.

Mas eu ainda não havia contado aquilo à minha mãe.

Durante três meses, ~~Cindy~~ Sindy e eu moramos no meu quarto. Ela dormia muito e vomitava de vez em quando, e eu bebia cerveja e assistia séries ruins de comédia em uma mini-TV em preto e branco que encontrei no sótão. Numa manhã de domingo, acordei com um barulho muito alto ao lado da minha cabeça, que doía. Abri os olhos e vi que a minha mãe estava no quarto, com um cigarro pendurado na boca e colocando o que havia na minha cômoda em sacos de lixo pretos.

– Pensaram que eu não ia perceber?

– Perceber o quê? – perguntei, vestindo uma cueca *boxer* embaixo das cobertas. ~~Cindy~~ Sindy virou de lado, resmungou, abraçou um travesseiro e continuou a dormir.

– Que você engravidou uma adolescente e a trouxe para morar na minha casa?

– Ela se chama Cindy.

– Ela se chama "atentado violento ao pudor"! – Minha mãe voltou a colocar as minhas coisas num saco, até que eu o tirei de suas mãos.

– Nós vamos nos casar. Os pais dela já aceitaram.

Ela olhou para mim do mesmo jeito que havia olhado um milhão de outras vezes – como se eu não fosse nada além de um arrependimento.

– Então você pode ir morar com *eles*.

Tive que ir trabalhar naquela tarde, e quando voltei pra casa, ela não tinha apenas colocado todas as minhas coisas no quintal, mas havia também uma placa de "VENDE-SE" ao lado da caixa de correio.

Depois de passar uma semana no porão da família Lutz, encontramos um apartamento na região central por 350 dólares ao mês. Estava infestado de baratas e não tinha ar condicionado. Era lá que morávamos quando Vera nasceu. Dois meses depois, nós nos casamos. Mais ou menos um mês depois do casamento, ~~Cindy~~ Sindy começou a trabalhar como *stripper* porque eu estava bebendo o dinheiro do aluguel. Cinco meses depois, larguei a bebida.

Mas parar de beber não salvou o meu casamento, porque parar de beber significa simplesmente parar de beber. Não fazia a menor ideia de como ser um amigo ou companheiro para ~~Cindy~~ Sindy. Nunca perguntei como ela estava, porque nunca pensei realmente em como ela estava. E, por ter sido condicionado a achar que eu era um cuzão pela minha mãe megera que fumava um cigarro atrás do outro, eu não sabia (ou não queria saber) o que ~~Cindy~~ Sindy *realmente* pensava a meu respeito, porque tinha certeza de que ela pensava que eu era um cuzão também.

Quando Vera completou um ano, ~~Cindy~~ Sindy parou de trabalhar como *stripper* e arranjou um emprego de garçonete no restaurante que havia na rua onde morávamos. Eu cuidava de Vera até às três da tarde, quando ~~Cindy~~ Sindy voltava para casa, e depois trabalhava no turno das quatro até a meia-noite no posto de gasolina. ~~Cindy~~ Sindy parecia estar mais feliz no restaurante do que quando estava no bar de *striptease*, mas o dinheiro que ela recebia era menos da metade.

Certo dia, antes do trabalho, fui até o bar e vi os clientes da hora do almoço flertando com ela. Eu os via olhando para a minha esposa com desejo e rindo, e senti um clique dentro de mim. Percebi que passar a vida toda sendo um fracassado era uma opção minha. Percebi que queria dar um futuro melhor para ~~Cindy~~ Sindy e Vera. Assim, no caminho do trabalho, parei em uma faculdade comunitária e disse a eles que precisava fazer alguma coisa com a minha vida. As pessoas do Departamento de Matrículas foram muito amistosas e me deram uma batelada de folhetos e material informativo, e passei a noite toda lendo aquilo enquanto estava no trabalho. Na manhã seguinte, me matriculei na turma de Contabilidade, que começaria no verão. Logo depois do quarto aniversário de Vera, passei no meu exame de certificação para contabilistas e consegui um emprego de verdade em uma firma no centro da cidade. Meu salário triplicou e eu disse a ~~Cindy~~ Sindy para largar o emprego de garçonete, e foi o que ela fez. Mas não parou de reclamar a meu respeito. Porque conseguir um ótimo emprego não salvou o meu casamento. Porque conseguir um ótimo emprego significa simplesmente conseguir um ótimo emprego.

– Você passou de alcoólatra a *workaholic*, Kenny. Nós não o vemos mais aqui em casa.

– Tudo o que eu quero é poder sustentar minhas meninas – eu dizia.

– Você só quer me evitar.

– Isso não é verdade. – Mas ela tinha razão. Eu tinha medo de voltar para casa. Tinha medo de explorar o buraco que ainda existia dentro de mim.

Ela chamava isso de "bagagem".

– Você tem medo de abrir suas malas e ver o que sua mãe guardou ali.

Aquela era ~~Cindy~~ Sindy. Ela sempre foi muito esperta. Mas eu nunca lhe disse aquilo. Também nunca lhe disse que a amava, ou que amava as duas pequenas estrias que surgiram nela durante a gravidez de Vera. Ou que amava aquela pinta em sua testa. Nunca disse a ela que adorava a lasanha que ela fazia, ou que pensava que suas opiniões políticas eram inteligentes. Eu simplesmente ficava de boca fechada porque achava que isso me deixava seguro.

Vejo Vera agindo do mesmo modo. Ela não disse uma palavra sequer sobre Charlie, embora, há um ano, fosse óbvio que estava apaixonada por ele. Antes disso eles eram inseparáveis, desde os quatro anos. Ela age como se eu não tivesse percebido nada disso. Não. Ela age como se *ela* não tivesse visto nada disso. Quero dizer a ela que não faz sentido ficar se escondendo. Quero dizer a ela que a única coisa que uma pessoa consegue quando constrói muralhas ao redor de si é uma sensação enorme de vazio.

O FLUXOGRAMA DE KEN DIETZ PARA ENCARAR AS MERDAS QUE VOCÊ FEZ

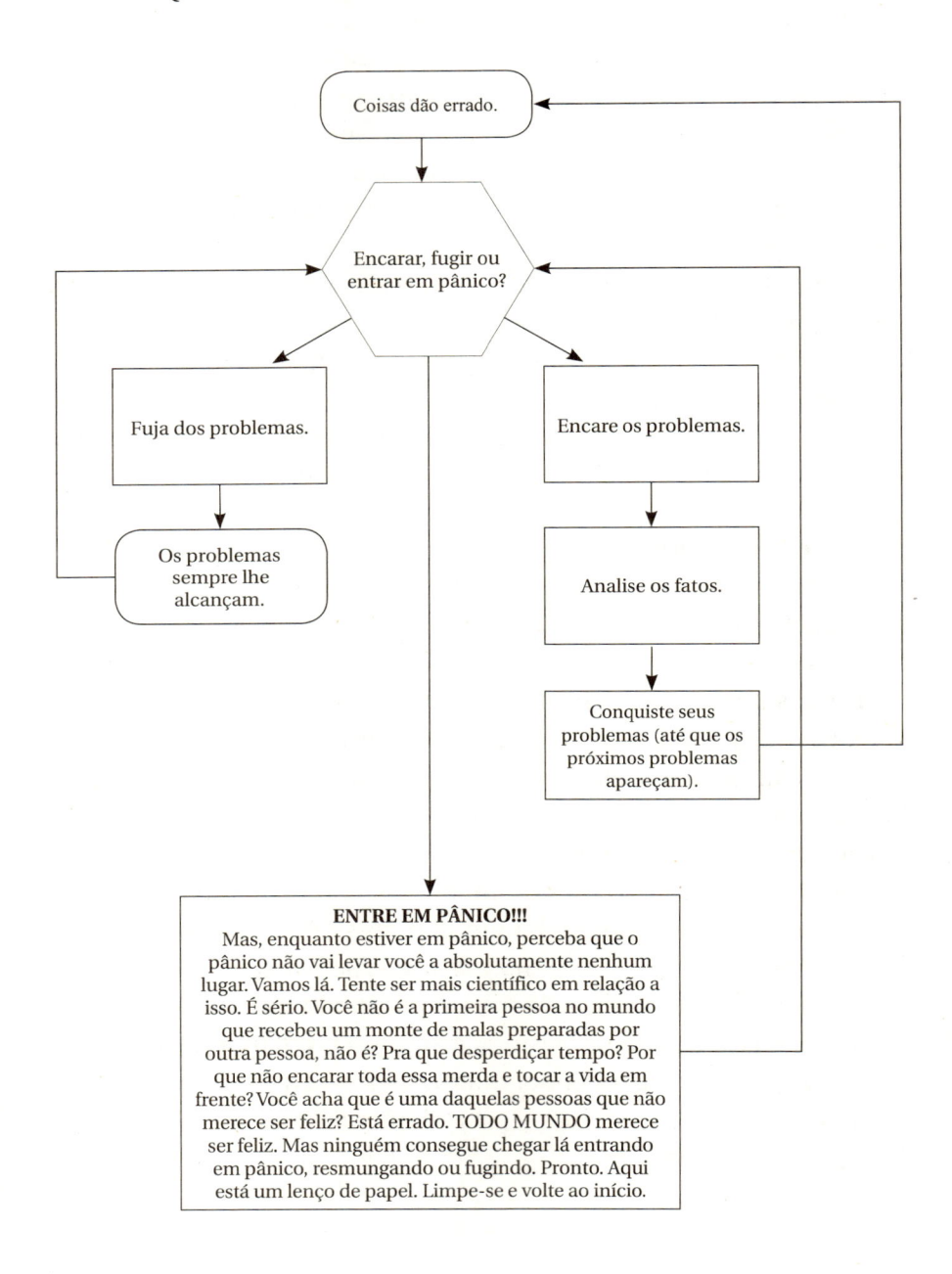

```
                    Coisas dão errado.
                            ↓
                  Encarar, fugir ou
                  entrar em pânico?
                  ↙         ↓         ↘
        Fuja dos problemas.          Encare os problemas.
               ↓                              ↓
        Os problemas                   Analise os fatos.
        sempre lhe                            ↓
        alcançam.                      Conquiste seus
                                       problemas (até que os
                                       próximos problemas
                                       apareçam).
```

ENTRE EM PÂNICO!!!
Mas, enquanto estiver em pânico, perceba que o pânico não vai levar você a absolutamente nenhum lugar. Vamos lá. Tente ser mais científico em relação a isso. É sério. Você não é a primeira pessoa no mundo que recebeu um monte de malas preparadas por outra pessoa, não é? Pra que desperdiçar tempo? Por que não encarar toda essa merda e tocar a vida em frente? Você acha que é uma daquelas pessoas que não merece ser feliz? Está errado. TODO MUNDO merece ser feliz. Mas ninguém consegue chegar lá entrando em pânico, resmungando ou fugindo. Pronto. Aqui está um lenço de papel. Limpe-se e volte ao início.

61 | A HISTÓRIA QUE EU GOSTARIA DE ESQUECER | AOS 17 ANOS | AGOSTO

Eu tinha o domingo de folga, então fui comprar roupas para ir à escola no brechó que ficava do outro lado da cidade. Era o local mais seguro no qual eu conseguia pensar em ir – lá eu não esbarraria em ninguém de Mount Pitts, e tinha a garantia de poder encontrar coisas boas a preços baixos. Já tinha minhas botas de combate e jeans que ainda serviam bem do ano passado. Só precisava de algumas camisas e qualquer outra coisa que conseguisse encontrar.

O achado do dia foi um suéter marrom-escuro da década de 1970 que chegava até os meus joelhos, com um aplique felpudo ao redor da gola.

Na ponte, Charlie passou por mim em sua moto. Atrás dele, Jenny Flick pilotava seu velho carro numa velocidade tão alta que chegou a balançar algumas vezes, quase atingindo a barreira de concreto. Não consegui saber com certeza se ela o perseguia ou se eles estavam se divertindo em uma espécie de corrida. Diminuí a velocidade para evitar qualquer problema que aquilo pudesse causar. Mais adiante, vi Charlie ziguezagueando por lugares nos quais Jenny não conseguiria acompanhar. Logo depois ele pegou a próxima saída enquanto ela estava presa atrás de um caminhão e não conseguia vê-lo.

– Não dê importância. Não dê importância. Não dê importância – eu disse em voz alta, e aumentei o volume da música.

Charlie estava esperando na minha varanda quando cheguei em casa. Eu só o vi depois que saí do carro e apanhei minhas sacolas do porta-malas. Fiquei surpresa por ele ter voltado depois da tentativa fracassada de conversar comigo no dia anterior. O carro do meu pai não estava no lugar de sempre, e isso me deixou nervosa.

– Jenny é louca – disse ele, antes que eu pudesse voltar para dentro da minha espaçonave, que tocava as músicas do Parliament-Funkadelic.

– Terminei o namoro com ela, e agora ela enlouqueceu. Como se quisesse se matar, ou como se quisesse me matar ou... Não sei. Louca mesmo.

– Isso é problema seu, Charlie.

– Mas preciso da sua ajuda – disse ele.

Emudeci e simplesmente fiz que não com a cabeça.

– Merda.

– Sim. Merda! – eu disse, abrindo a porta do carro. Joguei as sacolas no banco traseiro e entrei novamente. Ele veio até a janela do carro e encostou as mãos sinuosas na lataria.

– Você tem que ir ao Zimmerman's hoje à noite.

Olhei para ele com uma expressão dura.

– Por que não pede isso pra algum dos seus novos amigos?

– Eles não são meus amigos.

Silêncio. Em seguida lhe disse:

– Você deixou que eles escrevessem com um canivete no tronco do Carvalho Mestre, Charlie. – Ele abriu a boca para dizer alguma coisa, mas eu o impedi. – Você os levou para o Templo e jogou aviõezinhos de papel com eles. Fodeu com eles na nossa casa na árvore, Charlie. E agora vem me dizer que não são seus amigos?

– Eu posso ser preso – disse ele.

– Problema seu.

– Eu posso morrer! – disse ele.

Revirei os olhos.

– Ah, faça-me o favor.

Ele começou a andar de um lado para o outro, murmurando para si mesmo.

– Você tem que me encontrar no Zimmerman's às sete. Você precisa me ajudar a impedi-la – disse ele.

– Tenho que ir trabalhar – eu menti.

– Às sete. Você tem que estar lá. Minha vida depende disso.

Naquele exato momento eu percebi duas coisas.

Ele estava falando sério.

Eu ainda o amava.

Nada é mais decepcionante do que ver que o garoto mais descolado da escola está fazendo tanto drama na sua frente. É sério. Chegava a ser deprimente. Tão deprimente que eu pensei: *Que mal pode haver se eu ajudá-lo uma última vez?*

62 | TERÇA-FEIRA | DAS QUATRO ÀS OITO

Durante todo o trajeto até o Templo da Pizza eu fico pensando onde Charlie poderia ter escondido algo para mim. Estou irritada por não encontrar nada na casa na árvore, e um pouco preocupada com a possibilidade de haver alguma coisa lá em cima, mas aquela piranha da Jenny Flick já pode ter colocado suas patas sujas no que quer que fosse. Mas em seguida eu me lembro do bilhete. *Oi, Vera*. Não. Charlie era esperto. Na noite em que tudo aconteceu com ele – e com aqueles pobres animais –, ele já *sabia* que Jenny era louca. Nunca esconderia algo em um lugar onde ela pudesse encontrar.

Quando chego à pizzaria, Marie diz que James estivera procurando por mim, e que talvez voltasse mais tarde. Larry Molenga, o entregador de meia-idade, está andando de um lado para o outro, evitando o trabalho, e em seguida sai para fumar. Enquanto me equilibro no degrau dos fundos da loja e coloco uma pilha de caixas desmontadas diante de mim, percebo o pequeno logotipo no verso. A frase "Feito com material 100% reciclado" está disposta em um círculo ao redor de uma árvore. Olho para ele enquanto dobro as abas laterais de uma caixa e encaixo as "asas" nas ranhuras. Dobro outra, e depois mais outra, ainda olhando fixamente para o logo. Até que finalmente percebo.

Charlie escondeu algo na árvore, não na casa na árvore.

Vou até o balcão e digo para Marie:

– Preciso dar uma saída. Volto em vinte minutos. – Não lhe dou qualquer satisfação, e também não ouço a resposta dela.

Dez minutos depois, paro o carro no cascalho do estacionamento da trilha azul. Começo a me perguntar quantas cuecas Charlie vendeu nesse exato lugar. Saio do carro e vou correndo pela trilha até chegar ao Carvalho Mestre. Embora eu seja mais alta agora do que da última vez que subi na árvore, parece impossível chegar até o galho mais baixo. Tento abraçar o tronco com as pernas e escalar devagar, mas é impossível. Tudo o que consigo é arranhar a parte interna dos meus antebraços ao tentar fazer isso. Dou a volta ao redor da árvore, procurando por pontos de apoio, e me lembro de como Charlie costumava me erguer para que eu os alcançasse. Tento a técnica de abraçar o tronco e subir aos poucos outra vez, buscando alcançar um nó que sirva para firmar o pé. Depois de errar várias vezes, consigo me elevar suavemente até conseguir agarrar um galho fino e me erguer.

Quando chego a seis metros do chão, já estou sem fôlego. Olho para baixo e me assusto, sabendo que ainda preciso subir mais de três metros para alcançar o esconderijo favorito de Charlie. Sento-me por um minuto e digo: "Se eu cair e quebrar o pescoço, a culpa é toda sua, cara".

Quando recupero o fôlego e a coragem, continuo a subir, galho após galho, até estar em pé com uma mão enfiada no velho buraco, tateando. Encontro um maço lacrado de Marlboro e o enfio de volta no buraco. Sinto a outra caixa – o estojo de charutos do meu sonho – e a pego. Quando retiro a caixa do buraco, meus dedos deslizam e eu a deixo cair. Impulsionada pela adrenalina, tento a todo custo pegá-la outra vez e consigo agarrá-la, mas não sem quase cair do alto da árvore no processo.

Estou com ela. Está presa debaixo do meu braço, e, conforme vou descendo, sinto-me triste pela primeira vez desde que Charlie morreu. Nada de raiva ou pena. Não me sinto injustiçada nem abandonada. Nada de sarcasmo. Nem de possessividade. Apenas triste. Vejo-me abraçando o Carvalho Mestre quando paro para me equilibrar em seus galhos firmes e sábios. Percebo que estou chorando.

Algum filósofo Zen divagou: "Qual seria o som de uma só mão aplaudindo?". É assim que me sinto sem Charlie. Como uma mão aplaudindo sozinha.

Enfio a caixa embaixo do banco do motorista e volto para a pizzaria. Quando chego, vejo o carro de Larry diante da loja e presumo que a correria das entregas ainda não começou. Assim, estaciono no fundo do estacionamento do shopping, diante da loja de materiais para festas, e repouso a caixa sobre meu colo. Rasgo o lacre de fita adesiva com as unhas e ergo a tampa. Lá dentro há uma pequena pilha de guardanapos bagunçados (a maioria do McDonald's) com anotações – e, debaixo deles, um envelope amarelo lacrado. Alguns dos guardanapos estão grampeados na parte de cima, formando uma espécie de livreto. O guardanapo que serve de capa diz: "QUERIDA VERA". A caligrafia no envelope não é a de Charlie.

Começo a ler.

> Depois que ler isso, você provavelmente vai me odiar.

"Impossível", eu penso. "Já odeio você".

> No Dia dos Namorados eu finalmente ia pedir para que você se tornasse minha namorada. Eu mandei as flores...

– O que está lendo?

É James. Ele está com a cabeça bem diante da porta do carro. Coloco os guardanapos de volta na caixa, fecho a tampa e a deixo no banco do passageiro.

– Nada. Só umas coisas velhas de quando eu era criança.

Ficamos olhando um para o outro.

– Sinto saudades de sair com você – diz ele.

– Eu também. – Dou um beijo rápido em seu rosto. – Isso é por concordar em trocar de turno.

– Como você está? – ele pergunta, apontando para a própria cabeça.

– Estou bem – eu respondo, esfregando instintivamente o que resta do calombo.

– Queria ter arrebentado a cara dele, Vera.

– Por quê? Foi um acidente, não foi?

– Acho que eu me arrependo por não ter feito nada – diz ele. Aquela frase tem mais a ver comigo do que ele imagina.

Trocamos olhares por mais alguns segundos, até que James diz:

– Não podemos mais sair, né?

Nego com um movimento de cabeça.

– Foi o que pensei.

– E não posso mais beber. Tipo... nunca mais.

– Certo.

Vejo Larry Molenga descer a rampa do estacionamento até a avenida principal, e sei que preciso voltar ao trabalho.

– Cara, eu preciso ir. Acho que a gente se vê amanhã.

James entra em seu carro e acena. Eu atravesso o estacionamento até chegar diante da loja e escondo a caixa de charutos embaixo do meu assento. Sinto um impulso de voltar para casa e trancá-la em um lugar seguro antes que alguma outra pessoa a veja, ou caso seja roubada. Sinto pânico só de pensar que ela está comigo. Mas não há como voltar agora.

– Tem alguma entrega? – pergunto a Marie.

Ela indica o próximo pedido e ergue três dedos, o que significa que ainda tenho três minutos.

Volto para a porta dos fundos, entro no carro outra vez e pego a caixa de novo.

> Mandei as flores cedo, de modo que estivessem na sua casa quando você voltasse.

Leio o próximo guardanapo. As letras variam de tamanho.

> Mas depois tudo virou merda.

Vou para o terceiro guardanapo. Ele escreveu diagonalmente.

> Você precisa entender que tudo estava bem até ela descobrir. Não tinha ninguém me machucando.

Alguma coisa no interior do meu corpo está fazendo com que eu me sinta fraca, causando uma sensação de formigamento. Pego o envelope amarelo e o apalpo para descobrir o que há ali dentro. Firme e volumoso na parte da frente, e alguma coisa redonda na parte traseira. Um CD ou DVD. O pervertido da época em que tínhamos 11 anos aparece na minha mente. Ele diz: "Que trancinhas loiras lindas".

Marie surge na porta e me faz um sinal. É uma entrega rápida nos subúrbios, perto da velha escola. Ganho uma gorjeta de três dólares e uma piscadela de uma senhora que adora anchovas. Quando retorno para o carro, em vez de voltar para a pizzaria, pego a alameda Overlook até a minha casa.

Meu pai está lá, trabalhando até tarde em seu escritório porque estamos em abril. Subo as escadas correndo, a caixa oculta na minha camisa larga do Templo da Pizza. Escondo-a entre a cabeceira e a parede.

– Está tudo bem? – pergunta o meu pai quando desço rapidamente pelas escadas.

– Foi só uma coisa que esqueci – eu digo, agitando meu boné do Templo diante dele.

Há uns cem bonés iguais a esse na loja, mas ele não me questiona.

– Tome cuidado!

– Você também – eu respondo, um pouco irritada por ele dizer aquela coisa tão óbvia. – Não fique enterrado debaixo daquelas pilhas de papel.

Durante todo o trajeto de volta para a loja, sinto uma presença forte de Charlie. E digo:

– Não se preocupe, cara. Vou resolver tudo. – Mas ele não confia em mim. Está tentando me forçar a levar o carro de volta para casa. Quer que eu faça tudo agora. Já esperou por tempo demais.

Quando chego ao estacionamento, Larry Molenga está lá, fumando um cigarro. Não sei o motivo, mas gosto dele. Tem a idade do meu pai, uns quarenta anos, e, embora seja preguiçoso, não saiba lavar o chão direito e odeie cortes causados por caixas de papelão, ele tem um toque de autoconfiança que meu pai não tem. Ele apaga o cigarro e entra na pizzaria comigo.

– James deixou isso pra você – diz Marie, entregando-me um pequeno pedaço de papel dobrado.

Charlie-no-ar me faz amassá-lo, colocá-lo na boca, mastigá-lo e engoli-lo enquanto Marie e Larry ficam me olhando. Sorrio para eles e volto aos degraus para montar mais caixas.

Larry chega à sala do fundo trinta segundos depois. Marie grita lá da frente:

– Cara, as caixas grandes já estão quase acabando!

– Pegue uma caixa – eu digo. Falo num tom de voz frio, mas não é minha intenção. Não estou realmente pensando no que estou fazendo. Estou tendo uma experiência fora do corpo. Estou flutuando até o meu quarto e lendo o resto dos guardanapos da caixa do McDonald's de Charlie. Ele está me forçando a fazer isso. Ele é como álcool nas minhas veias, amortecendo meus sentidos, exceto por aquilo que tanto quer que eu sinta.

Larry diz:

– ... preciso?

Olho para ele, tentando resgatar o que ele acabou de dizer, mas não consigo.

– Desculpe. Estava com a cabeça longe.

– Eu estava perguntando sobre esses bonés idiotas. Realmente preciso usá-los?

Faço que sim com a cabeça.

– Posso usar deste jeito? – ele coloca o boné com a aba para trás e cruza os braços como se fosse um cantor de rap ruim.

– Não.

– Droga.

Eu digo:

– Todo mundo aqui sabe que você é legal. Então, quem se importa com isso?

– Só nunca imaginei que, nessa idade, teria que acatar as regras de vestimenta de um entregador de pizza.

– Técnico – eu corrijo. – Técnico de entrega de pizzas.

Ele ri.

– Certo. Técnico.

Concordo com um gesto de cabeça, mas não respondo, porque agora estou distraída pelos mil Charlies que estão correndo na minha direção, vindos da frente da loja. São tão grandes quanto um avião a jato e estão apontando para minha cabeça. Querem que eu embarque e compre uma passagem para a delegacia de polícia de Mount Pitts.

– Está tudo bem com você? – pergunta Larry, e em seguida se aproxima, ficando bem diante da minha orelha, e fala com a voz de Charlie.

– Por favor, não me odeie – ele diz.

63 | UM BREVE COMENTÁRIO DO GAROTO MORTO

Então eu o faço dizer aquilo que quero dizer. Ele nem sabe que está fazendo isso, mas Vera vai entender.

Ela sabe que sou seus picles.

Sou a caixa de pizza e o interruptor da luz.

Sou o bilhete de James se dissolvendo em seu ácido gástrico, aquele que ela engoliu sem ler.

Uma das coisas interessantes sobre o outro lado é que, ao morrer, você descobre a verdade.

Se Vera morresse agora, saberia de tudo que há na caixa de charutos que deixei pra ela. Descobriria que Jenny Flick sempre a odiou porque ela tinha classe, sem precisar fazer qualquer esforço. Veria como tudo aconteceu – como Jenny brigou quando tentei terminar o namoro. Como ela pegou o velho galão de gasolina da garagem do meu pai e o levou para o Zimmerman's. Como roubou o meu isqueiro Zippo. Saberia que eu tomei uma garrafa inteira de tequila e comi o verme que vinha dentro para esquecer de tudo e me sentir melhor sobre o que aconteceu. Como John me deu um punhado de comprimidos enquanto circulávamos pela cidade com o seu carro, e como não tenho certeza de quantos tomei.

Ela veria que sua mãe a ama, mas que nunca quis ter filhos, e, por isso, sente-se tão culpada que isso quase a deixa paralisada. Veria que seu pai está prestes a encarar o passado e tocar a vida em frente (e que vai começar convidando Hannah, a que trabalha no banco, para jantar).

De certa forma, é legal estar aqui do outro lado. Segredos não existem. Não há nada para se ignorar e também não existe destino. Entretanto, é possível fazer a mesma coisa enquanto ainda se está vivo, desde que a gente comece a prestar atenção nas coisas certas.

64 | DIRIJA O CARRO, ENTREGUE PIZZAS | TERÇA-FEIRA DAS QUATRO ÀS OITO

Saio pela porta dos fundos e fico sob a luz crepuscular do sol poente. Larry sai também e acende um cigarro. Os Charlies não podem me cercar aqui como fazem quando estou em um espaço confinado. Não quero mais drama. Tudo o que quero é terminar meu dia de trabalho, voltar pra casa e ler o resto dos bilhetes de Charlie.

A correria do jantar começa. Larry fica com as entregas na área central. Charlie fica a noite toda comigo, me acompanhando nas entregas nas áreas mais bonitas da cidade. Ele continua tentando me fazer levar o carro para a alameda Overlook, mas continuo dizendo a ele que saio do trabalho às oito e que ele vai ter que esperar. Em protesto, ele me faz escutar uma música do AC/DC em sua estação de rádio favorita, especializada em *heavy metal*.

A noite se acalma, como só é possível numa terça-feira, e Larry e eu estamos de volta aos fundos da pizzaria, conversando e dobrando caixas para montá-las. Ele me conta que era programador de computadores, mas que odiava aquilo. Assim, veio trabalhar aqui e está fazendo alguns cursos na faculdade comunitária enquanto descobre o que quer da vida. Ele quer fazer filmes. Diz que já escreveu uma pilha de roteiros. Não digo nada muito pessoal a ele, com exceção de que estou no último ano da escola e que o acho inteligente demais para frequentar a faculdade comunitária.

Esta noite ele está montando as caixas de pizza como se fizesse isso há anos.

– Que matérias você está fazendo? – eu pergunto.

– As mais fáceis, por enquanto. Me atualizando em Matemática. Computação também. E você? Tem alguma matéria favorita na escola?

Eu assinto e pego outra caixa.

– Adoro as aulas de Vocabulário. É como explorar uma caverna onde você passou toda a sua vida e descobrir mil novos túneis.

Quando me levanto, Larry está ao meu lado, sussurrando a voz de Charlie na minha orelha.

– Estar morto também é assim. – Em seguida, ele emenda: – Não abra o envelope. Você não vai querer ver o que há lá dentro.

Quando me afasto de Larry e olho para a parte da frente da loja, o lugar está abarrotado de Charlies outra vez. Gordos. Magros. Altos. Baixos. Perto do banheiro eu vejo até mesmo um Charlie negro com um penteado black power típico da década de 1970, com um pente espetado. Um Charlie com um papagaio cinzento no ombro também, e um Charlie fantasiado de palhaço triste, fazendo malabarismos com filhotes de cachorro. Sinto vontade de gritar com ele. "Por Deus, Charlie! Não pode esperar até eu terminar o que tenho que fazer?" E, por mais frustrada e assustada que eu esteja, estou rindo um pouco... Charlie é tão histericamente impaciente na morte quanto era em vida. Devo estar realmente pronta, já que consigo rir disso.

Larry monta as caixas perto da porta dos fundos, com um Marlboro apagado enfiado na boca, ignorando a sala cheia de moléculas em forma de Charlie. Ouço Marie no balcão guardando tortas quentes nas caixas e cortando-as em fatias e assumo aquela entrega, mesmo que não seja a minha vez de sair.

Conheço o caminho e tenho uma vaga ideia do endereço, então apanho quatro Cocas da geladeira e entro no meu carro antes que alguém perceba que peguei a entrega errada. Dentro do carro, ouço as vozes de mil Charlies, todas de uma vez. Assim, eu digo: "Cale a boca, Charlie! Vá embora!". Mas as vozes não se aquietam. Tento imaginar o que meu pai faria. O mestre Zen. O Sr. Tranquilo. Ele relaxaria os músculos. Se concentraria em seu diafragma, respirando. Iria transcender. Inspirar. Expirar. Temos uma placa de madeira no lavabo que fica no térreo da casa com os dizeres: CORTE MADEIRA, CARREGUE ÁGUA.

Penso como um mestre Zen e sussurro:

– Dirija o carro, entregue pizzas.

Minha entrega fica num bairro hispânico. Coloco Santana pra tocar bem alto e encobrir os sussurros de Charlie. É uma noite quente, então os velhos de ascendência caribenha trouxeram cadeiras para as calçadas e estão sentados ali, respirando. Não fazem contato visual. Quando volto para a loja, fico ali sentada por um segundo e procuro pelas moléculas de Charlie, mas ele se foi. Marie já está separando meu dinheiro. Vou ao banheiro para me trocar e dou uma rápida olhada no espelho. Não há fantasmas abarrotando o ambiente, fazendo com que eu escreva coisas no papel higiênico para comê-las em seguida, ou tentando roubar o ar dos meus pulmões. Respiro em cima do espelho para embaçá-lo, o que prova que estou viva – o que, por sua vez, me faz lembrar de que tenho sorte por estar viva.

Quando coloco minha camisa na máquina de lavar, penso em fazer uma placa e pendurá-la no pescoço. Poderia usá-la na escola amanhã, com os seguintes dizeres: SINTO SAUDADES DE CHARLIE KAHN.

No caminho de volta pra casa, imagino outras placas – uma para cada pessoa que tem um segredo. A placa de Bill Corso diria: NÃO SEI LER, MAS SEI LANÇAR UMA BOLA DE FUTEBOL AMERICANO. A do Sr. Shunk diria: QUERIA JOGAR TODOS VOCÊS NA ILHA E LARGÁ-LOS SOZINHOS ALI. A do meu pai: EU ME ODEIO, MAS NÃO TENHO MOTIVOS PARA ISSO.

Minha ideia cresce.

Imagino placas em todas as casas da alameda Overlook. Passo pela casa de Tim Miller na parte mais baixa. ORGULHOSAMENTE RANCOROSOS. Subindo a encosta, passando pela casa de Charlie. BATE NA ESPOSA. Passo pela casa dos Ungers. COMPRAMOS PORCARIAS PARA PARECER QUE SOMOS MELHORES QUE VOCÊ. E no Templo, lá no alto da encosta, é o lugar onde eu colocaria a maior placa de todas. MARCO INÚTIL DE INSENSATEZ E OTIMISMO FAJUTO.

Estaciono o carro ao lado do luminoso vermelho e olho para a cidade. Sinto que faço parte deste lugar, embora odeie estar aqui. Somos um só, o Templo e eu. Porque, quando penso no caso, eu também fui construída com insensatez e otimismo fajuto.

65 UM BREVE COMENTÁRIO DO TEMPLO

Ei! O mundo inteiro foi construído a partir de insensatez e otimismo fajuto. O que faz de você uma pessoa tão especial? Todos nós estamos apenas tentando descobrir as coisas conforme o tempo passa. Ninguém realmente sabe o que está fazendo. Se alguém lhe disser o contrário, essa pessoa também não faz a menor ideia do que está dizendo.

66 | O QUE REALMENTE ACONTECEU COM CHARLIE KAHN | PARTE 1

Chego em casa e tomo um banho para tirar a gordura da pizzaria de mim e, antes de me vestir, retiro a caixa de charutos de Charlie de trás da cama e a abro. Passo os dedos sobre o envelope amarelo lacrado e ainda não consigo suportar a ideia de pensar no que há dentro dele. Abro o próximo guardanapo, que ele desdobrou e escreveu em letras maiúsculas pequenas.

> NO DIA DOS NAMORADOS, JENNY ESTAVA ESPERANDO DIANTE DA CASA DE JOHN QUANDO EU SAÍ. ELA DISSE QUE QUERIA SAIR COMIGO SEM QUE CORSO SOUBESSE. TENTEI CONTINUAR SENDO AMIGO DAS DUAS, MAS JENNY DETESTAVA VOCÊ. NÃO SEI POR QUE, MAS ELA SIMPLESMENTE ODIAVA VOCÊ.

Ah, sério?, digo para mim mesma.

O próximo guardanapo está escrito em espiral, em letras muito pequenas. A caligrafia dele está ficando cada vez mais descuidada.

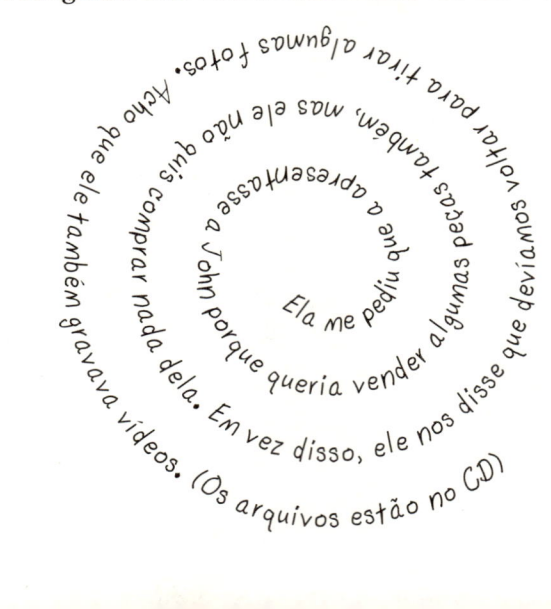

> Ela me pediu a anb e apresentasse a John porque queria vender algumas peças também, mas ele não quis comprar nada dela. Em vez disso, ele nos disse que devíamos voltar para tirar algumas fotos. Acho que ele também gravava vídeos. (Os arquivos estão no CD)

Certo.

Estou completamente tomada pelo asco.

Olho para o relógio e me pergunto qual dos policiais da delegacia de Mount Pitts estaria disposto a se sentar e lidar com isso. Será que acreditariam no meu lado da história, quase nove meses depois? Dariam atenção ao caso, uma vez que eu tinha evidências concretas, ou dispensariam tudo a fim de evitar mais trabalho e papelada? De qualquer maneira, queria que meu pai estivesse comigo. Precisava que ele me ajudasse com isso, porque embora eu tivesse dado à luz a mim mesma pela manhã, ainda sou uma garota que precisa de ajuda.

Continuei a ler. O próximo guardanapo estava todo redigido em maiúsculas outra vez.

> GANHAMOS SOMENTE UNS 100 DÓLARES POR ISSO. MAS NUNCA ERA O SUFICIENTE PARA JENNY. JOHN ME DISSE QUE NÃO IA MAIS FAZER AQUILO, E EU QUERIA ME AFASTAR DE JENNY, ENTÃO TERMINEI O NAMORO COM ELA. CARALHO, ELA FICOU LOUCA. DISSE QUE IA MANDAR A POLÍCIA ME PRENDER PELO QUE FIZEMOS. DISSE QUE IA ME COLOCAR NA CADEIA. DISSE QUE IA MANDAR CORSO ME MATAR. EM SEGUIDA, DISSE QUE IA BOTAR FOGO NA LOJA PORQUE ODIAVA O PADRASTO, QUE A OBRIGOU A TRABALHAR LÁ. DISSE QUE IA ESPALHAR PRA TODO MUNDO QUE FUI EU QUEM FEZ AQUILO. FOI POR ISSO QUE PEDI A SUA AJUDA. NUNCA IMAGINEI QUE VOCÊ IRIA REALMENTE ATÉ O ZIMMERMAN'S. EU NÃO SABIA O QUE FAZER, VERA. PRECISAVA QUE ALGUÉM SOUBESSE DE TODA A VERDADE.

67 | A HISTÓRIA QUE EU GOSTARIA DE ESQUECER | AOS 17 ANOS | AGOSTO (A ÚLTIMA)

Menti para o meu pai e disse que havia esquecido de passar na papelaria para comprar o material escolar. Como ele precisou encontrar um cupom no jornal da manhã, acabei me atrasando um pouco.

Eram 19h03 quando cheguei. As coisas pareciam normais do lado de fora do pet shop Zimmerman's. Passei de carro diante da loja e depois estacionei entre duas caminhonetes. Não vi a moto de Charlie em lugar nenhum.

A placa de "ABERTO/FECHADO" na porta da loja exibia a palavra "FECHADO", embora eles fechassem às oito aos domingos. Os dois filhotes de pastor de Sheltie na vitrine pareciam agitados. Quando abri a porta, senti um cheiro insuportável de gasolina e fiquei nervosa, achando que o lugar poderia explodir a qualquer segundo.

– Oi? – eu gritei. – Charlie?

Dei dois passos para dentro, mas minhas pernas se recusaram a me levar mais adiante. Em seguida, avistei Jenny com um pequeno galão de gasolina na mão, resmungando atrás do vidro da área dos répteis. Ela despejava um pouco de líquido em cada gaiola, fazendo uma trilha de gasolina que atravessava a sala. Em seguida, ela me viu. Seus olhos se arregalaram com aquela espécie de maldade insana que vemos nos filmes de terror.

Naquele momento, quando meu estômago subiu até a garganta e os litros de adrenalina tomaram conta de mim, tudo aconteceu em uma espécie de estado de choque. Tudo parecia diferente, todos os sons eram diferentes. Os animais até mesmo pareciam saber o que estava acontecendo. Os pássaros à minha direita gritavam e bicavam as barras das gaiolas. Ouvi os gatos no fundo sibilando e os cachorros do centro de adoção soltando latidos que avisavam sobre o perigo. Tenho quase certeza de que vários dos peixes já estavam boiando, mortos. Não vi os tetra-néons nadando de um lado para o outro, e os aquários dos guppys estavam todos escuros.

– Vá embora! – gritou ela.

– Onde está Charlie? – eu gritei de volta.

– Charlie está morto, porra!

– Ele está aqui? – Imaginei-o amarrado em uma cadeira ou algo do tipo. Pela maneira como ela agia, igual a um personagem dos livros de Stephen King, parecia que Jenny seria capaz de fazer qualquer coisa.

Eu estava naquela loja há menos de um minuto, mas já parecia uma eternidade. Meu corpo todo tremia e eu sentia vontade de vomitar. Pelo que percebi, Charlie não estava lá, mas isso não me impediu de sentir uma forte preocupação. (Por um diminuto segundo, cheguei a pensar que ele me mandara até ali de propósito. Por um ínfimo milissegundo, imaginei que ele quisesse que eu queimasse viva com todos aqueles animais indefesos. Por um minúsculo nanossegundo, suspeitei de que eles pudessem estar tramando aquilo juntos para me incriminar depois)

Eu estava a poucos passos da porta e pronta para sumir logo dali quando a Vera de 12 anos tomou o controle. Ela me fez lembrar de que minha mãe me abandonou. Mostrou fotos de cãezinhos abandonados e queimados dentro de minha cabeça. Paralisou minhas pernas.

Eu disse para a Vera de 12 anos:

– Não posso fazer nada por eles! Nem tenho as chaves!

A Vera de 12 anos disse:

– Mas você *tem* que fazer alguma coisa!

Eu disse:

– Temos que sair daqui!

Ela disse:

– Temos que salvar os bichos! – E não deixava as minhas pernas se moverem.

– Pare com essa loucura! – Exclamei. – Não percebe? Não posso fazer nada para salvá-los. – Era verdade. Eu me sentia horrível por causa daquilo, e a situação era uma droga, mas não podia salvá-los. Simplesmente não podia.

A Vera de 12 anos chorava dentro da minha cabeça. Tentei abraçá-la mentalmente.

– Às vezes nós não temos escolha, Vera – eu disse. Ela respondeu fazendo com que eu pensasse na minha mãe outra vez.

Antes que eu tentasse discutir, ouvi a porta dos fundos se fechar com uma batida forte, e o barulho me trouxe de volta à realidade. Jenny Flick estava prestes a atear fogo na loja – e não se importava com o fato de eu estar ali dentro.

A Vera de 12 anos finalmente permitiu que eu recuperasse o controle das minhas pernas, e então saí pela porta da frente. Ao fazê-lo, estava me sentindo tonta por causa dos vapores de gasolina. Corri até meu carro e dei a partida.

O estado de choque distorce a noção do tempo. Quando o relógio do rádio do carro se acendeu, o mostrador exibia 19h07. Fazia apenas quatro minutos que eu havia estacionado, mas pra mim parecia que já havia se passado mais de uma hora. Saí da vaga em que estava, fui até o canto mais distante do estacionamento e pensei em ligar para o 911, mas, em vez disso, liguei para Charlie. Nas primeiras duas vezes o telefone tocou até cair na caixa postal, e eu comecei a entrar em pânico (Isso seria um pânico dentro do pânico dentro de outro pânico). Na terceira vez, ele atendeu.

– Cara! – eu disse. – Ela tá botando fogo na loja!

– O quê?

– No Zimmerman's!

– Você foi?

– Sim! – meu diafragma estava tão tensionado que tive que parar para recuperar o fôlego. Procurei um lenço de papel. – Onde você está?

– Escondido. – Ouvi quando ele cobriu o telefone, e ouvi também conversas abafadas ao fundo.

A preocupação que eu sentia por ele se transformou em uma mistura de raiva, constrangimento, decepção e praticamente todas as emoções negativas que fui capaz de reunir. Charlie Kahn me arrastara para algo tão horrível, que quase enlouqueci de verdade – e ele não estava nem mesmo envolvido naqueles problemas. Estava bem. Provavelmente dirigindo pela cidade e bebendo cerveja.

– Você ainda está aí? – perguntei.

Ele estava em silêncio, com exceção da respiração pesada.

– Está bêbado?

– Ainda não.

– Charlie, eu...

– Eu não te contei tudo, Vera.

– Não importa. Você precisa ir até a polícia e chegar lá antes dela.

– Talvez eu mereça ser preso.

– Não diga isso. – O que eu realmente quis dizer foi: *Oh, meu Deus, pare de fazer todo esse drama.*

– Não, Vera. Acho que mereço, mesmo. Você não sabe o que eu fiz. Aquilo me irritou demais.

– Está bem, Charlie. Faça o que quiser.

– Vou te escrever um bilhete ou algo do tipo. E deixá-lo num lugar onde só você possa encontrar.

– O quê? – eu disse. O que realmente quis dizer foi: *Diga isso de novo, para que você perceba a idiotice que está falando.* Porque aí ele já estava indo longe demais, né? Afinal de contas, há um limite entre o patético e o perigoso, não é mesmo?

– Vou deixar uma coisa pra você – repetiu ele, sem sequer perceber o quanto aquela frase parecia estúpida.

– Você que sabe – eu disse, e desliguei.

Olhei para o relógio. 19h12. Parecia que eu já havia saído de casa há cinco horas. Olhei para o Zimmerman's. Até o momento, nada de fogo. Ainda tinha tempo de ligar para o 911, mas, em vez de digitar aqueles três números, fui até a saída do shopping, pois queria me afastar de tudo aquilo antes. Quando o semáforo ficou verde, virei à esquerda e dirigi pela avenida principal por um minuto, até o lava-rápido. Chegando lá, coloquei o carro em ponto-morto e peguei o telefone para ligar, mas ouvi as sirenes do corpo de bombeiros, seguidas pelos caminhões e uma ambulância que vinham a toda velocidade pela avenida. Em vez de me envolver ainda mais naquela situação, revirei minha bolsa em busca de uma nota de cinco dólares, coloquei-a na máquina e guiei o carro para o interior do lava-rápido, até que um sinal sonoro tocou e a luz vermelha acendeu, indicando que eu tinha que parar.

Quando os aparelhos do lava-rápido começaram a funcionar, pensei que teria um minuto para poder me perder naquela escuridão barulhenta. Pensei que teria um minuto para pensar em tudo – e decidir qual era a coisa certa a fazer – mas simplesmente fiquei sentada ali, olhando fixamente para o nada. Pensei naqueles pobres animais... será que iriam ficar bem? Pensei em Jenny e perguntei a mim mesma se ela iria morrer queimada lá dentro. O que aconteceu para que ela enlouquecesse daquele jeito? Será que o fato de Charlie haver terminado o namoro com ela realmente a deixara tão brava assim?

Conforme o lava-rápido ensaboava e enxaguava o carro, os pensamentos persistiam. O que aconteceria com Charlie? Ele iria para a cadeia? Seria responsabilizado pela morte de Jenny? E as pessoas que estavam no shopping? Quantas morreriam? Ele seria indiciado por aquilo também? Se eu contasse a verdade, alguém acreditaria em mim? E por que diabos eu estava nessa posição? Como foi que eu, após uma vida inteira focada em me manter segura e ser racional, acabei *aqui*?

Quando as máquinas concluíram a lavagem, fui até o estacionamento e abri a janela outra vez para ouvir os sons do caos que se desdobravam no Shopping do Templo. E fiz a minha escolha. Charlie Kahn havia me sacaneado demais. Nunca mais voltaria a confiar nele; esqueceria que essa noite aconteceu. Fingiria que havia saído apenas para comprar materiais para a escola. Quando a história viesse a público e ele fosse colocado na cadeia pelo resto da vida, eu não iria nem acenar para me despedir. Já não tinha mais paciência para aquilo.

O relógio mostrava 19h22. De repente, a coisa mais importante na minha cabeça era o fato de ter mentido para o meu pai. Fiquei preocupada ao pensar que, se voltasse pra casa sem ter comprado materiais, ele pensaria que eu estava fazendo algo ruim, escondida dele. Assim, fui até um outro shopping na direção completamente oposta, a três quilômetros do que estava pegando fogo naquele momento. Dez minutos depois, estava na fila do caixa do Kmart, pagando por três cadernos com espiral, uma nova calculadora, um maço de lápis sem apontar e um pacote de Skittles. Senti que as pessoas olhavam para mim. Acho que eu estava fedendo gasolina.

Quando cheguei em casa já passava das oito e meu pai estava lendo na sala de TV. Entrei e subi as escadas rapidamente, e depois fui para o chuveiro. Quando a água quente caiu nos meus cabelos, senti o cheiro de gasolina outra vez. Disse boa noite para o meu pai, ainda nos degraus, apaguei a luz do corredor, deitei na cama e entrei embaixo das cobertas. Ainda estava completamente chocada. Sentia aquele estranho gosto metálico de adrenalina na minha boca, e minha pele estava fria ao toque. Escutei o barulho das rãs, dos grilos e das cigarras. Afastei dois pensamentos que não me deixavam em paz – a Vera de 12 anos falando sobre o sofrimento dos animais, e Charlie dizendo "Vou deixar uma coisa para você" – e tentei pensar em algo positivo. O último ano da escola. O emprego do qual gostava. Meu belo futuro. Uma hora depois, estava pensando que nunca mais conseguiria adormecer... até que adormeci.

Depois de uma noite agitada sonhando com animais indefesos, eu acordei e desci as escadas, e vi que meu pai estava chorando no sofá. Eu nunca o vira chorar antes, nem mesmo quando minha mãe nos deixou, então devia ser algo bastante importante. Ele disse que Charlie havia morrido. Eu não entendi. Como foi que isso aconteceu? Como Charlie podia ter morrido?

– Ainda não sei dos detalhes, Veer. A Sra. Kahn acabou de me dizer que ele faleceu ontem à noite.

Eu ainda estava tão atordoada pelo que ocorrera na noite anterior, que tive muita dificuldade de assimilar aquilo. Charlie, morto. A pior parte era não poder chorar. Como se eu acreditasse em todas as juras e promessas da noite anterior sobre nunca mais me importar com Charlie. Eu simplesmente não consegui chorar.

E então meu pai me falou sobre o incêndio no Shopping do Templo. Fingi que estava chocada. Ele me mostrou o artigo do jornal, e fiquei aliviada ao saber que não havia mortos ou feridos, com exceção dos animais (embora muitos tivessem sobrevivido, incluindo aquele papagaio cinzento agressivo e vários dos animais do centro de adoção, graças ao sistema de *sprinklers* e das paredes corta-fogo entre as áreas onde os animais ficavam alojados).

Sentada ali, fingindo ler as notícias enquanto meu pai me observava, a minha mente começou a viajar. Agora eu sabia que Jenny Flick não tinha morrido. Mas Charlie, sim. Mesmo que eu revelasse alguma coisa naquele momento, com tudo que eu sabia, a pessoa errada continuaria morta e a pessoa errada continuaria viva. Não consegui evitar sentir que passei tanto tempo ocupada, discutindo com a Vera de 12 anos sobre salvar os animais, que deixei passar o fato de que poderia ter salvado seres humanos. Ou... talvez apenas um ser humano.

Meu pai e eu ficamos sentados no sofá por algum tempo. Não dissemos nada. Algumas vezes, meu pai estendeu o braço e segurou a minha mão. Parecia estar sendo mais difícil pra ele do que pra mim.

– Não consigo nem imaginar como deve ser a sensação de perder um filho. Por favor, Vera, tome cuidado – ele murmurou.

Cada um de nós tomou um banho e tentamos engolir o que havia de café da manhã, mas não fomos capazes de engolir nada. Liguei para a pizzaria avisando que não iria trabalhar naquele dia, e meu pai cancelou o seu único compromisso, um corte de cabelo.

Fomos até a casa dos Kahns para oferecer nossos pêsames. Eles não nos olharam nos olhos. Depois de dez minutos dizendo que lamentávamos e que poderiam contar conosco para o que precisassem, voltamos para casa. Meu pai preparou uma panela grande de chili para eles enquanto eu fui dar uma volta.

Fui até o Templo primeiro, mas não consegui nem mesmo jogar aviõezinhos de papel ou sentar nas pedras, porque o lugar havia sido arruinado pela Turma da Retenção. Tive vontade de ir até o Carvalho Mestre, mas ele também estava detonado, com as iniciais enormes e feias de Bill Corso entalhadas no tronco. O único lugar que restava era a casa na árvore, que era pior do que os outros dois lugares. Mas alguma coisa me dizia para ir até lá, e foi o que fiz.

Não entrei. Fiquei sentada na varanda octogonal, balançando as pernas sobre a beirada. Li o velho adesivo de para-choque em voz alta: "QUANTO MAIS EU CONHEÇO AS PESSOAS, MAIS EU AMO MEU CACHORRO". Finalmente, eu chorei.

Eles o encontraram no gramado do jardim. Disseram que provavelmente estava dentro de um carro e foi jogado para fora. Ele caiu no chão curvado sobre si mesmo, de modo que, quando o Sr. Kahn saiu para trabalhar às seis da manhã, viu um amontoado misterioso no jardim, até chegar perto o bastante para ver os sapatos de Charlie. A ambulância não acionou as luzes nem a sirene. Meu pai e eu estávamos dormindo enquanto aquilo acontecia, e provavelmente foi melhor assim. Ninguém tinha certeza de nada ainda, mas parecia que Charlie podia ter morrido devido a uma intoxicação por excesso de álcool ou por ter se engasgado com o próprio vômito. O teor de álcool em sua corrente sanguínea estava bem alto, e parecia que, de alguma forma, ele estava envolvido com o incêndio no Shopping do Templo. Foi isso que os Kahns nos disseram. Enquanto eles diziam essas coisas, eu fingia não estar ouvindo. Meu corpo e meu cérebro estavam num estado bastante alterado pelo choque, e nada mais fazia muito sentido. Como isso podia estar acontecendo? Como era possível que, depois de tudo, Charlie estivesse morto e Jenny Flick ainda estivesse viva?

O Shopping do Templo ficou fechado até o Halloween, quando o pet shop Zimmerman's reabriu, reformado e ampliado. Antes disso, o jornal publicou alguns artigos sobre o incêndio, com detalhes sobre como o isqueiro Zippo do falecido Charlie fora encontrado na cena. Algumas histórias começaram a circular pela cidade, relatando que Jenny havia terminado o namoro com Charlie e que ele ficou tão furioso com isso que botou fogo na loja para matá-la. As pessoas diziam: "Graças a Deus ele não botou fogo na escola", ou "Esse garoto sempre foi problemático". Os Kahns deram uma série de depoimentos à polícia e, no final, ninguém foi preso. Mas ninguém sabia a verdade também.

Na noite do funeral, um pedaço de picles dentro da minha cabeça falou comigo. Ele disse: "Se quiser saber a verdade, me coma". Claro, eu ouvi isso depois de tomar aquelas doses de vodca, mas o pedaço de picles realmente falou comigo, e eu realmente o comi. Estou esperando desde então.

68 | O QUE REALMENTE ACONTECEU COM CHARLIE KAHN | PARTE 2

Há mais três guardanapos. O primeiro tem somente cinco palavras escritas.

> Por favor, não me odeie.

Estou chorando agora, e sinto que há um pouco de catarro escorrendo na ponta do meu nariz. Sinto-me muito mal por Charlie. Queria que ele tivesse me contado sobre tudo isso. Queria que ele tivesse contado ao meu pai, ao orientador da escola ou a algum professor, ou a quem quer que fosse. Queria que ele tivesse parado antes que as coisas chegassem tão longe.

> Vou fugir amanhã. Montar na moto e ir até o lugar mais distante que conseguir. Vou recomeçar tudo do zero. Vai ser assim, ou então, quando você encontrar esta mensagem, estarei na cadeia.

"Queria que você estivesse na cadeia, Charlie". E é o que realmente desejo. Que ele estivesse na cadeia. Eu o visitaria amanhã e levaria um pacote de Marlboro. Voltaria a ser sua melhor amiga. Mostraria a ele que é possível se transformar no oposto do seu destino.

O último guardanapo que encontro, que não está grampeado a nenhum outro, foi amassado e depois aberto e alisado outra vez. Ele diz:

> Queria poder voltar no tempo e subir em árvores com você outra vez. Amo você, Vera. Sempre vou amar.

Olho para o envelope amarelo e pondero se o que há ali dentro é suficiente para fazer com que a polícia da pequena cidade recomece as investigações. Será que alguém vai dar importância ao fato de que um garoto morto não causou aquele incêndio? (um garoto que morreu engasgado com o próprio vômito, com alto teor alcoólico na corrente sanguínea?) Puxo os lençóis até a altura do pescoço e olho ao redor do quarto. Olho pela janela, observando as árvores se agitarem ao sabor da brisa da noite. Ninguém nunca vai saber se Charlie morreu de propósito ou se estava apenas sendo imprudente. Ninguém vai saber quem foi a última pessoa a vê-lo ou quem o jogou de dentro do carro. Pensei, quando encontrei essa caixa, que descobriria mais coisas sobre a morte dele, mas não foi o que aconteceu. Não sei por que eu achei que isso teria alguma importância, entretanto. Saber não vai trazê-lo de volta.

Folheio os guardanapos com o polegar. Não há mais nada. Assim, eu leio *Amo você, Vera. Sempre vou amar*, várias e várias vezes. Em seguida, coloco todos de volta na caixa de charutos e guardo-a na minha mochila. Vejo meu caderno da aula de Vocabulário, tiro a folha de estudos e observo as palavras, e todas elas, sem exceção, parecem servir para a situação. *Fugaz, turbilhão, metade, repulsa, sacrossanto, censura, charco, El Dorado* e *depravação*.

Nada disso tem importância, no entanto. Porque não vou à aula de Vocabulário amanhã. Isso devia fazer com que eu me sentisse aliviada, mas não faz. Faz com que eu me sinta assustada, nervosa e agitada. Receio que nunca mais verei os mil Charlies de novo, e que ele irá parar de sintonizar o rádio nas estações de *heavy metal*.

Enquanto fico deitada no escuro, eu digo:

– Mas, se eu fizer isso, vou perder você.

De uma maneira tão clara quanto o dia, ele responde:

– Você nunca vai me perder, Vera. Sou o Grande Caçador agora.

69 | VIVER UM POUCO | QUARTA-FEIRA

Charlie é a amêndoa na minha granola. Os 2% de gordura no meu leite. Ingeri-lo me dá forças.

Meu pai olha para o relógio.

– Você está atrasada, Vera.

– Tudo bem. Minha prova de Vocabulário só começa às dez.

– Vou escrever um bilhete pra você levar – diz ele, procurando por uma folha de papel no recipiente de cerâmica que está no balcão do café da manhã.

– O que vai fazer hoje?

– Ah, você sabe. Coisas bem empolgantes. Restituições de imposto de renda e folhas de pagamento.

– Quer vir comigo?

Ele ergue o rosto.

– Para a escola?

– Mais tarde.

– Você não está falando coisa com coisa – diz ele, e em seguida percebe as lágrimas nos meus olhos. – Você está bem?

– Melhor do que nunca. Quer vir comigo ou não? – digo isso com a voz confiante, mas, na realidade, estou assustada.

Ele me olha fixamente.

– Uma viagem mágica e misteriosa, pai. Vamos viver um pouco.

Ele sorri e faz que sim com a cabeça.

– Tudo bem, confio em você. Por que não?

Dirijo pela avenida que corta Mount Pitts por cinco minutos com o rádio ligado, e meu pai está se esforçando para manter uma aparência bastante Zen, mesmo sem saber para onde estamos indo. Quando estamos a duas quadras de distância, eu digo:

– Menti pra você.

Meu pai está se divertindo demais para perceber a mudança no meu tom de voz. Tiro a caixa de charutos da mochila.

– Nós vamos limpar o nome de Charlie hoje. Ele não botou fogo no Zimmerman's. Estava envolvido com um monte de outras coisas. A prova está nesta caixa.

Ele está olhando para mim como se eu tivesse acabado de lhe dar uma bofetada.

– Preciso que você me ajude a falar com a polícia.

– Vera, eu...

– Você acha melhor saber mais a respeito? Não acha, não. Estou falando sério. – E penso: *E, quando souber mais a respeito, vai se arrepender disso.*

Meu pai não diz nada durante os próximos dois quarteirões, mas isso é porque ele está folheando a pilha de guardanapos de Charlie e dedilhando o envelope amarelo. Não vai se sentir mal até que eu lhe conte onde tudo começou. Ainda na alameda Overlook – há muito tempo, quando a minha mãe ainda morava conosco. Quando eu contar, ele vai sentir um arrependimento tão grande quanto o que eu sinto.

Somos recebidos por um homem que conhece meu pai da época em que estavam na faculdade comunitária. Que sorte. Eu começo com aquilo que devia ter dito à polícia há nove meses. Conto tudo o que vi na noite em que a Zimmerman's pegou fogo.

Entrego a caixa de charutos para ele e conto-lhe sobre John, o pervertido. Falo sobre as cuecas e as coisas que Charlie escreveu nos bilhetes que deixou pra mim. Meu pai está tão embasbacado, que eu sinto medo de responder as perguntas do investigador sobre quando tudo começou, mas é chegada a hora do tudo ou nada.

– Charlie e eu estávamos caminhando um dia, quando tínhamos 11 anos. Estávamos bem diante da minha casa quando John parou o carro e perguntou se queríamos que nos fotografasse.

Meu pai fica tenso.

– Charlie me disse, alguns anos depois, que aquela fora a primeira vez que vendera algo a ele.

– E você sabe onde ele mora? – o investigador pergunta. Digo a ele.

No fim, o investigador nos faz assinar alguns formulários e diz que teremos que voltar para prestar depoimentos mais formais, mas que precisarão de algum tempo para preparar o caso.

Meu pai diz, quando voltamos ao carro:

– Vera, eu... – ele faz um gesto negativo com a cabeça, como se não soubesse o que dizer. – O que você fez foi algo muito responsável e correto – diz ele.

Meu pai percebe que estou chorando. E diz:

– Ah, deixe disso. Não fique triste.

– Foi muito difícil – balbucio, antes de não conseguir dizer mais nada.

Estou pensando sobre como arrependimentos geram arrependimentos que geram mais arrependimentos, e sobre o ciclo que acabei de interromper. Achava que me sentiria melhor quando fizesse isso. Achava que uma parte de mim se sentiria mais leve. Mas nada disso acontece.

– Eu amava Charlie de verdade, pai.

– Eu sei – diz ele, esfregando as minhas costas.

– Queria ter ajudado a salvá-lo.

– Eu sei. Mas isso não dependia de nós.

– Queria poder ter posto um fim em tudo isso – eu digo, ainda sem conseguir arrancar as imagens dos cachorrinhos latindo, dos pássaros gritando, dos gatos sibilando e dos peixes boiando na água de barriga para cima. Não importa com quantos policiais eu converse, essas imagens ficarão comigo para sempre.

– Não seja tão dura consigo mesma – diz ele. – Você acabou de fazer algo que a maioria das pessoas nunca seria capaz de fazer. – Ele segura o meu queixo e enxuga minhas lágrimas. Respiro fundo.

– Será que é por isso que estou com tanta fome? – eu digo.

Dez minutos depois, estamos no restaurante local. O lugar está tranquilo – entre os horários mais movimentados do café da manhã e do almoço. Meu pai pede um prato de ovos fritos com uma torrada de trigo integral e eu peço ovos mexidos.

– Deve ter sido um ano bem difícil pra você – diz o meu pai.

– Foi mesmo.

– Queria que você tivesse me contado sobre o esquisitão do carro branco.

– Eu sei. – Eu olho para ele. – Não achei que fosse algo com o qual devesse incomodar você naquela época. Nem a minha mãe. Você sabe como ela ficava quando eu ia contar alguma coisa.

Ele faz que sim com a cabeça, olhando pela janela com aquela expressão em seu rosto. Ainda está pensando em John, o pervertido, ou então está se lembrando do quanto era difícil conversar com minha mãe sobre qualquer assunto que fosse.

– Perdão, Vera – diz ele.

– Por quê?

Ele olha nos meus olhos.

– Queria poder ter sido um pai melhor. Você sabe... para preencher o vazio.

– Mas você preencheu.

– Mas eu não consegui ser a sua mãe.

– Que besteira – eu digo. – Você foi uma mãe melhor do que a minha própria mãe. Não percebe?

Ele faz que não com a cabeça.

– Acho que você entendeu tudo errado – eu digo, olhando para a garçonete que se aproxima. – Você sempre foi a pessoa com quem eu podia contar.

Dois pratos são colocados diante de nós, dizemos "obrigado" a uma só voz. Ele olha para mim e diz:

– Tentei compensar.

– Compensar o quê? Minha mãe não queria estar aqui, e nós dois sabíamos disso.

Ele faz que não com a cabeça outra vez. E então eu digo:

– O vazio estava dentro *dela*. Quando ela foi embora, levou o vazio consigo.

Ele apoia os cotovelos sobre a mesa e apoia a boca nos dedos, olhando para mim. Sei o que ele quer dizer – que tem orgulho de mim e que é impressionante o quanto cresci. Sei que isso provavelmente é idiota, mas eu também quero dizer o mesmo a ele. É como se nós dois estivéssemos vivendo dentro de uma mentira, e agora estávamos livres. Não é engraçado como vivemos dentro das mentiras em que acreditamos?

No meio da refeição ele diz:

– Você sabia que ela não estava realmente *lá*?

Confirmo com um aceno de cabeça. Qualquer pessoa que não fosse cega perceberia que ela não estava realmente lá.

Ele suspira.

– Achei que eu pudesse fazer alguma coisa, entende?

Eu balanço a cabeça negativamente. Não havia nada que meu pai pudesse fazer, e ele sabia disso.

– Tudo o que eu queria é que as coisas pudessem ter sido diferentes.

– Quer saber? Eu gosto de tudo exatamente como aconteceu.

Ele passa o restante da refeição emocionado. Menciona mais duas vezes que está irritado por eu nunca ter lhe falado sobre John, o pervertido. Desculpa-se duas vezes por nunca ter feito nada a respeito do Sr. e da Sra. Kahn. Em alguns momentos eu o vejo pegar seu guardanapo e enxugar as lágrimas dos cantos dos olhos. Percebo que tudo o que ele sempre quis foi que alguém o amasse. Assim, quando saímos do restaurante, eu o abraço e digo o quanto o amo.

Quando deixo o estacionamento e sigo rumo à avenida principal, ele diz:

– Estamos indo pra casa, não é?

Isso me faz rir. Rir como se eu fosse uma louca ensandecida.

Ele pergunta:

– Não estamos?

Eu coloco os óculos de sol e sorrio.

– Eu lhe disse que estamos prestes a viver um pouco, não disse?

Uma hora depois, quando terminamos de arrumar uma mala para passar a noite, pego uma grande ficha pautada e peço ao meu pai para grudá-la nas minhas costas. A ficha diz: FILHA DA EX-STRIPPER.

Ele também quer fazer uma ficha, mas não sabe o que escrever, então eu o ajudo. PARCIMONIOSO. E grudo a ficha nas costas dele.

Aqui estou eu usando a palavra *concomitantemente* em uma frase. Vamos aprender a nos perdoar *concomitantemente*.

EPÍLOGO A VIAGEM

– Não fiz nada de ousado desde que conheci a sua mãe – diz meu pai, engolindo ruidosamente o café num copo do Dunkin' Donuts.

Estamos na rodovia I-95, indo para a praia. James Brown está cantando no rádio do carro, com o volume bem alto. As sobrancelhas de meu pai denotam preocupação.

– Pare de se preocupar com seus clientes – eu digo. – Vão conseguir sobreviver dois dias sem você.

Eu o observo pelo canto do olho. Ele ainda está com a ficha colada nas costas: PARCIMONIOSO. A minha também continua colada.

Chegamos ao anel viário ao redor de Washington e baixamos as janelas. Meu pai se inclina para a frente para vestir a blusa. O cartão dele se agita com o vento, e em seguida se descola e é sugado pela janela.

– Merda – diz ele.

Vejo aquilo como algo simbólico. O rótulo não serve mais. A parcimônia emocional dele acabou de ser sugada pelo belo céu azul. Eu me inclino para a frente e levo a mão às costas, descolo minha ficha e a jogo pela janela também. Já não sou mais a filha da ex-stripper. Deixei de ser a Vera Dietz invisível para ser a Vera Dietz invencível.

Cinco horas mais tarde, estamos comendo frutos do mar em um pequeno casebre numa praia da Carolina do Norte, observando o mar, lambendo o molho tártaro que lambuza os nossos dedos.

– Desculpe por não ter dado atenção quando você falou sobre alcoolismo – eu digo. Estou pedindo desculpas tanto para mim mesma quanto para ele.

– Todos nós conseguimos encontrar o caminho certo, Veer. Fico feliz por você ter finalmente entendido isso.

– Pois é – eu digo, e abro outra pata de caranguejo.
– Lamento pelo que houve com Charlie – diz ele.
– Eu também.
– É uma pena ele ter se envolvido em toda essa confusão – diz ele. – E tenho orgulho de você.
– O dia foi longo.

Eu olho para o mar e respiro fundo. Sinto-me adulta. Uma pessoa igual a ele, amiga dele. Sinto que estamos nisso juntos, e fico feliz. Não imagino qual outra pessoa eu poderia querer na minha equipe. Ele é um bom homem.

– Tenho orgulho de você também, pai.

Ele olha para mim como se esperasse que eu fosse dizer mais alguma coisa, mas não sei o que dizer. Assim, pergunto:

– Posso comer os seus picles?

AGRADECIMENTOS

Sou grata a muitas pessoas. Especialmente aos meus pais e minhas irmãs. Aos meus amigos, que me oferecem apoio infinito, e aos meus muitos companheiros escritores, que me ajudam a manter a sanidade. Agradeço a Lisa McMann por seus inestimáveis comentários para este livro, e a Robin Brande e Joanne Levy por rirem das minhas piadas sobre sanduíches italianos quentes.

Agradeço a Gary Heidt, que negociou o manuscrito desta obra, e a minha brilhante editora, Michelle Frey, e a também editora Michele Burke, que ajudou a fazer deste livro uma realidade, ensinando-me muitas coisas ao longo da jornada. Agradeço também a Michael Bourret.

Obrigada a Tim Button, que me ajudou a compreender como funciona uma pizzaria delivery moderna, e a Jay Carnine, que me ajudou com detalhes sobre incêndios.

Devo um enorme agradecimento aos meus fãs. A todos vocês que me escreveram, saíram de suas casas para me ver nas sessões de autógrafos e compartilharam frases, obrigada. Aos incríveis livreiros, bibliotecários, professores e blogueiros que têm apoiado meu trabalho, muito, muito obrigada.

E, como sempre, a Topher e as crianças. Quando este trabalho se torna maçante, uma simples espiada em vocês me inspira a arregaçar as mangas. Todo meu amor e gratidão por seu apoio e afeto diários.

FONTE: Heuristica
PAPEL: Luxcream 60g/m²
IMPRESSÃO: Yangraf

#Novo Século nas redes sociais

www.novoseculo.com.br